Eine Diebin zum Verlieben

Ina Steg

Ylva

Von Ina Steg außerdem lieferbar

12 Tage

Alles nur Kulisse

Widmung

Für M.

Danksagung

Dem Ylva-Team danke ich für die vielseitigen Tipps, die Unterstützung und die Bereitschaft, bei den unterschiedlichsten Fragen zu helfen.

Ein lieber Dank geht an Devin Sumarno für ihre unerschöpfliche Aufmerksamkeit und Geduld. Ihre kenntnisreichen Anmerkungen zu meinen unterschiedlichsten Schreibprojekten haben mich auf neue Wege geführt.

Astrid Ohletz danke ich herzlich für ihre charmante und amüsante Art zu lektorieren und für ihr Einfühlungsvermögen in die Charaktere.

Andrea Fries bereicherte die Geschichte mit kreativen Wort-Jonglagen und gab mir den Ansporn, liebgewonnene Sätze wieder auseinanderzupflücken. Vielen Dank dafür.

Der Künstlerin Claire Marin danke ich von Herzen für ihre inspirierenden Bilder aus dem »Blauen Salon«. Beim Betrachten sind viele Szenen direkt vor meinem inneren Auge entstanden.

Das Buch »Helden gegen das Gesetz« des verstorbenen Schriftstellers Helmut Höfling ist für mich Nachschlagewerk und Inspirationsquelle zugleich, seine Recherche-Ergebnisse haben den Lauf dieser Geschichte oft beeinflusst.

KAPITEL 1

Ihre Hände waren warm, der Blick in die Ferne geschärft, doch ihr Herz klopfte schnell. Sie hatte nur eine Chance. *Es darf nichts schiefgehen. Nur du kannst ihr helfen.*

Sie sah auf die Uhr: kurz nach elf. *Kommt schon, das ist doch eure Zeit.* Bereits dreimal hatte sie die alte Dame, ihren Mann und deren Hund hier im Park um diese Zeit beobachtet. Das Wetter war gut, was sollte sie heute von ihrem Spaziergang abhalten? Robin betrachtete die weißen, dicken Wolken und ließ ihren Blick über die Baumwipfel wandern. Der Wind pflückte einige blasse grüne Blätter, bald würden sie an den Ästen schon gelb und orange sein. Fast konnte Robin ihren erdigen Duft riechen. Ihr Blick fiel auf die vermoderten Bänke und besprühten Mülleimer, sie war froh, diesen Teil der Stadt bald wieder meiden zu können.

»Kooomm Paula. Kommst du jetzt her, aber sofort!«

Robins Nackenhaare stellten sich auf. Die schrille Stimme hallte von der Abbiegung zu ihr herüber. Gut, sie waren endlich da. Doch noch waren sie zu weit weg.

»Komm gefälligst!« Mit ihren dünnen, aber erstaunlich kräftigen Armen zog die Frau an der Leine der Hündin.

Paula jaulte auf.

Robins Magen durchfuhr ein Stich. Für den schneeweißen Hund Paula gab es immer nur ein *Sofort*. Kaum schnüffelte sie an einem Baum, wurde sie weggezerrt, begrüßte sie ein anderer Hund, wurde mit einem Ruck an ihrer Leine gezogen. Und hinter ihr lief Hans.

»Hans, wo bleibst du denn?«, blaffte die alte Dame ihn an.

Erneut zog die Frau an der Leine und Hans' knochigen Körper durchfuhr ebenfalls ein Zucken, so, als seien er und der Hund miteinander verbunden, als würde auch stets an ihm gezerrt werden. Seine großen, tiefschwarzen Augen starrten auf den Gehweg.

Robin schaute auf die andere Hand der Frau, der Eichengehstock wurde mit jedem Schritt energisch in die Steinchen des Gehweges gerammt. Ein Schauer lief über Robins Haut. Mit diesem Stock wurde Paula oft heftig in die Seite gestoßen, wenn sie doch nicht schnell genug gehorchte. Robin atmete tief ein. *Gleich bist du in Sicherheit Paula.*

»Beeilt euch gefälligst, die Tauben haben Hunger.«

Das war Robins Stichwort. Sie zog sich den Hut etwas tiefer vor die Augen und streckte die Finger der anderen Hand aus, eine kühle Brise glitt hindurch. Der Wind war immer noch stark. Das war gut. Sie ging los.

Vier Meter von Robin entfernt setzte sich die Dame auf eine Bank und Paula ließ sich darunter fallen. Hans sank neben seiner Frau auf die Holzstreben wie eine Marionette, deren Glieder man alle gleichzeitig nach dem Bühnenspiel losgelassen hatte. Die Hände fielen in den Schoß, die Schultern sackten nach unten.

Paula hechelte nach dem anstrengenden Spaziergang. Die Frau kramte in ihrer Handtasche und zog einen Beutel mit Brotkanten hervor. Die ersten Tauben bewegten sich auf sie zu. Noch einen Meter.

Robin hob die Hand und kratzte sich am Ohr, wobei sie ihrem Hut einen kräftigen Stups gab. Kurz bevor er den Boden berührte, pustete der Wind ihn nach oben und dann schräg hinter die Bank. *Danke, Gevatter Wind.* Robin setzte zum Sprint an, lautlos, ohne zu fluchen. Auf keinen Fall zu sehr auffallen. In Bewegung bleiben. Schnell sein. Dann nahmen andere einen kaum wahr.

Gerade wandte sich Hans in ihre Richtung, da war sie auch schon hinter der Bank verschwunden.

»Nimm du auch Brot«, trillerte die Frau.

Robin schaute zur Seite, der Abstand war so gut wie perfekt. Sie trat auf den Hut, ließ die Tasche zu Boden, klappte sie auf, ging in die Hocke und klopfte den Hut ab. Der Hund war jetzt zwei Armlängen von ihr entfernt. Robin griff in ihre Manteltasche, nestelte an der Schlaufe der darin befindlichen Plastiktüte und öffnete sie.

An die fünfzehn Tauben hatten sich mittlerweile vor der Bank eingefunden.

»Putt, putt, putt, kooommt«, rief die Frau.

Die Tauben gurrten.

Robin blickte den Weg entlang. Ein Jogger kam auf die Bank zugelaufen, die Schweißrinnsale seiner Stirn tropften ihm in die Augen, sodass er vermutlich kaum etwas wahrnahm. Schräg hinter ihr spielten Eltern mit ihrem Kind Fußball, sie waren zum Glück weit genug entfernt.

Robin tat so, also würde ihr der Hut erneut entgleiten, warf ihn jedoch gezielt Richtung Paula, richtete sich auf und machte einen großen Schritt hinterher. Mit der einen Hand griff sie nach dem Hut, mit der anderen löste sie die Leine der Hündin.

Paula drehte den Kopf zu ihr.

Robin zog das Stück Fleisch aus der Tüte und hielt es dem Havaneser vor die Nase.

Paula erhob sich.

Robin sah nach oben, die Dame unterhielt sich mit den Tauben, Hans' Blick ging in weite Ferne. *Tja, Hans, dich kann ich leider nicht mitnehmen.* Robin zog die Hand mit dem Fleisch weg, machte einige Schritte rückwärts und Paula folgte ihr. Jetzt musste es schnell gehen. Robin machte eine leichte Drehung, hielt die Hand nach hinten und spürte die feuchte Hundenase. Mit einem gezielten Wurf beförderte sie das Fleisch in die Tasche.

Paula hielt inne.

Bitte, dachte Robin, *bitte, spring hinterher.* Sie konnte die Hündin nicht einfach packen, dann würde sie womöglich aufjaulen.

Paula streckte die Nase in die Luft, fixierte die Tasche und machte einen Satz hinein.

Robin bückte sich, zog den Reißverschluss bis auf einen kleinen Spalt zu, hievte die Tasche nach oben und eilte mit großen Schritten auf die schräg angrenzende Baumallee zu. Der Hund kam in der Tasche aus dem Gleichgewicht, ein ziehender Schmerz durchfuhr Robins Seite. Sie spannte die Armmuskeln an. Ihr Herz hämmerte gegen ihre Brust. *Nur nicht bellen, nicht jaulen, bitte Paula.*

Noch fünf Meter.

Robin konnte förmlich spüren, wie ihre Ohrmuscheln sich weiteten. Sie lauschte: keine ungewöhnlichen Laute in der Ferne, niemand, der etwas hinter ihr herrief. Sie trat kräftiger auf und versuchte, die Tasche nicht hin und her zu schwingen.

Noch zwei Meter.

Im Augenwinkel sah sie, wie sich die Hundeschnauze aus der Lücke drückte.

Noch einen Meter.

Die knorrige Weide schien ihr entgegenzuwinken. Sanft wehten die langen Äste hin und her und an einigen Stellen öffnete sich der Vorhang aus Blättern. Robin trat zwischen das schützende Blätterwerk, ein paar Zweige streiften ihre Wange, eilig wandte sie sich nach links.

Rasch schlug sie den Weg ein, der zur Hauptstraße führte, hastete über eine Kreuzung, erreichte endlich die Treppe zu dem U-Bahn-Schacht und stoppte erst an einer der Sitzbänke, die hinter einer breiten Säule verborgen war. Dort setzte sie sich und ließ die Tasche auf den Boden sinken. Ihr Atem ging schnell. Sie holte eine neue Leine aus ihrer Manteltasche, befestigte diese an Paulas Halsband und zog den Reißverschluss komplett auf.

Paula setzte sich gerade hin und schaute sich um.

Robin hielt ihr die Hand vor die Nase. Es kitzelte, als Paula daran schnupperte. Ein sanftes Zittern ergriff Robins Muskeln, doch ihr Herzschlag beruhigte sich. Sie hatte es geschafft. Sie beugte sich noch weiter nach vorne, sachte fuhr sie dem Hund über den Kopf und strich ihm die Haare vor den Augen fort. Paula blickte zu ihr.

»Hey Paula«, sagte Robin, »magst du bei mir bleiben?«

Paula stemmte den Kopf gegen ihre Handinnenfläche und Robin lächelte. Dann mussten Balu und Jack ihre Futterportionen wohl ab jetzt teilen.

Robin wischte die Theke ihres Verkaufswagens und beseitigte die Spuren der Schülerschar, die ihr auf einen Schlag zwölf Hotdogs abgekauft und sich ein Gerangel an der Senfflasche geliefert hatte. Sie drehte sich um und wusch mit einem leichten Lächeln auf dem Gesicht ihre Hände. Die letzten Tage waren gut gelaufen, Paula hatte sich auf Anhieb mit Balu und Jack verstanden und zeigte keine Anzeichen von Sehnsucht nach ihren alten Besitzern. Robin freute sich darüber, dass ihr auch dieser größere Coup gelungen war. Er war eine gute Übung für den nächsten bevorstehenden Diebstahl, den sie seit Längerem plante. Wenn sie dabei genauso konzentriert und geschickt agierte, würden sich vielleicht bald noch weitere Tätigkeitsfelder auftun.

»Hey Rob.«

Robin sah zur Seite. Nikolai lehnte lässig an der Seite des Wagens, seinen schwarzen Hut hatte er tief in die Stirn gezogen.

Ein Kunde steuerte auf den Wagen zu. Als sein Blick auf Nikolai fiel, deutete er Robin mit einem Fingerzeig an, dass er später wiederkommen würde, und lief vorbei.

Robin grinste. Nikolai war wohl jedem im Stadtteil bekannt. Der liebenswerte Vagabund, der hie und da den Geschäftsleuten unter die Arme griff, Klatsch und Tratsch verbreitete und von den Spenden recht gut leben konnte, war jedoch auch einigen etwas unheimlich.

»Rob«, wiederholte er flüsternd und mit knarzender Stimme. »Ich hab was für dich.«

Robin lachte, lehnte sich über die Theke und wisperte: »Wo warst du um Mitternacht? Ich habe an der großen Eiche auf dich gewartet.«

Nikolai schob den Hut hoch, einige seiner dunkelbraunen Locken kringelten sich darunter hervor und brachten seine hellgrünen Augen noch besser zur Geltung.

Sie vernahm ein *Hmpf,* während er sich mit dem Rücken wegdrückte, um sich vor sie zu stellen und sie direkt anzublicken. »Ich hätte da eine nur wenige Minuten alte Information für dich, es geht um Herrn Reichenbach.«

Bei dem Namen lief Robin ein Schauer über den Rücken. Was hatte ihr gemeiner Konkurrent sich jetzt bloß wieder ausgedacht, um ihr zu schaden?

»Hat er wieder Lügen über mich verbreitet?«

Nikolai schüttelte zuckend den Kopf, wie ein Bernhardiner, dem etwas im Nacken juckte. »Ganz falsch. Er hört auf. Chronische Knieschmerzen.«

Robins Herz machte einen Hüpfer, sie riss die Seitentür auf, eilte nach vorne und drückte Nikolai an sich.

»Na, na, nicht so stürmisch.«

Robin strahlte ihn an. »Was benötigst du? Ich organisiere es dir.«

Nikolai wich ihrem Blick aus. »Ich bräuchte ein Schloss für meinen rostigen Drahtesel. Neulich wollte ihn doch glatt jemand stehlen, aber ich konnte den Schurken gerade noch am Schlafittchen packen. Ginge das wohl?«

Robin ging in Gedanken den Inhalt ihrer Kiste mit Diebesgut zu Hause durch. Ein Fahrradschloss befand sich nicht darin, aber einige gleichwertige Gegenstände, die sie mit Sicherheit auf einem der Flohmärkte eintauschen konnte. »Ich bringe es dir übermorgen Mittag. Treffen wir uns bei Freddy auf eine Suppe?«

»Abgemacht!«

Robin schaute dem davonschlendernden Nikolai hinterher. Wenn sie jetzt noch die Erlaubnis vom Amt bekam, zu den Hotdogs auch Smoothies verkaufen zu dürfen, hätte sie bald genug Einnahmen, um ihm ein neues Rad kaufen zu können.

KAPITEL 2

»Ist schon wieder Montag?«, fragte Carla. Sie lehnte im Türrahmen zum Eingang ihres Cafés und blickte Robin entgegen. Ein Lächeln huschte über ihre Lippen, als sie einen Schritt auf Robin zuging.

Robin grinste. »Das weißt du doch genau, du wartest schließlich auf mich.«

»Ich mache eine Pause«, sagte Carla.

»Du machst nie Pausen.« Robin blieb einen Schritt vor Carla stehen und zeigte auf Paula. »Ich habe eine neue Gefährtin.«

Carla rieb sich spielerisch über die Augen. »Hab ich mich doch nicht verguckt, da sind ja auf einmal drei von den Vierbeinern.« Sie ging in die Hocke und streichelte erst Balu und Jack, dann ließ sie Paula an ihrer Hand schnuppern.

Dass ausgerechnet ein Havaneser sie gebraucht hatte, war ein schöner Zufall gewesen, dachte Robin. »Du hast immer gesagt, du magst Hunde mit langem Fell so gern.«

Carla sah sie an.

»Ich will dir imponieren«, ergänzte Robin.

Carla kam wieder hoch. »Das schaffst du auch so«, erwiderte sie und strich ihr kurz über die Wange.

Für einen Moment versank Robin in dem intensiven Blick. Wie gerne würde sie sich jetzt zu Carla beugen, um ihren Duft einzuatmen, und sie küssen. Carla kam Robin etwas näher, ihre Lippen waren leicht geöffnet. Für einen Moment verharrte Carla wenige Zentimeter neben ihrem Mund. Doch Robin wusste, dass Carla sie vor den Kunden nicht küssen würde.

riesige Salatschüssel stießen. Der neue Gast hatte sich in die Ecke gegenüber dem Tresen gesetzt und studierte die Karte. *Du musst hier nicht alles und jeden beobachten, denk dran, du bist hier bei Carla.* Robin kniff die Augen zusammen. Ihre Sinne waren in all den Jahren so sensibel geworden, dass es ihr schwerfiel, ihre Umgebung mal für ein paar Stunden auszublenden und der Versuchung zu widerstehen, jedes Geräusch zu identifizieren.

Carla kam auf Robin zu und stellte das große Glas vor ihr auf dem Tisch ab.

Robin griff danach, dabei strichen ihre Finger über Carlas. Es war eine Geste, die sie sich angewöhnt hatten, weil sie sich dabei unauffällig berühren konnten. Carla ließ ihre rauen Finger sanft zwischen ihre gleiten. Der zärtliche Kontakt verursachte ein sanftes Ziehen in Robins Körpermitte. Sie zog die Hand zurück.

Robin betrachtete die wellenförmige Milchkrone. »Danke. Sieht toll aus.«

»Wenn er dir schmeckt, mache ich den Kaffee nächste Woche zu meinem Oktober-Angebot.«

Robin lachte. Wiedermal wurde sie zum Versuchskaninchen für eine von Carlas neuen Variationen, doch es machte ihr nichts aus, im Gegenteil, sie war stolz darauf, dass Carla ihrem Urteil so vertraute. »Ich bin gespannt«, sagte Robin.

Carla lächelte. Sie drehte sich um und eilte zu dem Gast in der Ecke.

Robin hob das Glas und schnupperte, der Inhalt duftete nach starkem Kakao, den man sonst eher zum Backen nahm, zudem konnte sie eine feine Note von Orange und Kardamom wahrnehmen. So hatte es an den Weihnachtstagen in Omas Küche gerochen, wenn sie und ihre Freundinnen Backblechladungen an Keksen produziert hatten.

Die Tür öffnete sich erneut. Drei junge Leute, eine Frau und zwei Männer mit Rucksäcken, betraten das Café, allem Anschein nach Studenten. Robin sah auf die Uhr, es war Viertel vor zwölf. In den nächsten zwei Stunden würde es voll werden und Carla keine Zeit mehr für sie haben.

Robin blickte erneut um die Ecke zum Tresen, Carla drehte sich gerade zu ihr um. Robin stützte sich auf einen Ellbogen und verdeckte mit ihrer Hand ihre Lippen, die sie zu einem Kussmund formte.

Carla zwinkerte ihr zu, wedelte dann jedoch mit den Händen und flüsterte: »Lenk mich nicht ab.«

Robin machte eine beschwichtigende Bewegung und erwiderte leise »okay, okay.« Sie schaltete das Notebook an, stöpselte die Kopfhörer ein und nahm einen Schluck Kaffee. Kräftiger Kakao legte sich auf ihre Zunge, der von einem süßlichen Fruchtgeschmack abgelöst wurde. Als sie den Kaffee hinunterschluckte, blieb ein Hauch von Orange auf der Zunge zurück. Sie blickte zu Carla, um ihr eine Rückmeldung zu geben, doch sie beriet bereits die neuen Gäste. Robin entfuhr ein Seufzer.

Jack stieß gegen ihr Bein. Sie schaute unter den Tisch, er sah sie leise winselnd an. Mit einem Lächeln kraulte sie seinen Kopf, »alles gut, Kumpel.« Robin prüfte erneut die Uhrzeit: kurz vor zwölf. Sie wählte aus ihrer Favoritenliste die Internetseite des Lokalsenders und setzte sich die Kopfhörer auf. Sie durfte das Mittagsmagazin nicht verpassen, die Sendung bot ihr viele Informationen darüber, was in der Stadt passierte, in welchem Viertel besondere Ereignisse stattfanden und worauf die Bürger und bestimmte Institutionen ihren Fokus richteten.

Der erste Bericht handelte von den Vorbereitungen des städtischen Zoos für die nahenden Wintermonate. Robin bekam nur einige Sätze mit, weil sie Carlas Beine betrachtete. Diese steckten in einer engen, schwarzen Jeans, unter deren Stoff sich die muskulösen

Waden bei jedem Schritt abzeichneten. Waden, die Robin schon oft an ihrem Po gespürt hatte, jedes Mal, wenn Carla im Bett die Beine um sie schlang, um sie noch fester an sich zu drücken. Robin wurde heiß. Dumpf klangen die Worte des Reporters zu ihr: »Vielen afrikanischen Tieren, wie den Zebras und Giraffen, macht der Winter nichts aus und auch die asiatischen Elefanten lieben den Schnee. Die Murmeltiere haben sich allerdings schon zu ihrem Winterschlaf zurückgezogen, er dauert bis Ostern.«

Robin betrachtete Carla, die mit einem Stapel Teller an ihr vorbeihuschte und in der Küche verschwand. Es waren nur noch ein paar Stunden, bis sie ihr endlich nah sein durfte. Robin blickte auf den Bildschirm. Die Moderatorin kündigte den nächsten Beitrag an: »Gestern Nachmittag wurde das neue Gebäude des Kriminaltechnischen Instituts des Landeskriminalamtes im Norden eröffnet. Der moderne, verzahnte Komplex bietet den einzelnen Fachbereichen intensivere Austauschmöglichkeiten. Um ein Pilotprojekt des Landes zum übergreifenden Arbeiten zwischen der Polizei, der Kriminalpolizei und den Kriminaltechnikern des Instituts umzusetzen, wurden vier neue Gruppenleiterstellen geschaffen. Die rund zweihundert Mitarbeiterinnen und Mitarbeiter werden momentan gezielt auf die neuen Arbeitsweisen vorbereitet.«

Robin stockte der Atem. Sie waren schneller als gedacht mit den Bauarbeiten fertig geworden. Als sie im Frühjahr etwas über die Zusammenführung der einzelnen Fachbereiche des Instituts gelesen hatte, war von einer Neueröffnung Anfang des kommenden Jahres die Rede gewesen. Welches Ausmaß hatte das Pilotprojekt wohl schon angenommen?

Der Beitrag startete. Im Hintergrund war das schlangenförmige Gebäude zu sehen, davor stand eine drahtige Frau mit dunkelbraunen, fingernagelkurzen Haaren, sie trug einen graphitgrauen Hosenanzug mit Bügelfalten. Es folgte eine Einblendung: *Merit*

Bansouri – neue Gruppenleiterin des Kriminaltechnischen Instituts u. a. im Fachbereich Biologie.

Die Frau drehte sich zu dem Institut um und malte mit dem Zeigefinger in der Luft die Konturen nach. »Die Vorteile des neuen Gebäudes zeigen sich bereits in der Architektur. Während das alte Institut auf drei Standorte in der Stadt verteilt war, liegen die vierzehn Fachbereiche nun in einem Komplex zusammen. Die zweihundertundacht Angestellten arbeiten somit Tür an Tür. Es gibt kurze Arbeitswege, fachbereichsübergreifende Sitzungen und Einsätze. Der Architekt Tom Millner hat sich vor den Planungen mit der Arbeitsweise des Instituts befasst.«

Die Frau wandte sich nun ganz dem Reporter zu und fuhr fort: »Ich freue mich sehr, dass das Land zeitgleich mit dem Neubau auch das Pilotprojekt zum übergreifenden Arbeiten bewilligt hat. Wir konnten in Finnland bereits große Erfolge damit erzielen, dass die Arbeitsbereiche zur Kriminalitätsbekämpfung durchlässiger werden. Der Austausch zwischen der Polizei, der Kriminalpolizei und den Kriminaltechnikern wird intensiviert.« Die Frau warf einen kurzen Blick direkt in die Kamera.

Robin fuhr ein Schauer über den Rücken: Eisblaue Augen sahen sie an. Das Bild eines Antarktisgletschers flackerte vor Robin auf.

Merit Bansouri fuhr fort: »Wir haben bereits vor einigen Wochen begonnen, die Maßnahmen umzusetzen, der Einzug in das neue Gebäude unterstützt diese nun jedoch optimal. Die Teams der einzelnen Fachbereiche werden ab jetzt durchmischt.« Die Frau verschränkte die Finger ineinander. »Ja, vielleicht verbringt ein Angestellter jetzt zwanzig Prozent des Tages damit, mal etwas völlig anderes auszuprobieren. Die Techniker, die sonst als Spurensucher an den Tatorten arbeiten, werden unseren Wissenschaftlern in den Laboren über die Schulter schauen und umgekehrt. Dadurch wird die Analysefähigkeit gestärkt, das Denken wird wieder flexibel und schneller. Ich weiß, diese neue Struktur hat auch etliche Kritiker, aber schauen wir uns zum Beispiel mal Ihren Kamera-Assistenten an …«

Die Frau drehte sich plötzlich zur Seite und legte dem verdutzt dreinschauenden Mann neben der Kamera eine Hand auf die Schulter. »Er steht krumm. Die Halterung für den Stab des Mikrofons hat er auf der rechten Schulter. Warum? – Er ist Rechtshänder und vermutet dort seine starke Seite, dadurch hält er den Stab aber mit links und verkrampft sich völlig. Für ihn ist es Routine geworden, jeden Tag seinen Schultergurt so umzuschnallen. Sie …«, die Frau zeigte auf die Personen hinter der Kamera, »… kennen ihn schon zu lange und denken sich, dass er vermutlich immer so schief stand. Ich habe sofort gesehen, dass man an seiner Angewohnheit etwas ändern sollte. Das hat einen bestimmten Grund.«

Die Frau ging wieder in ihre Ausgangsposition.

»Ich habe einen frischen Blick. Teams können noch so gut sein, aber wenn man nicht zwischendurch jemanden mit anderen Erfahrungen und Ansichten dazu lässt, wird die tägliche Arbeit zur Gewohnheit, und handeln Menschen zu routiniert, beginnen sie, Dinge zu übersehen. Deshalb werden wir die Teams durchmischen. Eine weitere Zielsetzung für die nächsten Monate ist es zudem, sich gemeinsam mit den Kolleginnen und Kollegen der Kriminalpolizei den Bereichen zu widmen, in denen es die meisten unaufgeklärten Fälle gibt. Bei der sogenannten Kleinkriminalität sind das fast siebzig Prozent. Dieser wollen wir mit Präventionsmaßnahmen in den Stadtteilen entgegenwirken. Wir werden die Kripo mit den Auswertungen und Daten des Instituts unterstützen. Gemeinsame Ermittlungsgruppen aus Polizisten, Kriminalisten, Technikern und Wissenschaftlern der Kriminaltechnik stehen ab jetzt in einem stetigen Austausch miteinander. Jedes Gutachten eines Wissenschaftlers aus der Kriminaltechnik wird zudem vor der Freigabe von einer Kollegin oder einem Kollegen überprüft, damit die Subjektivität und die

Unabhängigkeit des Instituts gegenüber Polizei und Justiz gewahrt bleiben.«

Merit Bansouri lächelte nun, es war eine Geste, die keine Wirkung auf die restlichen Muskeln und Fältchen ihres Gesichtes hatte. »Ich bin mir sicher, dass wir in knapp einem halben Jahr dem Ministerium einen zufriedenstellenden Bericht über die ersten Erfolge des Pilotprojektes vorlegen können.«

Der Beitrag endete, die Moderatorin war nun wieder zu sehen.

Robin tastete nach dem Glas und nahm einen großen Schluck Kaffee. Ihre Kehle blieb trocken. Die restlichen Nachrichten zogen in Wort- und Bildfetzen an ihr vorbei und wurden von Erinnerungen an das Institut stetig unterbrochen. Robin zog den Kopfhörer von ihren Ohren. Sie zuckte zusammen. Plötzlich war Carla vor ihr aufgetaucht.

Sie stellte ihr einen Teller neben den Laptop. »Du hast wahrscheinlich außer deinem Frühstück noch nichts gegessen, oder?«

Robin schaute zu ihr hoch. Der Duft von geschmorten Tomaten und angebratener Zucchini stieg ihr in die Nase. »Erwischt.«

Carla beugte sich etwas runter und ließ ihren Blick langsam über ihren Oberkörper wandern. »Du hast abgenommen in den letzten Wochen.«

Robin runzelte die Stirn.

»Schau nicht so skeptisch. Ich dürfte das wohl beurteilen können.« Carla stellte sich wieder gerade hin und zeigte auf den Teller. »Wehe da bleibt was übrig. Dann hole ich die Köchin.«

Robin zog eine Augenbraue hoch. »Wenn ich dich daran erinnern darf: *Du* bist die Köchin. Wolltest du dich nicht längst um eine Aushilfe kümmern?«

Carla winkte ab. »Dein Essen wird kalt.« Sie drehte sich um und verschwand hinter dem Tresen.

Robin hatte Mühe, das Essen zu genießen. Es schien, als habe sich eine bittere Schicht über ihre Geschmacksknospen gelegt, doch um Carla nicht zu verärgern, aß sie auf. Anschließend ging sie erneut auf die Internetseite des Lokalsenders. Sie fand den Beitrag über das Kriminaltechnische Institut als zusammengefassten Artikel. Sie las ihn durch und machte sich Notizen. An dem Wort *Präventionsarbeit* blieb ihr Blick hängen. Die Frau hatte leider nicht erwähnt, wo und in welcher Form diese beginnen würde. Robin würde bei ihren Streifzügen durch die Stadt nun noch aufmerksamer sein müssen als sonst.

Sie ging auf die Toilette. Als sie zurückkam, sah sie, dass Carla einen hohen Stapel Geschirr in die Küche schleppte. Das Café war nun leer. »Lass mich dir helfen«, sagte Robin und ging auf sie zu, doch Carla drehte sich zur Seite. »Ich mache das seit fünfundzwanzig Jahren allein, meine Liebe. Hol deinen Mantel. Ich will eine rauchen.«

Robin seufzte. Sie ging zu dem Tisch, zog ihren Mantel an und hörte im Hintergrund, dass Carla die Tür zuschloss. Als Carla an ihr vorbei ging, strich sie ihr über die Schulter und dann den Nacken. Ein warmer Schauer breitete sich auf Robins Haut aus.

Robin schaute unter den Tisch und sagte: »Los geht's.« Die Dreierbande rappelte sich auf. Sie folgten Carla durch den schmalen Gang, am Lager vorbei zu der Tür, die in den Hinterhof führte. Carla öffnete sie und die Hunde schlängelten sich durch ihre Beine ins Freie.

Robin liebte diesen Hinterhof. Immer wenn sie von Carla träumte, sah sie sich hier mit ihr sitzen, wie sie miteinander redeten und lachten. Stundenlang.

Sie liebte diesen Ort, weil Carla sie hier zum ersten Mal geküsst hatte, damals, vor knapp acht Monaten.

Robin ließ den Blick über die Umgebung schweifen. Zum Hof führten mehrere Türen der Häuserblöcke, die über ihnen in den Himmel ragten. Wieder mal standen ein paar Stühle kreuz und quer herum, ein Kind hatte sein Rad liegen gelassen, die kleinen Sträucher boten Spatzen und Amseln Platz zum Verstecken. Sie lehnten sich an den breiten Türrahmen. Wenn man aus den Fenstern schaute, konnte man nicht sehen, ob jemand im Durchgang stand. Robin wusste das, denn Carlas Wohnung lag genau gegenüber im zweiten Stock.

Carla sah auf die Uhr. »Wir haben neun Minuten, sechs brauche ich zum Rauchen.«

Robin lächelte. »Ich weiß.«

Carla überwand den einen Meter, der zwischen ihnen lag. Sie hob den Arm und strich ihr mit dem Handrücken über die Wange. Robin lehnte sich sanft dagegen und küsste ihre Finger. Ihre Beine berührten sich. Carlas andere Hand fand einen Weg unter ihren Mantel, glitt unter den Pullover und das Shirt. Ihre Finger wanderten hin zu ihrer Taille und begannen, sie zu streicheln.

Robins Herz schlug schneller. Zwischen ihren Beinen begann es heiß zu pochen. Carla kam noch näher und beugte sich zu ihr. Nachmittags waren ihre Küsse immer sanft. Sie küsste zärtlich Robins Mund, streifte ihre Oberlippe und ihre Lachfalte auf der linken Seite, dabei wanderte ihre Hand zu ihrer Pobacke und drückte Robin ganz nah zu sich.

Robin schloss die Augen, schlang ihre Arme um Carlas Rücken, spürte den Busen an ihrem und die harten Brustwarzen, die über ihre streiften. *Verdammt, warum ist es noch Tag?* Sie wollte Carla jetzt sofort. Sie öffnete leicht ihren Mund und fuhr mit der Zungenspitze über Carlas Lippen. Carla warf den Kopf in den Nacken und stöhnte auf. »Wenn du mich so küsst, werde ich nicht mehr kopfrechnen können.«

»Egal. Mach das Café zu. Nur heute.«

Carla löste sich etwas von ihr und ließ die Stirn gegen ihre sinken. »Sonhadora, meine süße Träumerin. Du weißt, dass das nicht geht. Meine Gäste verlassen sich auf mich und ich brauche jeden einzelnen Cent.« Sie gab ihr einen Kuss auf die Stirn, machte einen

Schritt nach hinten, lehnte sich gegenüber an den Türrahmen und zog das Zigarettenpäckchen aus der hinteren Hosentasche.

Robins Herz schlug fest gegen ihren Brustkorb. Um ihr Gesicht von Carla wegdrehen zu können, schaute sie den Hunden beim Spielen zu.

Jack rannte hinter Balu her, sie flitzten durch das Gestrüpp, während Paula an einem der Gehwege schnüffelte. Robin bemerkte, dass Carla sie betrachtete. Sie drehte den Kopf zu ihr. Ihre Augen hatten sich verdunkelt. Ihre Zigarette war bereits zur Hälfte aufgeraucht. Gerade wollte Robin sie fragen, ob alles in Ordnung sei, da drückte Carla die Zigarette aus, drehte sich um und ging, ohne sie noch mal zu küssen, zurück ins Café. Hatte Robin sie gerade verärgert? Mit einem unangenehmen Grummeln im Bauch rief sie nach den Hunden.

Als Robin wieder im Café ankam, hantierte Carla in der Küche. Für einen Moment blieb sie vor dem schmalen Durchgang stehen, doch sie wusste, Carla mochte es nicht, wenn man ihre Küche betrat. Es würde sicherlich später noch eine Gelegenheit geben, zu fragen, ob sie ihren Blick falsch wahrgenommen hatte. *Außerdem hast du noch einiges zu tun.*

Robin setzte sich an den Tisch und widmete sich den Kleinanzeigen in den Zeitungen. Leider kannte sie die Sammler bereits, die inseriert hatten. Sie überflog die Artikel. In Lokalzeitungen berichteten die Menschen gerne von ihren Hobbys, manchmal kam Robin dadurch auf neue Ideen für Diebesgut. Dieses Mal brachte die Lektüre jedoch keine weiteren Erkenntnisse.

Die Türglocke erklang, zwei Frauen mit Kindern betraten den Raum. Carla kam aus der Küche, ohne sie anzusehen.

Dann halt nicht. Vielleicht ist sie einfach nur gestresst.

Robin nahm ihren Notizblock und schlug die Seiten mit den Planungen für morgen auf. Zunächst würde sie Mia wiedersehen. Sie freute sich auf das verträumte Mädchen, vielleicht würden sie endlich ein wenig mehr ins Gespräch kommen. Robin lächelte bei dem Gedanken. Anschließend studierte sie den Ablaufplan, den sie seit Wochen akribisch ausarbeitete. Das Archiv, das Liederbuch … *Endlich ist es so weit.* Sie las jeden einzelnen Schritt ihres Planes, wiederholte ihn mehrfach stumm und visualisierte ihr Vorgehen in Gedanken. Als sie plötzlich den Schlüsselbund von Carla in der Ferne hörte, schreckte sie auf. Draußen war es dunkel geworden. Das Café wurde geschlossen.

»Du bist heute etwas blass«, sagte Carla, während sie mit den Hunden eine Runde um den Häuserblock gingen. Ein kühler Wind pfiff um die Ecken und bog die Äste der Bäume in alle Richtungen.

Robin winkte ab. »Das ist bloß die Sehnsucht nach dir.«

Carla boxte ihr gegen die Schulter, doch ihr Lächeln verebbte schnell. Sie steckte die Hände in die Jackentaschen und lief weiter, ohne sie anzusehen. Sonst nahm sie doch immer ihre Hand und zog sie für einen ersten langen Kuss in einen der Hauseingänge. Es wurde Zeit, dass sie in Carlas Wohnung ankamen und sie sich endlich richtig nah sein konnten. Robin ging etwas schneller und versuchte, das mulmige Gefühl in ihrem Bauch zu ignorieren.

Den Moment, wenn sie Carlas Wohnung betraten, genoss Robin jedes Mal sehr. Sie blieb dann etwas länger im Flur stehen, als sie eigentlich zum Ausziehen des Mantels und der Schuhe brauchte, und atmete tief ein. Ein feiner Geruch von Tabak und Carlas Duschgel hing in der Luft.

Carla drückte ihr einen Kuss auf die Lippen und verschwand im Bad.

Balu und Jack rannten in die Küche, kamen zurück und winselten. Paula blickte zu ihr hoch und wedelte mit dem Schwanz. »Ich komme ja«, sagte Robin und ging in die Küche. Sie zog eine Dose Hundefutter aus ihrer Umhängetasche. Auf der Arbeitsplatte lag bereits der Öffner, zudem hatte Carla die drei alten tiefen Teller mit den feinen Sprüngen im Blumenmuster herausgestellt. Der tiefste davon war eigentlich für das Wasser bestimmt, Robin nutzte ihn nun jedoch, um jedem Hund einen gefüllten Napf hinstellen zu können. Sie hob die Hand zu einem der Schrankgriffe, zögerte und ging dann Richtung Bad.

Robin zog die Tür einen Spalt auf. Carla entledigte sich gerade des letzten Teils ihrer Kleidung. Der Slip rutschte an ihren muskulösen Beinen hinunter. Robin räusperte sich. Carla schaute über die Schulter zu ihr.

»Hast du noch einen vierten tiefen Teller, den ich als Trinknapf benutzen könnte?«

»In der Abstellkammer ist eine Schale mit Kartoffeln.«

Sie sahen sich für einen Moment in die Augen. Robin lächelte.

»Gleich«, flüsterte Carla.

Robin ließ sie allein und ging zurück in die Küche. Dort öffnete sie die schmale Kammer und hob das Gefäß vom Boden hoch. Sie nahm die Kartoffeln heraus, wusch den Teller ab und ihre Hände gleich mit, ließ die Schale volllaufen und stellte sie zu der Dreierbande. Robin betrachtete Paula für einen Moment. Jack und Balu akzeptierten sie, zudem fraß die Hündin vernünftig, was Robin beruhigte. Allerdings war sie ständig müde; Robin streichelte ihr den Kopf. Dann ging sie durch den Flur in das kleine, rechteckige Wohnzimmer und stellte sich an das Fenster, aus dem man auf die Straße blicken konnte. Das Geräusch der Dusche drang dumpf über den Flur zu ihr. Ihr Herz begann schneller zu schlagen.

Die erleuchteten Innenräume der Häuser warfen gelb-weißes Licht auf den Asphalt. Die Duschgeräusche verstummten. Stille. Der Fön wurde angeschaltet. Robin öffnete den Verschluss ihrer Kette und ließ diese samt dem daran befindlichen Amulett in ihre Hosentasche gleiten. Endlich hörte sie Carlas Schritte im Flur und drehte sich um.

Carla schob die Tür auf. Um ihren Oberkörper war ein grünes Handtuch gebunden. »Hey«, sagte sie leise.

»Guten Abend«, antwortete Robin und legte den Kopf schief.

»Wieso bist du noch nicht im Schlafzimmer?«

Robin lächelte und ging auf sie zu. »Was soll ich denn da – ohne dich?«

Carla griff nach ihrem Pullover und zog sie zu sich. »Du hättest dich schon mal ausziehen können.« Sie ließ ihre Hände über den Saum des Kleidungsstückes gleiten und zog es ihr über den Kopf. Bei dieser Bewegung löste sich das Handtuch und fiel zu Boden. Robins Atem setzte für einen Moment aus. Sie beugte sich hinunter und küsste Carlas Hals. Ihre Lippen wanderten zu dem Dekolleté, wo sie sanft über die von feinen Falten durchzogene Haut glitten. Als ihre Zunge Carlas Brustwarze berührte, stöhnte Carla laut auf. Mit schnellen Bewegungen öffnete sie Robins Hose. Auf dem Weg ins Schlafzimmer entledigte sich Robin ihrer restlichen Kleidung.

Sie fielen auf die weiche Decke. Robin lag über Carla und tauchte wieder hinab zu ihren harten Brustwarzen, leckte darüber und begann, mit der Zungenspitze deren Konturen nachzuziehen, sanft rieb sie mit den Zähnen darüber. Carla presste sich ihr entgegen. Mit den Fingernägeln fuhr sie über ihre Kopfhaut und ließ sie langsam über ihren Nacken und den Rücken gleiten.

Robins Haut rund um die feinen, glimmenden Spuren erhitzte sich, dann fing es zwischen ihren Beinen an zu pulsieren. Sie schob sich auf Carlas Mitte, die feuchte Hitze unterhalb der kratzigen Härchen vermischte sich mit ihrer. Sie begann sich zu bewegen.

Carla strich mit den Fingernägeln über ihren Po. Sie griff nach Robins Hüfte, drückte sie an sich, bewegte sich vor und zurück und schloss die Augen. Sie stöhnte. Erst passte sie sich Robins Bewegungen an, wurde dann aber schneller.

Schweiß bedeckte Robins Haut, zwischen ihren Beinen glühte es.

Carlas Tempo war ungewöhnlich. Sie ließ sich und ihnen sonst mehr Zeit.

Robin hörte ihren schnellen Atem und spürte den starken Druck der Hände an ihrer Taille. Carla presste ihre anschwellende Klitoris gegen Robins Härchen und rieb sie dann über ihren Oberschenkel. Schneller und fester. Gerade, als eine erste Woge der Erregung Robin erfasste und sie ihre Hand zwischen Carlas Beine gleiten lassen wollte, stöhnte diese auf und ließ sich nach hinten sinken. Ihre Hüfte zuckte. Robin stieg in den Rhythmus mit ein, doch Carlas Bewegungen wurden bereits langsamer. Ihre Hände glitten von Robins Po. Ihr Atem wurde ruhiger.

Robin rutschte neben sie. Sie zog die Decke bis zu ihren Bäuchen und schmiegte sich an Carlas Seite. Sie betrachtete ihre von Muttermalen gesprenkelte Haut und fuhr mit einem Finger über ihre Schulter, ihr Schlüsselbein, hin zu ihrem Bauchnabel. Sie beugte sich zu ihr und begann, ihren Hals zu küssen.

Carla öffnete die Augen, dann zog sie die Decke ganz nach oben, legte einen Arm um sie und drückte sie nah an sich.

Robin ließ die Wange auf Carlas Brustkorb und eine dicke Strähne ihres weichen Haares sinken. Sie roch die feine Minz-Note des Duschgels und Carlas Duft, der in der Bettwäsche und im Raum schwebte.

Robin schmiegte ihre Hüfte an Carlas Schenkel, doch Carla ging nicht darauf ein. Robin hob den Kopf. Carla betrachtete sie, »bleibst du morgen früh länger?«

Robin schüttelte den Kopf. »Ich kann nicht.«

Carla lockerte ihre Umarmung und sagte: »Ich geh eben eine rauchen.« Sie gab ihr einen Kuss auf die Stirn, schlüpfte unter der Decke hervor, nahm sich Slip und Shirt aus dem Schrank und huschte aus dem Raum.

Robin starrte auf den Türspalt. Irgendetwas war nicht in Ordnung. Sie lauschte Carlas Geräuschen in der Ferne.

Nach einigen Minuten kam Jack in den Raum getapst. »Kumpel, bleib bitte draußen.« Er setzte an, um auf das Bett zu springen. Robin richtete sich auf und fing ihn mit beiden Händen ab. Sie verstrubbelte ihm das Fell. »Na los, raus mit dir.« Sie stand auf und führte ihn vorsichtig am Halsband aus dem Raum. Er lief ins Wohnzimmer zurück. Robins Blick fiel auf ihre verteilte Kleidung. Sie sammelte alles ein, zog sich an und ging Richtung Küche. Langsam öffnete sie die Tür.

Carla hatte die Beine auf den gegenüberliegenden Stuhl gelegt, sich eine Decke darum gewickelt und drückte gerade ihre Zigarette aus. Robin setzte sich auf den letzten freien Stuhl. »Ist alles okay?«

Carla wich ihrem Blick aus. Sie nahm die Wasserflasche vom Tisch und trank einen großen Schluck. »Ja, schon, wieso fragst du?«

»Du bist heute irgendwie anders.«

Carla nahm eine weitere Zigarette aus der Packung und zündete sie an. »Ach, Robin. Mir geht es halt nicht immer gleich gut.«

Robin zog eine Augenbraue hoch. Der patzige Ton erschrak sie. »Das ist mir auch klar. Was ist denn los?«

Carla blies den Rauch steil in die Luft, dann drückte sie die Zigarette wieder aus. »Ich denke, wir sollten uns eine Weile nicht sehen.«

Der Satz kam wie ein Rammbock auf Robin zu, als er sie erreicht hatte, traf er mitten in ihren Magen. »Und … warum nicht? Es ist doch alles gut zwischen uns.«

»Dass du so denkst, ist doch genau das Problem. Für dich ist die Sache mit uns ein großer Spaß, ich bin eine interessante Ablenkung für dich.« Carla zog die Beine vom Stuhl.

Robin richtete sich gerade auf. »Das stimmt doch überhaupt nicht, du bedeutest mir sehr viel.«

»Warum bleibst du dann morgens nie länger, wenn ich dich darum bitte?«

»Ich habe Termine und das habe ich dir auch jedes Mal gesagt.«

»Aber du erzählst mir nie, wohin du so dringend musst. Zu deinem Job musst du ja wohl nicht, oder hast du etwa doch einen?«

»Nein, ich meine ja, ich arbeite auf dem Markt, das weißt du.«

»Zwei Mal die Woche und was ist mit den anderen Tagen?«

»Ich dachte, so etwas wäre zwischen uns nicht wichtig.«

»Was ist denn wichtig zwischen uns, der Sex?«

»Ja, auch, aber nicht nur. Wir fühlen uns wohl miteinander, reicht das nicht? Und außerdem hast du dir auch nie mehr Zeit genommen, wenn ich dich darum gebeten habe.«

»Das Café ist alles, was ich habe. Ich weiß nie, wie viele Kunden kommen, jeder Tag ist wichtig. Ich hätte echt gern noch mal diese Leichtigkeit deines Alters.«

»Meines Alters?« Robin verschränkte die Arme. »Du hast immer gesagt, unser Altersunterschied sei kein Problem und jetzt wirfst du mir irgendwelche Anschuldigungen an den Kopf, die angeblich etwas mit meiner Lebenserfahrung zu tun haben sollen. Das ist ganz schön ungerecht.« Robins Herz hämmerte gegen ihren Brustkorb.

»Weißt du, was ungerecht ist? Dass du mir anscheinend nicht die Wahrheit sagen kannst, dass ich dir das nicht wert bin. Wie soll ich mich denn da bitte fühlen?«

Robin starrte sie an. *Sag was, erzähl ihr irgendeine Geschichte.* Sie öffnete den Mund, doch im gleichen Moment wurde ihr bewusst, dass es das Problem nicht dauerhaft lösen würde. Sie müsste jede neue Lüge aufrecht halten. »Ich kann dir nicht die Wahrheit sagen, nicht in allem, meine ich. Mein Leben ist kompliziert.«

Carla erhob sich ruckartig. »Dann geh jetzt bitte.«

Robin blieb sitzen. Sie regte sich nicht und wartete darauf, dass Carla es sich anders überlegte, dass sie auf Robin zukam und sie umarmte. Aber Carla hob nur die Decke auf, die heruntergefallen war und wiederholte: »Bitte, geh!«

Robin stand auf, ohne sie noch mal anzusehen. Im Flur zerrte sie ihren Mantel von der Garderobe, nahm ihre Tasche und rief: »Balu, Jack, Paula!« Sie hörte die Hundepfoten auf dem Parkett. Gemeinsam verließen sie die Wohnung. Robin verharrte noch einen Moment, bevor sie die Tür zuzog, doch Carla folgte ihr nicht.

Robin trank den letzten bitteren Schluck Kaffee aus dem XXL-Becher, übersprang zwei Pfützen und warf den Pappbehälter in einen Abfalleimer. Dann steckte sie sich einen Kaugummi in den Mund, rieb sich über das Gesicht und streckte ihre Arme ein paar Mal in die Höhe. Die Morgenluft war klamm und schwer. Sie roch nach Abgasen und modrigen Ästen, feiner Nebel hing noch zwischen den Gräsern und Sträuchern.

Nachdem sie Carlas Wohnung am späten Abend verlassen hatte, war sie eine dreiviertel Stunde zu Fuß nach Hause gelaufen, um ihre Gedanken sortieren zu können. Balu hatte schon nach kurzer Zeit schlapp gemacht und musste getragen werden. Zu allem Überfluss hatte es angefangen zu nieseln und ihre Schuhe und Hose waren durchweicht worden.

Ihr Nacken tat weh und müde war sie auch. Balu und Jack schien der Ausflug zu der ungewohnten Uhrzeit ebenfalls nicht gefallen zu haben, sie blieben heute Morgen auf ihren Kissen liegen. Nur Paula war aufgesprungen, um sie zu begleiten. Robin ging kurz in die

Hocke und streichelte sie. Plötzlich musste Robin husten, ein Niesen folgte. *Oh bitte, jetzt bloß keine Erkältung.*

Sie zog ein Taschentuch aus der Manteltasche und schnäuzte sich.

»Hallo«, hörte sie die helle Stimme des Mädchens.

»Guten Morgen Mia.«

Mia kam auf sie zu und betrachtete dabei den Havaneser.

»Das ist Paula«, sagte Robin.

»Sie ist hübsch.« Mia streckte die Hand aus und fuhr ihr durch das Fell. »Aber sie muss zum Friseur, sie sieht ja gar nichts.« *Und zum Tierarzt muss sie auch,* dachte Robin. »Wird erledigt.«

Mia zog ihren Tornister vom Rücken, öffnete ihn und streckte ihr ein Heft entgegen. »Hab ich vergessen, Mama zu zeigen, kannst du das kontrollieren?«

»Ist doch hoffentlich Mathe, oder?«

»Nein, Deutsch.«

»Kunst wäre mir am liebsten.«

Mia legte die Stirn in Falten. »Wofür hat man denn eine *Schwester*?«

Robin nahm das Heft an sich. »Schon gut.« Sie zog einen Bleistiftstummel aus ihrer Manteltasche. Während sie nebeneinander herliefen, überflog Robin den Text. *Grammatik. Uäh.* Sie las die ersten Zeilen. *Scheint alles richtig zu sein. Vermutlich. Ein paar Fehler müssen drin bleiben, wäre es alles richtig, würde Mia nur auffallen.* Nie über die Stränge schlagen. Im Mittelmaß bleiben. Das war wichtig.

Robin gab ihr das Heft zurück. »Deine Lehrerin wird stolz sein.«

Mia nahm das Heft und rollte es zwischen ihren Händen. Robin gefiel das. Sie mochte das Gefühl ebenfalls, wenn sich etwas ihren Handflächen anschmiegte.

Als sie auf die Bushaltestelle zugingen, hörten sie hinter sich bereits das schwere Brummen des Busses. Gerade als sie sich umdrehte, stoppte er, die Türen öffneten sich und sie stiegen ein.

Mia sprach nicht viel, meistens lehnte sie sich an ihre Schulter und schaute zur Decke. Ob sie träumte? Nachdachte? Hatte sie Angst vor dem Tag? Sie kannten sich nun seit sechs Wochen. Ob Robin sie einfach mal fragen sollte? Sie wollte das Mädchen allerdings auch nicht verschrecken.

An der nächsten Haltestelle würden die Jungs dazusteigen, die Mia damals so gehänselt hatten, dass Robin eingeschritten war und sich als ihre Schwester ausgegeben hatte. Drei hüfthohe, spindeldürre Kerlchen, die trotz der kühlen Jahreszeit immer stark schwitzten und deren Stimmen jetzt schon zu hören waren, obwohl der Bus noch nicht mal gehalten hatte. Mia setzte sich gerade hin, drehte sich zu ihr und fragte: »Darf ich Paula auf den Schoß nehmen?«

»Natürlich.«

Mia bückte sich und hob Paula nach oben. Die blickte sie kurz an und machte es sich auf ihrem Schoß bequem.

Der Bus hielt und die Türen öffneten sich mit einem Zischen. Die drei Jungs enterten den Bus. »Guten Morgen Herr Busfahrer«, rief der mit der quietschenden Stimme. »Guten Morgen gesamter Bus«, johlte der mit dem breiten Grinsen.

Mia zuckte neben ihr zusammen und drückte Paula fest an sich. Robin schaute der Truppe entgegen. Die Jungs quetschten sich an einem älteren Herrn vorbei und blieben vor ihnen stehen.

»Guten Morgen die Damen«, rief der mit der glitzernden Zahnspange.

»Morgen«, murmelte Mia.

»Setzt euch, der Boden ist rutschig vom Regen«, sagte Robin.

Die Jungs nickten und machten eine übertriebene Verbeugung in ihre Richtung, dann liefen sie ganz nach hinten durch.

»Alles okay?«, fragte Robin.

Sie nickte.

»Sind sie in der Schule immer noch nett zu dir?«

Mia sah zur Seite. »Ja.«

»Gut.«

Mia streichelte über Paulas Kopf. »Wo hast du sie her?«

Robin wollte sagen: aus dem Tierheim. Doch Carlas Vorwurf tauchte plötzlich in ihren Gedanken auf. *Habe ich nicht die Wahrheit verdient?*

»Ich habe sie geklaut«, entfuhr es Robin.

»Quatsch.«

Robin lächelte. »Doch. Ihre Besitzer waren nicht lieb zu ihr.«

»Man darf niemandem etwas wegnehmen.«

Robin kratzte sich am Kopf. »Das stimmt. Aber man muss eine Situation ändern, wenn sie nicht gut ist.«

»Aber muss das durch Klauen sein?«

Robin schaute zu ihr. »Es ging nicht anders.«

»Vielleicht vermisst Paula die anderen Menschen.«

»Sie sieht doch glücklich aus, oder?«

Mia betrachtete den Hund. »Aber ihre ehemaligen Besitzer sind jetzt bestimmt traurig.«

Ein Stich durchzog Robins Magen. *Ja, vielleicht, aber hatten sie es anders verdient?* »Ich glaube nicht, dass Paula ihnen fehlt«, antwortete Robin schnell, »ich hatte den Eindruck, Paula war ihnen gar nicht wichtig.«

»Aber wissen tust du es nicht.« Mia drehte sich in die Richtung des Durchganges und sagte nichts mehr.

Robin starrte aus dem Fenster. *Ihr wollt die Wahrheit von mir und kommt dann nicht damit zurecht.* Zum Glück würden sie gleich die Schule erreichen.

Als sie aus dem Bus stiegen, wartete Mia, bis die anderen Kinder einige Meter entfernt waren. Während Robin sie beobachtete, verlagerte Mia das Gewicht von einem Fuß auf den anderen. »Du brauchst mich nicht mehr begleiten. Ich schaffe das jetzt, glaube ich, alleine.«

Robins Kehle schnürte sich zu. Mia konnte sie nicht ansehen. Sie streichelte Paula noch ein paar Mal über den Rücken. »Danke, dass du mir geholfen hast.«

»Mia!« Robin ging in die Hocke. »Hast du meine Nummer noch?«

»Ja.«

»Du meldest dich, wenn du mich brauchst, ja?«

Sie schwieg.

»Versprich mir wenigstens, dass du jemanden um Hilfe bittest, wenn die Jungs wieder gemein zu dir sind.«

Mia zögerte, dann nickte sie. »Tschüss«, sagte das Mädchen leise und drehte sich um. Flugs wandte sie sich Robin doch noch mal zu, drückte sie so kurz, dass Robin nicht reagieren konnte, und eilte dann zum Schulgebäude.

Robin schaute ihr hinterher, bis sie in dem Gebäude verschwunden war.

Als sie sich wieder aufrichtete, gaben ihre Knie nach. Für einen Moment verschwamm ihr Blick. *Du hast sie verschreckt, deshalb will sie dich nicht mehr sehen.* Ihre Schläfen begannen zu pochen. Sie rieb sich über das Gesicht. *Konzentrier dich. Du musst das heute durchziehen, Herr Rötken wird sich das Buch nur noch einige Male ausleihen und außerdem brauchst du das Geld.*

Sie hatte noch drei Stunden Zeit, vielleicht würden ein weiterer großer Kaffee sowie ein Spaziergang helfen, um ihre Aufmerksamkeit zu festigen. Robin lief los, doch die Schuhsohlen schienen auf dem Asphalt kleben zu bleiben. Nur langsam und widerwillig entfernte sie sich von der Schule und von Mia.

KAPITEL 3

Warum verliebt man sich in einen Menschen? Und immer in den falschen? *Oder passiert das immer nur mir?* Hanna starrte auf den blinkenden Cursor. Das Parfüm von Merit hing noch in der Luft, obwohl ihre Chefin den Raum vor fünfzehn Minuten verlassen hatte. Hanna meinte sehen zu können, wie die feinen, nach einem warmen Frühlingstag duftenden Partikel in Wellen unter ihrer Nase wogten. *Séduction* hieß die Sorte. Hanna wusste das, weil sie Merit danach gefragt und es sich dann gekauft hatte.

Séduction bedeutet *Verführung*; Hanna hatte das Wort nachgeschlagen und dachte jedes Mal: *Wie passend,* denn wenn Merit in ihrer Nähe war, vernebelte der Duft ihre Sinne.

Hanna sprang von ihrem Stuhl auf, drehte sich um und öffnete das Fenster. Sie saugte die kühle klare Luft ein.

Das Flimmern vor ihren Augen verschwand, das Flattern ihres Herzens nicht.

Fest umschloss sie die Kante des Fensterbrettes. *Warum jetzt?* Warum hatte sie, vier Monate vor dem Ende ihrer dreijährigen Ausbildung zur sachverständigen Wissenschaftlerin, eine neue Gruppenleiterin bekommen? Warum ausgerechnet in diesen wichtigen letzten Wochen, in denen sich entschied, ob sie bald alleine Gutachten für das Institut schreiben durfte, oder sich die Probezeit und damit der Ausbildungsabschluss noch mal verlängern würden?

Hanna ging zu ihrem Schrank, öffnete ihn und schaute in den Spiegel der Innentür. Sie atmete einige Male tief ein und aus. Dann löste sie das Haargummi, griff nach der Bürste, kämmte sich die Haare ordentlich nach hinten und zurrte den Zopf fest. *Komm gefälligst wieder los von dieser Frau.* »Ja, Madame«, antwortete sie sich selbst, »nichts leichter als das.«

Sie knallte die Tür zu und ging zurück an den PC. Dabei duckte sie sich einige Male, in der Hoffnung, den duftenden, umherschwirrenden Partikeln zu entkommen.

Zurück vor dem Bildschirm, entdeckte sie zwei neue Mails im Postfach. Die erste war von der IT-Abteilung. Sie informierte über Umstrukturierungen des Intranets, die aufgrund der Aufteilung des neuen Gebäudes vorgenommen worden waren. Die zweite war von Hahnen. *Natürlich.* Er erinnerte sie an die Spurenauswertung des Einsatzes der Kollegen von vergangener Woche, bei dem in einem Kaufhaus größere Erdklumpen neben den Fußabdrücken sichergestellt werden konnten. Sie war bereits am Donnerstag mit der Analyse fertig geworden, hatte aber die Mail mit den Ergebnissen an ihren Kollegen noch nicht abgeschickt.

Obwohl sie seit zweieinhalb Jahren mit ihm zusammenarbeitete, hatte er sich immer noch nicht an ihre Arbeitsweise gewöhnt, Termine zwar einzuhalten, Deadlines aber bis zuletzt auszureizen. Hanna nutzte die ihr zur Verfügung stehende Zeit gerne komplett aus, um alles so genau wie möglich zu bearbeiten. Er hasste das. Weil ihm dann kaum noch Chancen blieben, sie zu kritisieren und ihr umfangreiche Änderungen aufzudrücken. Seit Merit da war, hatte er von ihr leider viele Argumentationsweisen aufgeschnappt, die sein überzogenes Verhalten Hanna gegenüber rechtfertigten. Galt er bei ihrem ehemaligen Gruppenleiter noch als pingelig, so waren er und Merit der Meinung, dass es für Hannas Arbeitsweise nur förderlich war, wenn sie von einem so erfahrenen Kollegen genauestens analysiert und kontrolliert wurde. Hanna schrieb:

Guten Morgen Herr Hahnen,

morgen Vormittag maile ich Ihnen die Berichte des letzten Auftrages zu.

Gruß,

Hanna Winterkorn

Hanna sah auf die Uhr. Nach der Mittagspause würde sie den Rest des Tages bei der Hauptfeuerwehr verbringen. Ihr Blick fiel auf die ausgedruckte und gebundene PowerPoint-Präsentation schräg vor sich. Diese trug den Titel *Bereichsübergreifendes Lernen.*

Merit hatte ihnen vor zwei Wochen das neue Konzept vorgestellt. Seitdem durfte jeder des Instituts nicht nur Zeit in anderen Fachbereichen verbringen, sondern auch einige Nachmittage im Monat die Kollegen von der Feuerwehr oder Polizei begleiten, um etwas über deren Arbeitsweise zu lernen. Hanna fand die vielen Neuerungen grundsätzlich gut. Das Land investierte viel Geld in dieses Pilotprojekt und Hanna war stolz, daran teilhaben zu können, allerdings schaffte sie seitdem ihre alltägliche Arbeit nur noch, indem sie Überstunden schob. Sie atmete tief ein, im Raum roch es immer noch nach Merits Parfüm. Mit einem Seufzen erhob sich Hanna, griff nach ihrem Schlüsselbund und war froh, das Zimmer nun bis morgen nicht mehr betreten zu müssen.

Robin schloss das Fahrrad vor dem Archiv ab, zog ihren Mantel aus und verstaute ihn in der Gepäcktasche. Alles, was sie nachher auf dem Weg raus aus dem Gebäude behindern könnte, wollte sie hier lassen. Sie zog nur das Sitzkissen, den kleinen Block und den Bleistift heraus und streckte sich einige Male. Sie hatte gehofft, die Bewegung auf dem Rad würde ihre Muskeln lockern, stattdessen breitete sich nun der ziehende Schmerz vom Nacken auf dem ganzen Rücken aus. Sie fischte die Packung Schmerztabletten aus der Seitentasche des Rades. Sie war leer. *Verdammt.*

Mit einigen schnellen Handgriffen drapierte sie ihr breites Halstuch so, dass es auch die Schulterblätter bedeckte, vielleicht würde es sie etwas wärmen. Dann fokussierte sie ihren Blick auf den Eingang und ging los.

Robin grüßte den Pförtner in der Durchgangshalle. »Robin Lux, ich will in den Lesesaal.«

Der Mann mit dem geringelten Schnäuzer nickte ihr zu.

Sie ging eine Etage nach oben und spähte durch die Glastür in den Saal. Gut, Herr Rötken saß an seinem Platz und hatte sich die Archivalien bereits bringen lassen.

Als Robin die Tür öffnete, hoben zwei Benutzer kurz ihre Köpfe. Sie lief auf den Tresen zu. Die Auszubildende blickte ihr entgegen und fuhr sich fahrig durchs Haar. »Hallo Kira«, sagte Robin und schob ihr den Ausweis zu. »Ich habe für heute vorbestellt.«

»Robin, hi«, die junge Frau nahm den Ausweis entgegen und trug ihren Namen in das dicke Buch auf dem Tisch ein. »Magst du alles auf einmal haben?«

»Erst mal nur die Hälfte, bitte.«

Kira ging zu dem hohen Regal und zog ihre Bestellung aus einem der Fächer. Sie trug die Nummern der Archivalien in den Computer ein und gab ihr die Aktenstücke.

Robin nahm das Bündel entgegen. »Vielen Dank.« Sie ging zu den Tischen, die alle längs in hintereinanderliegenden Reihen standen, bog ab, schob sich hinter Herrn Rötken vorbei und flüsterte »guten Tag.« Auch dieses Mal antwortete er nicht.

Er war nicht nur unfreundlich ihr gegenüber, auch Kira hatte er vor dem gesamten Lesesaal angebrüllt, weil sie ihm eine falsche Archivale aus dem Magazin gebracht hatte. Er würde schon bald erfahren, was sein Karma für ihn bereithielt. Robin schmunzelte bei dem Gedanken und setzte sich fünf Plätze von ihm entfernt ans Fenster.

Sie legte ihr Sitzkissen auf den Stuhl, ließ sich darauf sinken, zog die Baumwollhandschuhe aus ihrer Hosentasche, streifte diese über und entspannte dann für ein paar Minuten ihren Rücken. Sie fuhr sich mit der Hand über die rechte Schulter. Der Strang zum Nacken war verhärtet. *Halt durch. Konzentrier dich. Du brauchst die eintausendfünfhundert Euro. Und du darfst ihn nicht enttäuschen.*

Sie schlug eine der Akten auf und tat so, als würde sie sich ein paar Notizen machen. Immer wieder schaute sie auf die Armbanduhr. Bis auf das Rascheln der Akten und Karten sowie das leise Tippen von Kira war es still im Raum. Robin rieb sich ihre brennenden Augen. Endlich war es ein Uhr. Sie drehte sich leicht zu Herrn Rötken. *Steh auf.* Es dauerte weitere zehn Minuten, bis er sich von seinem Stuhl erhob. Robin beobachtete durch die Glasscheibe, wie er hinter den Spinden verschwand und nach einem Weilchen mit Jacke und Hut wieder auftauchte, um die Treppe hinunter zu gehen. Ab jetzt hatte sie vierzig Minuten. *Los geht's.*

Robin stand auf und warf dabei das Kissen zu Boden. Sie klopfte es ab, legte es auf den Tisch, ging zu dem Regal mit den Büchern und ließ intensiv den Blick darüber streifen. *Gut*, die beiden Bücher, die sie letzte Woche in einem Regal der Handbibliothek hatte verschwinden lassen, waren nicht gefunden und wieder zurückgestellt worden. Sie ging zu Kira und sagte leise: »Ich hätte gern den Rest der Archivalien.« Kira nickte ihr zu, stand auf, holte das zweite Bündel, trug die Nummern ein und gab sie ihr.

»Und ich glaube, im Freihandbereich fehlen zwei Bücher, die ich zur Recherche bräuchte.« Sie schob ihr einen Zettel zu. »Könntest du mir von hinten die Doppelstücke an meinen Tisch bringen?«

Kira zögerte. »Vielleicht sind sie nur verstellt?«

»Ich bin alle Reihen durchgegangen.«

»In Ordnung.«

»Danke.«

Kira begab sich hinter das Regal.

Robin eilte in Richtung ihres Platzes. Kurz vor dem Tisch von Herrn Rötken tat sie so, als würde sie an einem der Stuhlbeine hängen bleiben. Sie ließ sich leicht nach vorne fallen und kippte ihr Bündel auf die Archivalien von Herrn Rötken. Im Augenwinkel bemerkte sie, wie sich ein paar Köpfe hoben. »Wie ungeschickt«, flüsterte sie und winkte mit einer Hand zur Seite. »Es ist nichts passiert, entschuldigen Sie bitte.« Robin ließ den Blick über die Utensilien auf dem Tisch huschen. Das Liederbuch lag oben an der Kante. Mit einer weiträumigen Handbewegung schob sie ihre Akten zusammen und das Stück ihrer Begierde unter den Stapel.

Sie ging zu ihrem Platz, legte das Bündel neben das Sitzkissen und hob nur den oberen Teil ab. Anschließend schob sie das Bündel an die obere Tischkante, damit es etwas Sichtschutz nach vorne bot, und setzte sich so hin, dass das Buch durch ihren Körper vor Blicken von hinten geschützt war. Sie legte das Sitzkissen darauf, damit sich die Auswölbung über die Liederbuchkanten legte. Robin drückte das Buch ganz hinein und deponierte das Kissen dann auf dem Stuhl neben sich. Sie wickelte ihr Halstuch ab und drapierte es zusätzlich auf dem Kissen.

Kira kam hinter dem Regal vor und brachte ihr die gewünschten Bücher. Robin bedankte sich. Sie blätterte für einige Minuten in den Büchern und prüfte die Uhrzeit.

Herr Rötken müsste in knapp dreißig Minuten wieder auftauchen. Während sie aufstand, hob sie das Sitzkissen hoch und presste es mit der unteren Seite an ihren Bauch. Sie sah zu Kira, die jetzt den Kopf hob und ihr zunickte. Robin tat es ihr nach und verließ eilig den Saal.

Draußen öffnete sie einen Spind und schob das Kissen und den Schal hinein. Sie schloss ab, zog ihr Handy aus der Hosentasche, begann ein imaginäres Gespräch und lief einige Male auf und ab, dabei näherte sie sich der Tür, die zu den Büros führte. Zehn Minuten lang passierte nichts. Endlich wurde die Türklinke heruntergedrückt.

Robin ging in die Hocke, klemmte ihr Handy zwischen Ohr und Schulter und griff nach ihren Schnürsenkeln.

Die hölzerne Tür wurde weit aufgestoßen, ein Mann ging an ihr vorbei. Als sie seine Rückseite sehen konnte, ließ sie das Handy auf den Boden rutschen und klemmte es blitzschnell zwischen Tür und Rahmen. Die Tür wurde blockiert. Verstohlen warf sie einen Blick zur Seite. Der Mann war verschwunden. Sie lauschte, stand auf und schaute schnell um die Ecke. Der Flur war leer. Sie nahm das Handy wieder an sich, eilte den schmalen Gang entlang und bog zur Damentoilette ab. Zum Glück waren die Räume leer. Sie nestelte das Schild mit dem Wort *Defekt* aus ihrer Hosentasche und pappte es mit dem Doppelklebeband an die Tür.

Im Waschraum zog sie die Handschuhe aus und schaute auf die Uhr. Sie musste noch etwas warten, hoffentlich kehrte Herr Rötken in seiner gewohnten Zeitspanne zurück zu seinem Platz. Die Minuten vergingen quälend langsam. *Endlich.* Robin holte das Feuerzeug aus ihrer Hosentasche. Sie stopfte Unmengen des Einwegpapiers zum Händeabtrocknen in den Papierkorb, dann zündete sie die Handschuhe an, wartete, bis eine kleine Flamme sich daran empor züngelte, und warf sie in den Behälter. Sie holte den in ein Taschentuch gewickelten Zigarettenstummel aus der Hosentasche und warf ihn ebenfalls dazu. Ein feiner Rauchschwaden stieg aus dem Abfalleimer.

Robin schaute durch den Türspalt. Es war niemand zu sehen. Sie riss das Schild ab, warf es ebenfalls in den Papierkorb, eilte den Flur entlang, öffnete die Tür und spähte in den Vorraum. Dort angekommen sah sie vorsichtig um die Ecke, Herr Rötken setzte sich soeben auf seinen Platz. Robin hastete zu dem Spind, öffnete ihn, drehte das Sitzkissen um und zerrte den Stoff mit dem Reißverschluss über das Buch. Er hakte.

Oh nein, nein, bitte nicht. Sie ruckelte und zerrte an dem kleinen Metallhaken, aber der Verschluss bewegte sich nicht. Das Buch lag weiterhin unverdeckt in der Auswölbung des Kissens.

Ihr Herz begann wild zu klopfen. Sie bekam kaum noch Luft. *Der Feueralarm wird jede Minute losgehen.* Sie konnte das Buch so offenliegend nicht mit nach draußen nehmen, wenn der Pförtner sie ansprach und sehen wollte, was sie in der Hand hielt … *Du musst es hier lassen!*

Sie griff nach dem Kissen, drückte das Buch heraus, legte es in den letzten Spind der Reihe und schnappte sich den Schal. Kalter Schweiß bedeckte nun ihre Haut.

Wohin? Zurück in den Saal? Nein. Du bist viel zu hektisch.

Sie musste einen unverdächtigen Ort erreichen.

Robin hastete die Treppe hinunter in die unterste Etage zu den Toilettenräumen, dabei nahm sie zwei Stufen auf einmal. In der letzten Biegung stieß sie mit der Hüfte gegen das Geländer, ihr Oberkörper verdrehte sich ruckartig, ein stechender Schmerz durchzog ihren Rücken. Sie erreichte die Tür, ließ sich dagegen fallen, taumelte Richtung Waschbecken und hielt sich daran fest. Ihr wurde übel. Vor ihren Augen waren leuchtende Blitze und dann wurde alles schwarz.

Als Karl und Hanna vor dem rötlichen Backsteingebäude eintrafen, stand eine Menschentraube davor. Über Funk hatten sie bereits von der Zentrale erfahren, dass ein Feuermelder im westlichen Teil des Gebäudes losgegangen war. Das Löschfahrzeug und der Notarztwagen hielten hinter ihnen. »Du bleibst an meiner Seite. Die Kollegen kümmern sich um den seitlichen Gebäudeteil«, sagte Karl.

»Verstanden.«

Karl eilte aus dem Wagen. Hanna folgte ihm. Ein Mann mit Halbglatze kam auf sie zu, er stellte sich als Archivleiter vor.

»Karl Möbius«, der Feuerwehrmann legte ihm eine Hand auf den Arm. »Haben alle Personen das Gebäude verlassen?«

»Wir vermissen eine Benutzerin. Die Lesesaalaufsicht sagte, sie habe die Frau kurz vor dem Alarm noch die Treppe hinuntergehen sehen. Der Pförtner teilte mir mit, dass sie das Gebäude nicht verlassen habe. Im Untergeschoss befinden sich die Toiletten. Meine Mitarbeiterin war so aufgeregt, dass sie mir erst draußen davon erzählt hat.«

Er zeigte kurz auf eine junge Frau hinter sich, die auf den Boden starrte und deren langen, blonden Haare das rundliche Gesicht von beiden Seiten fast bis zu den Wangenknochen verdeckten. »Die Räumungshelfer haben mir mitgeteilt, dass sonst alle das Gebäude verlassen haben.«

Karl rief in das Funkgerät: »Ich gehe mit Frau Winterkorn vom Haupteingang aus in das Untergeschoss. Es wird vermutet, dass sich dort noch eine Frau aufhalten könnte.«

Er winkte Hanna. »Folge mir, sobald es in unserer Nähe gefährlich werden sollte, schicke ich dich zurück.«

»Ja, verstanden.«

Hanna eilte hinter dem Feuerwehrmann her, sie hasteten die Treppen hinunter und öffneten die Tür der Damentoilette. Vor den Waschbecken lag eine Frau seitlich auf dem Boden. Hanna zuckte zusammen. Szenen des Erste-Hilfe-Kurses aus dem letzten Jahr blitzten vor ihrem inneren Auge auf.

Hanna ging in die Hocke.

»Wir brauchen den Notarzt im Untergeschoss auf der Damentoilette. Keine Rauchentwicklung in diesem Bereich«, sagte Karl.

Hanna legte der Frau eine Hand auf die Schulter. »Können Sie mich hören?« Aus einer Platzwunde auf der Stirn rann Blut, die Haut war blass.

Wie aus weiter Ferne hörte sie Karl fragen: »Atmet sie noch?«

Vorsichtig drückte Hanna ihren Zeige- und Mittelfinger auf die Halsschlagader. »Sie hat Puls, aber sie ist bewusstlos.«

Karl ging in die Hocke und betastete vorsichtig den Nackenbereich.

Die Tür ging hinter ihnen auf. Hanna sah zu dem Arzt hoch. »Sie ist bewusstlos, aber ich konnte den Puls fühlen«, wiederholte sie.

»Vielen Dank, wir übernehmen«, antwortete er. Zwei junge Männer folgten ihm.

Hanna stand auf und prüfte hastig die Umgebung. Neben der Frau lagen ein Kissen und ein Schal. Sie entdeckte keine Handtasche, die Frau trug keine Jacke.

»Die Atmung ist stabil. Wir bringen sie ins Krankenhaus.«

»Ich begleite Sie. Ich bin von der Spurensicherung«, sagte Hanna. »Ich kann hier keine Handtasche von der Frau entdecken. Ich würde ihr gern helfen, wenn sie aufwacht.«

Karl schaute sie mit weit geöffneten Augen an.

»Das geht in Ordnung. Ich kläre das mit meiner Dienststelle«, ergänzte Hanna, dann zeigte sie kurz auf die Sachen. »Ich nehme das an mich und gebe es der Frau später.«

Der Feuerwehrmann nickte.

Die Frau wurde auf eine Trage gehoben. Hanna nahm das Sitzkissen, es fiel ihr fast wieder aus der Hand, weil ihre Finger auf eine Auswölbung trafen. Kurz drehte Hanna es um und packte fester zu, dann nahm sie den Schal auf und eilte den Ärzten hinterher.

Robin öffnete ihre Augen. Eine gleißend helle Lampe blendete sie. Sie drehte den Kopf erst nach links, dann nach rechts. Ein stechender Schmerz ging von ihrer Stirn aus. Sie erkannte die Umgebung nicht. Eine Frau beugte sich zu ihr.

Für wenige Sekunden schob sich eine weiche Hand über ihre. »Wie schön. Sie sind wieder wach. Erschrecken Sie sich nicht, Sie liegen im Krankenhaus. Ich sage der Schwester Bescheid.«

Im Krankenhaus? Robin öffnete den Mund, um der Frau etwas hinterherzurufen, doch ihre Kehle war trocken und sie musste husten.

Im Augenwinkel sah sie einen Becher auf dem Rolltisch stehen. Sie nahm einen Schluck; die Frau kam wieder herein und setzte sich erneut neben das Bett.

»Wie geht es Ihnen? Sie waren vorhin kurz wach, erinnern Sie sich?«

Robin sah in die grün-braunen Augen der Fremden. »Nein, leider nicht. Es geht mir okay, glaub ich. Etwas Kopfschmerzen. Was ist denn passiert?«

»Sie sind auf der Toilette des Archivs zusammengebrochen.«

Der Lesesaal. Das Buch. Bilderfetzen zogen vor ihrem inneren Auge vorbei. »Ich hatte eine Pause gemacht und wollte auf die Toilette gehen. Von da an kann ich mich an nichts erinnern.« Robin wusste nicht, wo diese Sätze herkamen, ihr Unterbewusstsein schien die Antworten zurechtgebastelt zu haben.

»Es gab einen Feueralarm.«

»Es hat gebrannt?«

»Sie haben den Alarm nicht mehr gehört?«

Robin schüttelte den Kopf.

Die Frau rutschte etwas näher. »Bitte entschuldigen Sie. Ich habe mich noch gar nicht vorgestellt. Ich bin Hanna. Hanna Winterkorn, wissenschaftliche Kriminaltechnikerin vom Kriminaltechnischen Institut.«

Robins Magen zog sich zusammen. Was hatte eine Spurensucherin hier zu suchen? War sie unter Verdacht geraten? *Bleib ruhig. Sie ist nicht von der Kripo und du bist nicht mit Handschellen ans Bett gefesselt.* Sie täuschte einen weiteren Hustenanfall vor, nahm erneut einen großen Schluck Wasser und erwiderte: »Robin Lux, Hotdog-Verkäuferin. Was sagten Sie? Kriminaltechnikern? Ich verstehe nicht ganz …«

»Man nennt das auch Spurensucherin.«

»Ich verstehe immer noch nicht.«

»Ich war zufällig mit der Feuerwehr am Einsatzort. Ich hatte keine Handtasche bei Ihnen gesehen und vermutet, dass sie kein Handy dabei haben und ich dachte, Sie könnten Hilfe gebrauchen, deshalb bin ich mit ins Krankenhaus gefahren.«

Wieso war eine Spurensucherin zusammen mit der Feuerwehr unterwegs? Robin stellte diese Frage nicht laut. Natürlich hatte sie keine Handtasche dabei gehabt. Das hatte sie nie. *Das Sitzkissen!* Robin schaute hektisch um sich. Auf dem Stuhl gegenüber hing nur der Schal. Aber sie konnte die Spusi jetzt natürlich nicht nach so etwas Belanglosem wie einem Sitzkissen fragen.

»Ist alles in Ordnung? Sie werden wieder so blass.«

»Alles okay. Ich bin nur etwas durcheinander.«

Verdammt, es war alles schiefgegangen, sie hatte das Buch zurücklassen müssen. Der Kunde wartete auf sie. *Wie viel Uhr war es überhaupt?* Draußen war es schon dunkel. *Balu, Jack, Paula!* »Meine Hunde!«

»Sie haben Hunde? Sie sind doch nicht etwa am Archiv angebunden?«

»Nein, sie sind zu Hause, aber wie lange schon? Wie viel Uhr …«

Die Tür wurde schwungvoll aufgestoßen. Eine kleine Frau mit zu langem, weißem Kittel betrat den Raum. »Frau Lux, ich bin Schwester Agatha. Wie fühlen Sie sich?«

»Es ist alles soweit okay, denke ich.«

»Soll die Dame während des folgenden Gesprächs rausgehen?«

Robin blickte zur Seite, die Frau hatte wieder die Hand auf das Bett und damit nah neben ihre gelegt. Die Wärme, die von ihr ausging, traf sanft auf Robins Haut. »Ähm, nein, sie kann bleiben.«

»Sie müssen eine ungewohnte Bewegung gemacht haben, dabei haben Sie sich einen Nerv auf dem Rücken eingeklemmt und wurden wohl kurz danach bewusstlos. Das passiert, wenn man schon geschwächt ist und der Körper innerhalb weniger Sekunden mit einem starken Schmerzgefühl konfrontiert wird. Sehen Sie es als eine Art Schutzfunktion des Körpers. Wir haben Ihnen eine Spritze gegeben, zur Lockerung der Muskulatur. Sie waren kurzzeitig wach. Erinnern Sie sich?«

Robin schüttelte den Kopf. Sie hatte wahnsinnige Angst vor Spritzen.

Die Krankenschwester fuhr fort: »Hinzu kam, dass Sie sich bei ihrem Sturz den Kopf angeschlagen haben. Sie haben keine Gehirnerschütterung. Die Platzwunde konnte geklammert werden. Sie haben etwas erhöhte Temperatur und weitere Erkältungssymptome. Die Oberärztin würde Sie gerne diese Nacht hierbehalten.«

»Nein«, entfuhr es Robin prompt.

Die Krankenschwester legte die Stirn in Falten.

»Entschuldigen Sie. Ich muss nach Hause zu meinen Hunden. Wie viel Uhr ist es?«

»Es ist gleich sechs. Können Sie nicht jemanden anrufen?«

Jetzt mischt sich auch noch die Fremde ein. Robins Groll verflog jedoch sofort wieder, als ihr der liebe Ton in deren Stimme gewahr wurde. Robin wandte den Kopf zu ihr. »Das geht nicht.«

Es ging nicht, weil sie die Türen zum Schlaf- und Wohnzimmer nicht abschloss, wenn die Hunde mehrere Stunden allein zu Hause blieben und weder ihr Freund Toni, noch ihre Eltern den Inhalt des Schlaf- und mittlerweile auch des Wohnzimmers sehen durften. »Ich würde gerne gleich gehen.«

Die Krankenschwester seufzte. »Auf Ihre Verantwortung. Sie müssten dann noch zu mir kommen und ein Formular unterschreiben. Schonen Sie sich bitte in der nächsten Zeit. Sobald Ihnen übel wird, rufen Sie einen Arzt. Die Wunde lassen Sie bitte übermorgen von Ihrem Hausarzt kontrollieren. Bis dahin darf auch kein Wasser drankommen. Sie müsste in einer Woche bereits gut verheilt sein.«

Robin nickte. Die Krankenschwester verließ das Zimmer.

»In welche Richtung müssen Sie?«, fragte die Frau.

»Ins Luisenviertel.«

»Ich wohne im Stadtteil daneben. Sollen wir uns ein Taxi teilen?«

»Gerne«, sagte Robin. »Ich brauche allerdings noch einen Moment.«

»Kein Problem. Ich warte unten in der Halle auf Sie.«

Während sich das Taxi durch den Stadtverkehr schlängelte, betrachtete Hanna die Frau immer wieder für einige Momente. Draußen setzte die Dämmerung ein, die Laternen gingen an und warfen tanzende, orangene Lichtflecke in das Fahrzeug. Hanna gefielen Robins Augen. Obwohl sie müde und geschwächt sein musste, betrachtete sie aufmerksam die Umgebung. Mal sah sie einem Spaziergänger hinterher, dessen Hund im Zickzack zwischen Pfählen und Büschen umherrannte, dann reckte sie den Hals, weil sich eine Krähe über den Bürgersteig gleiten ließ und vor einer Pfütze landete.

»Ich hoffe Sie frieren nicht, so ganz ohne Jacke.«

Robin blickte zu ihr und lächelte zögerlich. »Nein, es geht schon.« Sie ließ ihren Blick auf Hanna ruhen. »Es war sehr nett, dass Sie im Krankenhaus geblieben sind.«

Hannas Wangen wurden warm. Eigentlich hatte sie die Frau noch mehr zu den Geschehnissen am Einsatzort fragen wollen. Vor allem, ob ihr etwas Ungewöhnliches aufgefallen war. Und dann gab es da ja noch das Sitzkissen mit der merkwürdigen Auswölbung. Hanna legte eine Hand auf den Reißverschluss ihrer Tasche. Gerade wollte sie diesen aufziehen, da entschied sie sich, ihr es erst mal nicht zurückzugeben. »Gern geschehen.«

Das Taxi hielt vor einem bunt bemalten Haus. Hanna beugte sich näher zu Robin und blickte zu der Fassade. »Ach, hier wohnen Sie?

Irgendwas über dieses Haus habe ich vor einiger Zeit in der Zeitung gelesen, kann das sein?«

Robin nickte. »Ja, der Vermieter ist etwas abgedreht. Er hat das Haus von Künstlern bemalen lassen und nun Ärger mit der Stadt.«

Der Taxifahrer drehte sich zu ihnen: »Macht bis hier hin vierzehn Euro und zwanzig Cent.«

Hanna sah Robin an. »Ich muss noch etwas weiter, wenn Sie zehn Euro dazugeben würden, müsste es hinkommen.«

Robin zahlte mit einem zerknitterten Schein aus ihrer Hosentasche. Anschließend drehte sie sich zu Hanna um und streckte ihr die Hand entgegen, »auf Wiedersehen.« Hanna griff danach. »Auf Wiedersehen und gute Besserung.«

Robin ließ ihre Hand noch nicht los und Hanna zog sie nicht weg. Hanna mochte ihre Bewegungen, sie waren fließend, bedacht; Robins Händedruck war stark und gefühlvoll zugleich.

Der Taxifahrer räusperte sich. Sie ließen gleichzeitig ihre Hände los.

Robin stieg aus und schloss die Tür. Sie schaute durch das Fenster und hob die Hand. Hanna tat es ihr nach. Als das Taxi losfuhr, kribbelten ihre Finger angenehm.

Robin saß in der Küche und hielt seit zehn Minuten die Tasse Tee zwischen ihren Händen. Ihr war kalt, nur ihre Füße waren warm, da sich Jack auf ihnen eingerollt hatte. Seine regelmäßigen Atemzüge drückten sanft gegen ihre Zehen. Sie blickte auf das Handy, das auf dem Tisch lag, streckte die Hand danach aus und ließ sie gleich wieder sinken.

Robin hatte noch nie jemanden enttäuschen müssen, dem sie etwas versprochen hatte. Herr Schorsch würde sehr traurig sein, wenn sie ihm die Nachricht über das Liederbuch mitteilte.

Vor Robins innerem Auge flackerte sein verschmitztes Lächeln auf, das er gehabt hatte, als sie den Plan ausgeklügelt hatten. Immer wieder hatte er zu ihr gesagt: »Wissen Sie, damit tun Sie mir einen großen Gefallen. Ich kann die Forschungen zu meinem Buch abschließen und es endlich an einen Verlag schicken. Vielleicht gelingt mir eine Veröffentlichung vor Herrn Rötken. Monatelang hat er mein Fortschreiten verhindert, indem er sich das Liederbuch vor mir ausgeliehen hat und ich im Archiv nicht zum Zuge kam.«

Robin erinnerte sich an den Streit, den sie im Foyer des Archivs zwischen den beiden Forschern mitbekommen hatte. Erneut fuhr ihr ein kalter Schauer über den Rücken, als sie sich an Rötken erinnerte, wie er triumphierend vor dem zittrigen Herrn Schorsch behauptet hatte, die lächerlichen Auswertungen wären nichts im Vergleich zu seinen Kenntnissen, die er aus den Liedtexten zog. Er würde ihm mit der Veröffentlichung zuvorkommen und damit seine Interpretationen abwerten.

In Robin stieg erneut die Wut hoch, die sie für Rötken empfand. Sie hätten sich schließlich bei der Ausleihe abwechseln können, sodass beide mit ihren Forschungen vorangekommen wären. Sie atmete laut aus; sie hätte Herrn Schorsch so gern geholfen, doch jetzt hatte sie alles nur noch schlimmer gemacht.

Robin nahm einen Schluck des inzwischen kalten Tees. Der alte Herr machte sich bestimmt schon Sorgen. Langsam nahm sie das Handy und wählte seine Nummer.

»Schorsch«, erklang es knarzend.

»Guten Abend, Robin Lux hier.«

»Frau Lux, endlich. Ist alles in Ordnung? Sie wollten doch vorbeikommen.«

»Ja, schon. Herr Schorsch, es hat leider nicht geklappt. Ich konnte das Liederbuch nicht mitnehmen. Mir ging es plötzlich nicht gut und ich musste die Aktion mittendrin abbrechen.«

Herr Schorsch zog paffend an seiner Pfeife. Irgendwann setzte er sie endlich ab. »Geht es Ihnen gut?«

»Den Umständen entsprechend. Wenn sie das Liederbuch außerhalb des Saales finden, steht Herr Rötken vermutlich unter Tatverdacht. Ich denke, er wird das Archiv vorläufig nicht mehr besuchen dürfen.«

»Na, das ist doch was, dann habe ich vielleicht die Möglichkeit, das Buch bald einsehen zu können. Mir wurde eh ganz mulmig bei dem Gedanken, das Buch nachher auf irgendeine Weise dem Archiv wieder zurückzugeben. Angeblich hinterlässt man ja immer irgendwelche Spuren.«

»Das wird behauptet.« Robins Stimme klang plötzlich kratzig. »Ich wünsche Ihnen trotzdem viel Erfolg bei Ihren Forschungen.«

»Danke, Frau Lux, ohne Sie hätte ich längst aufgegeben. Ich wünsche Ihnen alles Gute.«

»Auf Wiedersehen«, sagte Robin und drückte den roten Knopf.

Ihr Herzschlag beruhigte sich. Die Bilder von Herrn Schorsch verblassten. Sie trank die Tasse aus und lehnte sich zurück. Die Rückenschmerzen waren nur noch schwach, sie fühlten sich wie ein leichter Muskelkater an.

Ihre Gedanken wanderten zurück ins Krankenhaus und zu der Fremden, die anscheinend mehrere Stunden bei ihr geblieben war. *Na, Meisterdiebin, auf einmal muss jemand auf dich aufpassen. Nimm dich in nächster Zeit lieber in Acht.* Robin schüttelte den Kopf, ein »Pah« durch die Lippen pressend. Jack sprang auf und sah sie an. »So weit kommt es noch, was Jack?«

Er bellte.

Robin lächelte und streichelte ihm den Kopf. Seit sechzehn Jahren kam sie gut zurecht und so ein Fauxpas wie heute würde ihr nicht wieder passieren.

KAPITEL 4

Hanna saß erst seit einer Minute in Merits Büro und glaubte bereits, keine Luft mehr zu bekommen. Sie bemühte sich, langsam zu sprechen. »Ich habe heute Morgen schon mit Herrn Jacobi von der Kriminalpolizei gesprochen. Als die Archivmitarbeiter das Gebäude wieder betreten konnten, wurde ein besonderes Archivale vermisst, ein Liederbuch aus dem 18. Jahrhundert. Es gehört zu einem kleinen Bestand aus einem Kloster, das fast bis auf die Grundmauern durch einen Brand zerstört wurde. Das von den Benediktinerinnen handgeschriebene Liederbuch ist sehr wertvoll für die Wissenschaft, denn die Texte lassen viele Rückschlüsse auf ihr Leben im Kloster und ihre Ansichten zu. Das Archivale wurde heute Morgen in einem der Spinde entdeckt und als Beweisstück vorzeitig sichergestellt. Die Daten des Benutzers, der es ausgeliehen hatte, wurden an die Kripo weitergegeben. Es liegt ein Anfangsverdacht wegen versuchten Diebstahls gegen ihn vor, er beteuert seine Unschuld.«

Sieh ihr nicht in die Augen, das bringt dich nur aus dem Konzept. Merit hatte die Unterarme auf den Tisch gelehnt, ihre drahtigen Muskelstränge zeichneten sich unter der seidenen Bluse ab. *Da kannst du auch nicht hingucken.* Hanna fixierte nun einen Punkt an Merits Stirn und fuhr fort: »Die Kollegen von der Brandanalytik wurden gestern bereits zum Ereignisort gerufen, das geschieht in so einem Gebäude mit Kulturgütern routinemäßig. Sie gehen bisher von fahrlässiger Brandstiftung aus. Der Brand könnte durch eine unachtsam weggeworfene Zigarette ausgelöst worden sein. Ob die beiden Vorfälle im Zusammenhang stehen, ist unklar. Im Waschraum wurden nur wenige brauchbare Spuren im Umkreis der Brandquelle gefunden. Ich würde gerne die erste Untersuchung des Liederbuches übernehmen, vielleicht finden sich darauf Partikel, die Parallelen zum Ort des Brandes aufweisen oder weitere Spuren, die uns Hinweise auf das Geschehen geben könnten. Ich würde die Gutachten der Kolleginnen und Kollegen in diesem Fall zusammentragen.«

Merit saß so gerade, als hielte man ihr ein Maßband an die Stirn, sie presste die Kiefer aufeinander. Ihr Blick wanderte von Hannas Händen zu ihren Augen, hin und her. Hanna wusste, sobald sie ein Anzeichen der Nervosität zeigte, würde sie beim nächsten Gespräch damit konfrontiert werden.

Merit faltete die Hände: »Wie kam es dazu, dass Sie mit den Kollegen der Rettung zum Krankenhaus gefahren sind?«

Hanna bemühte sich flach zu atmen, um so wenig wie möglich von Merits Parfüm zu riechen, doch in ihrem Büro schienen sich die feinen Partikel bereits auf jeden Gegenstand gelegt zu haben. Sie holte bedacht Luft: »Ich traf mit der Feuerwehr am Ereignisort ein. Es wurde eine Person im Gebäude vermisst. Wir fanden sie bewusstlos und verletzt auf der Damentoilette. Auf den ersten Blick konnte ich keine persönlichen Sachen bei der Frau entdecken und dachte, sie braucht später Hilfe.«

Hanna betrachtete Merits perfekt gefeilten, matt weiß lackierten Nägel, die sich mit Sicherheit herrlich auf der Haut anfühlten, wenn sie die spitzen Kanten darüber gleiten ließ. Sie riss ihren Blick davon los.

»Warum haben Sie sich gestern nicht direkt zu mir durchstellen lassen?«

Hanna rieb sich über den Nacken. »Das tut mir leid. Ich dachte, eine Meldung an Ihren Assistenten reicht, mir war nicht klar, dass Sie selbst informiert werden möchten.«

»Ich bin zwar Gruppenleiterin verschiedener Fachbereiche und doch sehe ich uns als ein großes Team und mich als Teil davon. Ich würde Sie bitten, sich von den alten Strukturen Ihres letzten Gruppenleiters zu lösen. Ich sehe vielleicht einiges anders.« Merit lehnte sich kurz nach hinten. Ihr Busenansatz zeichnete sich unter dem weichen Stoff ab.

Hanna schluckte. *Himmel, beweg dich doch nicht so viel.*

»Frau Winterkorn?«

»Ja, entschuldigen Sie. Ich habe verstanden.«

»Ich kann Ihre Entscheidung dennoch nicht ganz nachvollziehen.«

»Ich hatte für einen Moment die Vermutung, die Frau könnte etwas mit dem Vorfall zu tun haben. Ich wollte bei ihr sein, wenn sie zu sich kommt.«

»Hat sich Ihre Vermutung bestätigt?«

Hanna zögerte: »Nein, bisher nicht, ich würde jedoch gerne erneut Kontakt zu der Frau aufnehmen, um ihr Fragen zu stellen. Sie war gestern gesundheitlich in keinem guten Zustand, aber ich denke, sie hat nun ein gewisses Vertrauen zu mir. Zudem würde ich Herrn Jacobi meine Unterstützung anbieten. Die enge Zusammenarbeit mit der Kripo soll sich ja zukünftig nicht nur auf bestimmte Projekte beziehen, sondern auch bei konkreten Fällen stattfinden.« Hanna hoffte, Merits Worte korrekt wiedergegeben zu haben und sie damit ein wenig zu besänftigen.

Merit machte sich eine Notiz. »In diesem Fall wäre es wirklich eine gute Idee, die neue Arbeitsweise auszuprobieren. Besprechen Sie Ihr Vorgehen bitte mit Herrn Jacobi und schildern Sie ihm noch mal detailliert Ihre Eindrücke. Herr Jacobi kann sich bei Fragen zu der Zusammenarbeit auch an mich wenden. Sollten konkrete Indizien gegen die Frau vorliegen, muss die Kripo die weiteren Ermittlungen übernehmen.«

Hanna nickte. »Das ist mir bewusst.«

»Ich finde es gut, wenn Sie Ihrer Intuition folgen, aber tun Sie es zukünftig mit meiner Erlaubnis.«

»Das mache ich.«

»Wie kommen Sie mit Ihren Auswertungen für die Vorbereitungen des Präventionsprojektes voran?«

»Es sind viele Daten, die miteinander in Bezug gesetzt werden müssen. Herr Hahnen und ich sind im stetigen Austausch mit den anderen Mitgliedern der Arbeitsgruppe und tüfteln gerade an einer sinnvollen Methode, um die Kripo mit übersichtlich aufbereiteten Informationen versorgen zu können. Ich denke, in den nächsten zwei Wochen haben wir die ersten Ergebnisse.«

»Gut. Ihre Fortschritte hängen auch mit der Beendigung Ihrer Ausbildung zusammen. Ich könnte mir vorstellen, diese um ein halbes Jahr zu verlängern. Ihr beruflicher Werdegang bringt es mit sich, dass Sie Ihr Können mehr beweisen müssen als andere.«

Hannas Hände krallten sich in das Sitzpolster neben ihren Schenkeln.

»Diese momentane intensive Phase ist nur zu Ihrem Besten. Sehen Sie es als Chance, über sich hinauszuwachsen.«

Hanna nickte und stand auf. Ein weiteres halbes Jahr unter Dauerbeobachtung von Merit und Hahnen – das musste sie unbedingt vermeiden.

KAPITEL 5

Paula winselte. Robin strich ihr besänftigend über den Rücken.

Der Arzt fuhr mit den Daumen an Paulas Nackensehnen entlang. »Sie hat starke Verspannungen im Halswirbelbereich. Dies tritt vor allem bei kleinen Hunden auf, die zu fest am Halsband gezogen werden.«

Robin schluckte. »Ich habe sie erst seit einer Woche und weiß nichts über die Vorbesitzer. Hat Paula Schmerzen?«

»Ja, vor allem bei ruckartigen Bewegungen. Ich empfehle eine Schwimmtherapie über mehrere Monate. Das lockert die Muskulatur und kräftigt sie zugleich. Wir arbeiten mit einer sehr modernen Praxis zusammen, ich würde das Untersuchungsergebnis dorthin weiterleiten, wenn Sie Interesse haben. Die Preise liegen bei vierzig bis fünfzig Euro die Stunde. Alle erforderlichen Unterlagen würden Sie vorne erhalten.«

Robin betrachtete Paula, die den Kopf nun auf ihren Vorderpfoten ablegte.

»Sie haben doch auch einen älteren Zwergspitz?«

»Ja, Balu.«

»Manchmal gibt es günstige Angebote für weitere Hunde, die man mitbringen kann zum Schwimmen, Balus Gesundheit würde es mit Sicherheit auch guttun.«

»Ich werde mich gleich heute informieren«, sagte Robin.

Der Arzt gab ihr die Hand zum Abschied und Paula einen Kaustreifen.

Robin bezahlte, nahm die Informationsmappe entgegen und verließ die Praxis. *Vierzig bis fünfzig Euro die Stunde.* Sie musste dringend nach Hause und eine Finanzplanung für die kommenden Wochen machen. Sie hatte das Geld, welches sie für das Liederbuch bekommen hätte, bereits in ihre Kalkulationen eingerechnet.

Als sie in Richtung U-Bahn liefen, vibrierte ihr Handy in der Manteltasche. Die Nummer kannte sie nicht. »Robin Lux.«

»Guten Tag, Hanna Winterkorn.«

Robin blieb stehen. »Hallo.«

»Störe ich Sie gerade?«

»Nein. Woher haben Sie meine Nummer?«

»Von der Kripo.«

Robins Herzschlag setzte für einen Moment aus.

»Vielmehr habe ich sie dem Kriminalkommissar abgeschwatzt, der die Daten aller Benutzer des Archivs aus dem Benutzerbuch aufgenommen hat. Ich habe noch Ihr Sitzkissen. Ich hatte völlig vergessen, es Ihnen zurückzugeben.«

Robin atmete laut aus. »Ach, das Kissen. Mir war entfallen, dass ich es auch dabei hatte. Es war doch alles etwas viel letzte Woche.«

»Ich würde es Ihnen gerne zurückgeben. Hätten Sie heute Abend Zeit, einen Kaffee mit mir trinken zu gehen? So gegen sechs Uhr?«

»Ja, das klappt. Sollen wir uns in der Nähe Ihrer Wohnung treffen? Dann haben Sie es später nicht so weit bis nach Hause.«

»Das wäre sehr nett. Kennen Sie das Café *Weitblick* in der Konkordiastraße?«

Natürlich kannte Robin es. Sie kannte fast alle Straßen in der Stadt und somit gab es auch kaum ein Café, in dem sie nicht schon mal gewesen war, um zu recherchieren, Menschen zu beobachten oder einen Teil der Einrichtung zu stehlen.

»Nein, aber ich finde es schon.«

»Dann bis später.«

»Bis später.«

Robin drückte den Anruf weg. Anschließend speicherte sie die Dienstnummer der Spusi ab, nur vorsichtshalber.

Als Robin das gut besuchte Café betrat, brauchte sie einige Augenblicke, um Hanna auf einer der Sitzbänke im hinteren Teil des Raumes zu entdecken. Sie trug einen grauen Blazer aus dickem Stoff und darunter eine weiße Bluse. Als sich ihre Blicke trafen, hob sie die Hand zum Gruß. Robin ging auf sie zu und streckte ihr die Hand entgegen. »'N Abend.«

»Guten Abend.«

Robin zog ihren Mantel aus und hängte ihn über den Stuhl. »Haben Sie schon bestellt?«

»Nein, ich bin auch gerade erst angekommen.«

Robin zog die Karte zu sich. Hanna nahm etwas aus ihrer Handtasche. Robin blickte auf.

»Bevor ich es wieder vergesse.« Sie reichte ihr das Sitzkissen.

»Vielen Dank.«

»Es scheint kaputt zu sein.«

Robin drehte es um und schaute auf den ausgestanzten Bereich. »Das denkt jeder, der es sieht. Das Kissen ist eine Sonderanfertigung, es gibt drei verschiedene Mittelteile in unterschiedlichen Stärken. Meine Tante arbeitet in einem orthopädischen Fachgeschäft und hat es mir geschenkt. Wussten Sie, dass man alle halbe Stunde nicht nur die Sitzposition, sondern am besten auch die Sitzunterlage ändern sollte?«

»Nein, das wusste ich nicht. Kennen Sie sich so gut aus wegen Ihrer Rückenprobleme?«

»Ja, beim Hotdog-Verkauf auf den Märkten stehe ich stundenlang am Stück und mit 34 steckt man so was nicht mehr so leicht weg.« Sie zwinkerte Hanna zu.

Die Bedienung kam an den Tisch. »Möchten Sie bestellen?«

»Ich hätte gerne einen frischen Pfefferminztee«, sagte Hanna.

»Ich nehme ein Tonic Water ohne Eis.«

Die Kellnerin tippte alles ein und ging.

»Wie geht es Ihnen? Mussten Sie heute schon wieder arbeiten?«

Robin stellte die Karte zurück in den Ständer, dabei fiel ihr Blick auf die Pfeffermühle; sie hatte eine elegant geschwungene Kurbel und feine Verzierungen. »Nein, ich arbeite nicht jeden Tag. Ich habe meinen Hotdog-Stand auf zwei Wochenmärkten«.

Hanna lehnte sich etwas vor. »Ich habe mich sowieso schon gefragt, warum sich eine Hotdog-Verkäuferin tagsüber im Lesesaal eines Archivs aufhält.«

Robin zog eine Augenbraue hoch. »Das ist interessant, denn ich habe mir die Frage gestellt, was eine Spurensucherin vier Stunden lang im Krankenhaus am Bett einer Fremden macht?«

»Ich war besorgt.«

»Um eine potenzielle Verdächtige?«

»Nein, einfach um Sie.«

»Ihre Getränke.« Die Kellnerin stellte ihnen die Gläser auf den Tisch.

»Ich würde gerne direkt zahlen.« Robin drehte sich kurz zu Hanna. »Sie erlauben doch?« Ohne eine Antwort abzuwarten, beglich sie den genannten Preis.

»Sie wollen mich wohl schnell wieder loswerden?« Hanna hielt ihre Arme verschränkt.

»Ach, kommt das so bei Ihnen an? Das ist eine Angewohnheit von mir. Wirkt es nicht viel eindrucksvoller, wenn man jeden Drink einzeln ausgegeben bekommt?«

Hanna lächelte.

Robin fischte ein Taschentuch aus der Manteltasche und schnäuzte sich. »Entschuldigen Sie bitte, die Erkältung ist hartnäckig.«

»Vielleicht sollten *Sie* lieber den Tee trinken.«

Robin betrachtete die Gläser. »Sie haben recht, und da ich eh beides bezahlt habe, tauschen wir doch einfach.« Robin schob ihr das Glas rüber, Hanna tat es ihr nach.

Robin lehnte sich nach hinten. Sie wusste, dass sie den Gesprächsfaden zu den Archivrecherchen wieder aufnehmen sollte, die Spusi würde sonst mit Sicherheit nicht locker lassen. »Ich interessiere mich für das 18. Jahrhundert und die beeindruckenden Geschehnisse zu dieser Zeit, vor allem für den industriellen und den gesellschaftlichen Wandel. Vieles war damals im Umbruch und ebnete die Wege in die nachfolgenden Jahrhunderte hinein.« Unmerklich war ihre Hand zu der Stelle ihrer Brust gewandert, an der sich unter dem Shirt ihr Amulett befand. Robin ergänzte in Gedanken: *Und es war die Zeit meines Räubers Angelo Duca.* Schnell ließ sie das Amulett los und nahm einen großen Schluck Tee, dann fuhr sie fort: »Es muss damals alles sehr aufregend gewesen sein, die Französische Revolution, der Aufstand des Volkes, wie er auch unser Land wachzurütteln schien und dann die Schriften und Entdeckungen von Goethe, Franklin, Cook … ich finde es spannend, wie sich das alles bei uns niedergeschlagen und die Gesellschaft verändert hat.«

Hanna trank von dem Tonic Water. Sie hatte die Stirn in Falten gelegt, sonst zeigte sie keine Reaktion, sondern sah sie einfach unverwandt an.

Robin seufzte und beugte sich etwas zu ihr vor. »Okay, abgesehen davon, dass ich meinen bescheidenen Forschungen nachgehen wollte, gab es einen viel dringlicheren Grund, weshalb ich zu dieser Tageszeit vor Ort sein musste.«

Hannas Augen öffneten sich weit.

»Die Azubi. Sie hat nicht so oft Dienst. Ich mag sie. Ganz mein Typ.«

Hanna ließ das Glas los.

Ah, gut, das stört dich also.

»Sie meinen die Schüchterne mit den langen blonden Haaren?«

Robin nickte.

Hanna machte eine abweisende Handbewegung. »Ich mag eher selbstbewusste Frauen und kürzere Haare sind mir auch lieber.«

Robin schielte erst zu ihrem Haaransatz und den kurzen Haarsträhnen, die in die Höhe standen, dann sah sie Hanna in die Augen. Es lag kein Spott in ihrem Blick. Dann meinte sie das ernst? »Na, von solchen Frauen wird es in Ihrem Institut ja nur so wimmeln.«

»Wie kommen Sie darauf?«

»Ich hatte gerade nur ein Bild einer Ihrer Chefinnen vor Augen, sie ist ja ständig im Fernsehen. Die mit dem stechenden Blick und den *kurzen* Haaren. Die halbe Stadt spricht wegen ihrer spannenden Aussagen mittlerweile über die Neueröffnung des Instituts.«

Hannas Augen schienen sich zu verdunkeln, das Grün wandelte sich zu einem Braun. »Ach ja, ist es wirklich ein so interessantes Gesprächsthema?«

Robin nickte. »Ich kann das verstehen. Das Institut vermittelt den Menschen Sicherheit. Es gibt schließlich genügend böse Gestalten überall. Wie kommen Sie denn in Ihrem Job mit all dem Übel zurecht? Ist es nicht ein Kampf gegen Windmühlen?«

Hanna schmunzelte. »Sie sollten bei der Kripo anfangen.«

»Ich?« Robin legte eine Hand auf ihre Brust, so, als würde ihr die Luft wegbleiben.

»Sie haben es geschafft, den Fokus des Gesprächs komplett auf mich zu richten. Womöglich, um von Ihnen als Verdächtige abzulenken?«

»Vielleicht mache ich das, weil ich mich einfach für Sie interessiere. Aber Sie reden anscheinend nicht gerne über sich.«

Hanna trank ihr Glas aus. »Tun *Sie* es?«

»Das kommt darauf an mit wem.« Schnell fügte sie hinzu: »Sie könnten jedenfalls so eine Person sein.« Dann lehnte Robin sich vor. »Ich habe Ihnen wirklich schon alles gesagt. Mir ging es im Archiv plötzlich sehr schlecht. Ich bin auf die Toilette gegangen, um mir kaltes Wasser über die Arme laufen zu lassen. In der Zeit habe ich nichts Ungewöhnliches gesehen. Und um Ihnen zu zeigen, dass ich nichts vor Ihnen verheimliche, treffen wir uns doch einfach noch mal und setzen das Gespräch fort. Vielleicht fällt Ihnen bis dahin noch etwas ein, was Sie mich zu dem Vorgang fragen möchten und womit ich Ihnen wirklich weiterhelfen kann.« *Und eventuell ist sie beim nächsten Mal etwas redseliger und ich bekomme noch mehr Informationen über das Institut von ihr.*

Hanna schaute auf das halb volle Teeglas vor Robin. »Ja, warum nicht. Außerdem sollte jemand in nächster Zeit darauf achten, dass Sie genügend Tee trinken. Wie wäre es am Mittwoch. Viertel nach eins? Dann habe ich Pause bis zwei.«

»Gibt es in der Nähe des Instituts ein Café? Ich könnte dorthin kommen, ich bin um diese Tageszeit etwas ungebundener als Sie.«

»Ja, in der kleinen Querstraße direkt neben dem Institut. Es ist das Einzige dort, ich habe mir den Namen leider noch nicht gemerkt. Ich schreibe Ihnen mal die Institutsadresse und meine Handynummer auf, falls Sie es nicht direkt finden sollten.« Hanna holte Stift und Zettel aus der Handtasche, schrieb eine Ziffernfolge darauf und reichte ihr das Blatt. Sie sah sich kurz um. »Wie praktisch, wir können direkt gehen, weil Sie schon gezahlt haben.«

Robin erhob sich. »So habe ich das noch gar nicht gesehen. Sehen Sie, so manche Macke erweist sich als nützlich. Bitte, nach Ihnen.« Sie machte eine ausladende Geste.

Hanna stand auf, nahm ihre Jacke, zog sie an und ging vor in Richtung Ausgang.

Robin warf ihren Mantel über und drehte sich dabei zu dem langen Spiegel, der die Hälfte der Wand verkleidete. Sie fuhr sich durchs Haar. Hanna lief weiter. Robin ließ den Ärmel über ihre Hand rutschen, stützte sich zeitgleich neben der Pfeffermühle ab, ließ den Stoff darüber gleiten, griff nach dem Gegenstand, nahm ihn hoch, ließ ihn in die Manteltasche fallen und verließ ebenfalls den Raum.

Vor der Tür gaben sie sich die Hand.

»Bis übermorgen.«

»Bis dann«, sagte Robin und schaute Hanna hinterher, als sie die Straße überquerte. Robin legte den Kopf etwas schief. *Interessanter Gang: sicher und zielstrebig. So wie ihr Verhalten.* Für Robins Geschmack zu zielstrebig. Ob es eine gute Idee war, durch sie mehr über das Institut herausbekommen zu wollen? Allerdings würde sich so eine Chance nicht wieder ergeben. Robin vergrub die Hände tief in den Taschen, dabei stieß sie mit den Fingern gegen die Mühle und erschrak. Sie hatte den Gegenstand einfach so mitgehen lassen, ohne dass es einen Auslöser dafür gegeben hatte. War es wieder soweit? Passierte ihr das Gleiche wie vor vier Jahren? Ihre Hände begannen, bei dem Gedanken zu zittern. Eilig machte sie sich auf den Weg nach Hause.

KAPITEL 6

Als Robin nach zwei Stunden das Physiotherapie-Zentrum mit Balu, Jack und Paula verließ, gähnte der Havaneser zeitgleich mit ihr zusammen. Sie tätschelte Paula den Kopf. »Das war ganz schön anstrengend, oder meine Schöne?«

Jack sprang bei ihren Worten an ihrem Arm hoch. Dem Jack Russel vermochte selbst eine dreiviertel Stunde im Wasser nichts von seiner Energie zu nehmen. Für fünf Euro pro Hund durften Balu und Jack in einem Nebenraum mit anderen Hunden unter Aufsicht in einem Becken spielen, während Paula nun zweimal wöchentlich ein strammes Übungsprogramm vor sich hatte. Robins Kopf schwirrte von den vielen neuen Informationen des Physiotherapeuten, der ihr jede Übung und die Auswirkungen auf den Bewegungsapparat des Hundes an einem großen Poster erklärt hatte.

Robin legte einige Schritte zu. Die Praxis lag im Westen der Stadt, was eine Heimfahrt von vierzig Minuten mit der U-Bahn bedeutete; sie pfiff und rief: »Kommt, wir haben es weit bis nach Hause.«

In der Wohnung angekommen, versorgte Robin die Hunde mit Futter und schnappte sich dann ihre Handtasche, in der sich nun die Pfeffermühle befand. Sie musste diese in das Café zurückbringen. Sie war keine Diebin, die Leute bestahl, die es nicht verdient hatten. *Du weißt, warum du diesen Impuls hattest. Du hast Angst. Dir geht das Geld aus, wie vor vier Jahren. Bald wirst du nichts mehr haben, was du abgeben kannst. Dann lebst du nur noch für dich, ohne anderen helfen zu können.*

Robin lehnte sich gegen den Türrahmen. Ihre Knie gaben nach. Sie rutschte an dem glatten Holz hinunter. Szenen von damals blitzten vor ihrem inneren Auge auf. Wochenlang hatte sie auf dem Markt gestanden, ohne dass ein Kunde gekommen war. Sie war noch ganz neu auf diesem Marktplatz gewesen und Herr Reichenbach hatte das Gerücht in Umlauf gebracht, sie würde für ihre Hotdogs alte Dosen aus Supermarktcontainern fischen. Sein aufgequollenes Gesicht mit den erstaunlich hellen Augen erschien vor Robin. Sie hatte die Miete nicht mehr zahlen können und daraufhin bei der Essensausgabe für die Obdachlosen aussetzen müssen. Vor allem die jungen Leute hatten ihr gefehlt, viele davon waren ihre Freunde geworden.

Robin starrte auf ihre Handinnenflächen. Plötzlich hatte sie überall Dinge eingesteckt, wenn sich die Gelegenheit dazu ergeben hatte. Zu Hause hatten sich dann Zigaretten, Schmuck oder edle Aschenbecher in ihren Manteltaschen gefunden. Ihr wurde übel, das Schamgefühl loderte in ihrem Magen auf. *Bleib ruhig. Noch ist kaum etwas passiert, es ist nur eine einzelne Pfeffermühle.*

Robin atmete tief durch, dann stand sie vorsichtig auf. Sie zog den Notizblock aus dem Rucksack, quetschte ihn ebenfalls in die Umhängetasche und schwang sie sich um den Oberkörper. *Es wird schon klappen mit dem Geld.* Vielleicht lag im Briefkasten ja schon die Erlaubnis vom Amt, dann könnte sie ihre Smoothie-Kreationen am Samstag zum ersten Mal anbieten. Das würde den Gewinn hoffentlich steigern. Zudem war das Wetter für Ende November ungewöhnlich warm und trocken, gute Bedingungen also für einen erfolgreichen Markttag.

Robin verließ eilig das Haus, jetzt wollte sie erst mal die Pfeffermühle so schnell wie möglich wieder loswerden.

Robin wählte einen Tisch in der Nähe der Tür. Falls etwas schief gehen sollte, konnte sie schnell abhauen. Als die Kellnerin kam, wollte sie eine Cola bestellen, doch plötzlich hatte sie die Stimme der Spurensucherin in den Ohren: *Es sollte jemand in nächster Zeit darauf achten, dass Sie genügend Tee trinken.* Unwillkürlich lächelte Robin bei dieser Erinnerung. Sie mochte Hannas direkte Art, denn ihre Stimme blieb dabei sanft, ihr Blick war durchdringend, aber freundlich. Eine interessante Mischung. Morgen würden sie sich wiedersehen. Ihr Herz begann schneller zu klopfen.

Jemand räusperte sich laut. Robin blickte zur Kellnerin, die mit hochgezogenen Augenbrauen neben ihr stand. »Ähm, einen Kräutertee bitte«, sagte Robin.

Die Kellnerin nickte und ging.

Robin kniff ihre Augen zusammen. *Konzentriere dich jetzt!* Sie ließ ihren Blick über die anderen Tische schweifen. Niemand sah in ihre Richtung. Die Angestellten waren beschäftig. Flink zog sie die Mühle aus der Tasche und stellte sie verdeckt hinter die Speisekarte. Sie schaute sich um. *Alles in Ordnung.* Robin legte den Notizblock vor sich und schrieb in großen Buchstaben:

Finanzen/November.

Und darunter:

Haben/Soll.

Die Tür ging auf. Robin hob den Kopf. Ein Kerl mit jeder Menge Gel im dünnen Haar und einem Hals wie ein Geier betrat den Raum, ihm folgte eine junge Frau mit hochgezogenen Schultern und umherhuschenden Blicken. Zwei Tische von Robins Platz entfernt zog der Mann für seine Begleiterin den Stuhl nach hinten. Als sie sich setzte, berührte er ihre Schultern. Sie zuckte zusammen. Er ließ sich auf das Polster gegenüber sinken, streckte die Beine aus und streifte ihre. Die Frau schaute kurz nach unten, dann griff sie fahrig zu der Karte.

Robin schluckte. Ein Schauer lief ihr über den Rücken. Sie starrte auf ihren Schreibblock und dann doch wieder zu dem Nachbartisch. *Schau sie nicht so auffällig an.* Die Kellnerin kam mit ihrem Tee. Als sie ihn abstellte, bedankte sich Robin, zahlte und widmete sich wieder ihren Überlegungen. Sie schrieb die Kosten für Miete, Strom und Gas sowie die Schwimmstunden auf die Sollseite und ihre Einnahmen gegenüber. Das Geld für das Liederbuch hatte sie der Hilfsorganisation spenden wollen, bei der sie schon die Essenausgabe einmal in der Woche unterstützte. Sie benötigten dringend Geld, um auch medizinische Hilfe für Hunde und Katzen anzubieten, deren Besitzer sich so eine Ausgabe nicht leisten konnten. Wenn sie nun die Einnahmen vom Markt spenden wollte, müsste sie die nächsten Markttage schon einen überdurchschnittlich hohen Umsatz machen, um ihre laufenden Kosten decken zu können.

Der Mann lachte laut auf. Der Ton kratzte in Robins Ohren, er schien über die Stimmbänder des Mannes zu schaben und von starkem Tabak oder scharfem Alkohol geformt worden zu sein. Sie blickte hinüber.

Er schob seine Beine erneut nah an die der Frau. Immer wieder schnappte Robin Wortfetzen des Gesprächs auf: »Ich sehe schon, wir werden uns gut verstehen …« und »… solche Chancen wie in meiner Abteilung bekommen Sie wohl kaum woanders.«

Robins Herz raste. Was für ein Idiot. Sie ließ den Stift los und fixierte die Tischkante vor sich. Immer wieder schaute sie nun zu den beiden hinüber, während sie den Tee in kleinen Schlucken trank.

Nach einer halben Stunde zahlte er und raunte seiner Begleiterin zu: »Das machen wir doch morgen gleich wieder. Die haben hier jeden Mittag wechselnde Gerichte, es ist mir eine Freude, die Pause mit Ihnen zu verbringen.«

Robin schaute auf die Uhr: kurz nach zwölf. Sie waren also gegen halb gekommen. Ihre Verabredung mit Hanna war morgen um Viertel nach eins. Sie überlegte, wie sie es anstellen könnte, der Frau zu helfen und was sich in der Zeit, die sie zur Verfügung hatte, umsetzen ließe. Gedanklich ging sie ihre Bügel mit den Verkleidungen zu Hause durch. *Ja, die alte Dame, das könnte klappen.* Sie brauchte von hier aus fünfzehn Minuten für den Heimweg, fünfzehn Minuten zum Abschminken und Umziehen und ungefähr zwanzig Minuten mit der U-Bahn – es würde reichen, ihre Idee umzusetzen.

KAPITEL 7

Robin schaute auf die Liste in der Innentür ihres Kleiderschrankes und zog anschließend den Bügel mit der Nummer 23 hervor, er war vermerkt mit dem Titel: *alte Dame.* Sie nahm die Utensilien aus der Tüte und legte sie vor den länglichen Spiegel, dann klappte sie die Schminkpalette auf und las sich den Notizzettel durch. Robin betrachtete sich im Spiegel, das Pflaster auf der Stirn bereitete ihr Sorgen. Sie musste aufpassen, dass die Schminke dort keine Ränder hinterließ.

Mit einem Schwämmchen tupfte sie weiße Farbe auf ihr Gesicht und verlieh sich so eine Grundblässe. Als sie zum Rand des Pflasters kam, zuckte sie kurz zusammen. Die Wunde brannte etwas. Vorsichtig machte sie die verschiedensten Grimassen, um jeder sichtbaren Falte mit einigen dunklen Pinselstrichen mehr Tiefe zu verleihen. Ihre Wangenknochen rieb sie mit Rouge ein. Dann ging sie zu dem zweiten Schrank, öffnete ihn und betrachtete die drei Regalböden mit den fünfzehn Perücken. Zwei davon kamen infrage. Sie entschied sich für die mit den weißen, gekräuselten Locken.

Zurück vor dem Spiegel, stülpte sie die Perücke über und pfriemelte die einzelnen Strähnen unter den Ansatz. Anschließend zog sie den beigen Hosenanzug an, knüpfte die braune Paillettenbluse zu, setzte sich die handtellergroße Hornbrille auf, band sich das Seidentuch mit dem Blümchenmuster um, zog die Lederhandschuhe über und griff nach ihrer Schatzkiste unter dem Schminktisch.

Mit einem *klack* öffnete sie den Deckel und betrachtete die zahlreichen Gegenstände, die sie gestohlen, aber nicht verkauft oder getauscht hatte, weil sie geahnt hatte, dass sie ihr vielleicht noch nützlich werden könnten. So wie jetzt. Nachdem sie das Diktiergerät und eine Taschenlampe hochgehoben hatte, fand sie die Digitalkamera.

Aus der Schublade des Tisches nahm sie die passenden Batterien und eine Speicherkarte, legte beides ein und testete die Funktionen. Sodann griff sie nach dem Spazierstock, der neben einem Regenschirm und einer Krücke am Tisch lehnte. Sie ging ins Wohnzimmer, in dem die Hunde auf ihren Kissen an der Heizung lagen. »Jack«, rief sie. Er hob den Kopf und spitzte die Ohren. »Heute ist dein Einsatz gefragt.« Er sprang auf. Robin legte ihm im Flur die Leine um und gemeinsam verließen sie das Haus.

Auf dem Weg zum Café zündete Robin sich eine Zigarette an, der Tabak war in den letzten Monaten bröselig geworden. Schon nach dem ersten Zug fing sie an zu husten. Gut, dann würde ihre Stimme hoffentlich kratzig genug klingen. Sie sah auf die Uhr, zwei Minuten nach halb zwölf, kurz darauf betrat sie das Café. *Ah, ihr seid schon da.* Die Nachbartische neben dem Mann und der Frau waren besetzt. *Verdammt.*

Robin wackelte auf eine Frau zu, die in ein Buch vertieft war. »Entschuldigen Sie, meine Liebe«, krächzte Robin.

Die Frau blickte auf.

»Würde es Ihnen etwas ausmachen, uns diesen Tisch zu überlassen? Wir sitzen seit zehn Jahren immer auf diesem Platz. Die Gewohnheit, wissen Sie.«

Die Frau zögerte.

Robin ließ den Stock erzittern und schlackerte mit den Knien.

»Ja, in Ordnung«, sagte die Frau und griff nach ihren Sachen.

»Das ist sehr liebenswürdig.«

Der Geier am Nebentisch blickte zu ihr hinüber, zog eine Augenbraue hoch und rümpfte die Nase.

Robin setzte sich. »Auf den Schoß, hopp auf den Schoß«, sagte sie zu Jack, der sich bei dem Kommando artig hinlegte, wie sie es ihm beigebracht hatte. »Du ungezogener Junge.« Robin kicherte in ihren Schal, daraufhin winkte sie einem Kellner.

Der braun gebrannte, drahtige Kerl kam mit elegantem Hüftschwung auf sie zu. »Sie wünschen?«

»Zwei Klare, gut eingeschenkt, Sie wissen schon, so, dass sie überschwappen.« Robin zwinkerte ihm zu. Während er ihr den Schnaps holte, zog sie die Kamera aus der Manteltasche, drehte diese einige Male zwischen den Fingern und brabbelte, »ach Gott, ach Gott.« Dann lauschte sie dem Gespräch am Nachbartisch. Der Inhalt war derselbe wie gestern, es fielen nur andere Worte. Heute fanden die Kontaktversuche oberhalb der Tischkante statt. Die Hand des Mannes lag bereits auffällig weit in der Mitte. Er schien darauf zu warten, dass die Frau nach ihrem Glas griff.

Der Kellner kam und stellte die beiden Schnäpse vor Robin ab.

»Danke. Ich zahle gleich.«

»Macht vier Euro achtzig.«

Robin griff in eine der Innentaschen und ließ einen Haufen Kleingeld auf die Tischplatte niederprasseln. Sie fingerte einzelne Münzstücke daraus hervor und baute vor dem Kellner einen kleinen Turm auf: »Vier Euro und siebzig, vier Euro und achtzig, vier Euro und neunzig, stimmt so.«

Der Kellner sah zwischen dem Haufen und ihr hin und her.

Robin lachte auf. »Das war ein Witz, mein Junge.« Sie zog einen Fünfeuroschein hervor und legte ihn auf den Stapel. »Der hier ist auch für Sie und jetzt helfen Sie mir bitte kurz mit diesem furchtbaren Gerät.« Sie hielt ihm die Kamera unter die Nase. »Was sollen diese Knöpfe mit dem Plus und Minus?«

Der Kellner nahm ihr den Apparat ab, beugte sich zu ihr runter und sagte: »Das ist der Zoom, damit können Sie Dinge ganz nah heranholen«, zur Bestätigung drückte er auf den Knopf und der Zoom fuhr vorne heraus.

Robin neigte sich vor. »Oh, wie praktisch, ich danke Ihnen.« Sie griff nach der Kamera, nippte von dem Schnaps, schaute durch den Sucher, ließ den Zoom ein- und ausfahren und kicherte, »ganz nah die Rosenblüten, in all ihrer Pracht.« Sie knipste die Vase. Als der Kellner sich wegdrehte, kippte sie den Rest des Schnapses in den Behälter vor sich.

Am Nachbartisch redete unterdessen nur der Geier. Er säuselte etwas von *Dreamteam* und schob dabei seine Hand immer weiter vor. Die Frau griff nach ihrem Glas. Als er sein Ziel erreichte hatte, knipste Robin und giggelte.

In den folgenden fünfzehn Minuten machte sie ein weiteres Foto, während sein Bein sich zwischen die Beine der Frau schob. Als er vortäuschte, seine Serviette wäre hinuntergefallen und seine Hand ihre Wade berührte, drückte sie gleich mehrfach den Auslöser.

Robin schaute auf die Uhr. Es war bereits zehn nach zwölf. *Geht doch endlich.* Doch der Mann bestellte noch zwei Espressi. Auch die Frau wies ihn auf die fortgeschrittene Uhrzeit hin, was er nur mit »ich bin der Abteilungsleiter« kommentierte. Weitere zehn Minuten vergingen. Endlich bezahlten sie und machten sich auf den Weg nach draußen.

Robin pfiff leise und Jack sprang auf. Mit tippelnden Schritten folgte sie den beiden. Sie lief einige Meter hinter ihnen her, bei jedem Schritt ließ sie die Leine von Jack weiter ausfahren, was er mit vollem Elan ausnutzte und losrannte. Nun hatte er die beiden überholt und Robin rief: »Hierher Junge.«

Jack spitzte die Ohren, drehte sich um, Robin schloss auf, »hierher«, rief sie erneut und Jack reagierte prompt auf das ihm bekannte Kommando. Er rannte erst auf sie zu und drehte sich dann im Kreis, der Mann und die Frau gerieten zwischen ihn und die Leine.

»Huch«, rief die Frau laut aus und hob ihre Füße, bevor sich die Leine um die Knöchel wickeln konnte, auch der Mann versuchte, sich nicht zu verheddern, indem er staksig die Füße anhob.

»Ach Gott, ach Gott«, rief Robin. »Das tut mir leid«, sie wackelte auf die beiden zu und schaute Jack an. »Du ungezogener Bursche, bist du jetzt endlich brav, sei brav«, schimpfte sie und fuchtelte mit dem Stock. *Wrraff*, machte Jack, kläffte und knurrte; hastig kam er auf sie zugeeilt, und Robin rief laut: »Jaaa, so ist es brav«, dabei riss sie ihre Hand, in der sich der Stock befand, hoch und traf den Mann genau zwischen die Beine. Nach einem dumpfen »*Uff*« entfuhr ihm noch ein »Uh shit!«, dann wandte er sich in gekrümmter Haltung und mit schmerzverzerrtem Gesicht zur Seite.

Robin ging hastig auf die Frau zu und drückte ihr die Kamera in die Hand. Sie sagte leise: »Ich habe im Café alles fotografiert, machen Sie damit was Sie wollen, aber ich hoffe, Sie bereiten dem Typen ein paar unangenehme Momente.« Dann rief sie laut: »Ach herrje, helfen Sie doch Ihrem Begleiter, das tut mir sehr leid. Ich schaffe meinen Hund weg. Los, Junge, los jetzt.«

Jack rannte voraus und Robin ging ihm nach, hinter sich konnte sie den Mann fluchen hören. Sie bog um eine Ecke, fing dann an zu rennen und bog in einen Hinterhof. Einige Minuten lauschte sie und schaute schwer atmend auf die Uhr. Es war zwanzig vor eins. *Mist.* Sie fingerte ihr Handy aus der Tasche und wählte die Nummer von Hanna Winterkorn. Es klingelte einige Male. *Bitte geh dran.*

»Winterkorn. Hallo?«

»Ja, hallo. Robin Lux hier. Mir ist unerwartet etwas dazwischen gekommen. Bis ich bei Ihnen sein könnte, wäre Ihre Mittagspause schon fast um. Das tut mir sehr leid. Können wir das morgen nachholen? Zur selben Uhrzeit?«

Am anderen Ende herrschte für einige Zeit Stille.

»Das müsste wohl klappen, ansonsten melde ich mich bei Ihnen.«

»Ja, danke.«

»Tschüss.«

Hanna legte so schnell auf, dass Robin nicht mehr antworten konnte. Ob sie jetzt sauer war? Oder es ihr Misstrauen verstärkte? Plötzlich war da ein dicker Kloß in Robins Hals und noch etwas fühlte sie: Enttäuschung. Sie hatte sich darauf gefreut, Hanna heute wiederzusehen. Ärgerlich stapfte sie mit Jack den Weg entlang nach Hause.

Es klopfte. Hanna blickte von den Akten in Richtung Tür. »Herein.«

Merit betrat das Büro.

Hanna saß sofort gerade. Wenn Merit in ihre Nähe kam, war es so, als würde jemand in der Ferne einen Knopf drücken und ihren Körper wie eine Antenne ausfahren. All ihre Sinne richteten sich auf diese Frau, ihr ganzer Körper streckte sich, als wollte jede ihrer Nervenzellen ihr so nah wie möglich sein. »Guten Morgen Frau Bansouri.«

»Guten Morgen. Sie müssten Ihre Arbeit unterbrechen. Sie werden heute umziehen.«

Hanna klappte kurz der Unterkiefer runter. Zumindest fühlte es sich so an. Natürlich hielt sie ihre Lippen geschlossen und bewahrte Contenance. »Sind den Jungs im Labor über mir ein paar gefährliche Substanzen explodiert?« Hanna sah erst zur Decke, dann wieder zu ihrer Chefin und lächelte.

Merit schaute sie weiterhin an. »Sie kommen zu Herrn Schmittke ins Büro.«

Das war doch ein Scherz? Nicht nur, dass sie nie ein Gutachten schreiben durfte, ohne dass jeder Satz zerpflückt wurde und sie Hahnen ständig Auskunft über ihre Tätigkeiten geben musste, jetzt wurde sie auch noch zu Schmittke gesteckt? Hanna winkte lässig ab. »Ich kann verstehen, dass Sie ihm neun Stunden am Tag eine charmante Frau wie mich verordnen möchten, aber ich denke, er ist eher ein Einzelgänger.«

Merit verzog keine Miene. Sie meinte es wohl ernst.

»Ich bin doch gerade erst hier eingezogen.«

»Umso besser, dann werden Sie sich ja noch gar nicht richtig eingerichtet haben. Wenn Sie eng mit einem Kollegen aus der Fachgruppe *Schuh-, Reifen- und Handschuhspuren* zusammenarbeiten, können Sie viel lernen. Ich dachte mir, Sie könnten in den letzten Monaten einiges an Input gebrauchen. Zudem gehört dies ebenfalls zu der neuen fachübergreifenden Zusammenarbeit innerhalb des Instituts. Wir hatten das bereits ausführlich besprochen.«

»Ja natürlich. Ich bin nur überrascht. Kommt der Gentleman denn wenigstens vorbei, um mir beim Tragen zu helfen?« Hanna lächelte, doch das Lächeln bröckelte aus ihrem Gesicht, als sie Merit in die Augen sah.

»Kartons kriegen Sie bei der Materialausgabe. Sollten Sie wirklich Hilfe benötigen, können Sie sich beim Gebäudemanagement melden. Ihre Telefon- und Raumnummer habe ich im Intranet bereits ändern lassen.« Merit drehte sich um und ging zur Tür.

Hanna seufzte. Allerdings nicht wegen der Aufgabe, die ihr bevorstand, sondern weil ihr Blick auf Merits Hintern fiel. Wie dieser wohl in einem engen, schwarzen Slip zur Geltung kommen würde? Hanna senkte ihren Blick. *Himmel, spar dir diese Fantasien für abends auf, wenn du allein in deinem Bett liegst.*

Die Tür fiel zu.

Hanna traute sich wieder, hochzuschauen. Merit war verschwunden, das Bild vor ihrem inneren Auge von rundlichen, festen Pobacken unter weichem, seidigem Stoff blieb. Dann dachte sie an Schmittke und das Bild zerbarst. Stattdessen tauchte aus ihrer Erinnerung das Gesicht des Kollegen auf. Vielmehr das, was davon unter dem Vollbart zu sehen war. Schmittke hatte diese Art von Vollbart, wie man ihn getragen hatte, bevor es vor einigen Jahren bei den Männern wieder in wurde, sich einen gepflegten, rechteckig geschnittenen Bart zuzulegen. Sein Gestrüpp reichte bis zur Hälfte des Halses, sein Pferdeschwanz dafür bis zur Mitte des Rückens. Außerdem hatte er immer einen Lutscher im Mund. Zwar nahm er diesen beim Sprechen raus und warf ihn weg, doch ansonsten ragte immer ein weißes Plastikstäbchen zwischen seinen Lippen hervor. *Na, du wirst nun viel Zeit haben, herauszufinden, was das zu bedeuten hat.* Hanna gab sich einen Ruck und lief zur Materialausgabe.

Ihr neues Büro befand sich auf der gleichen Etage, allerdings ein Gebäudeteil weiter Richtung Süden. Hanna stellte den Transportwagen mit den Kisten und Topfpflanzen vor der Tür ab und klopfte. »Jaha«, bekam sie als Antwort. Sie öffnete und trat ein. »Guten Tag, Herr Schmittke. Wir sind uns bisher nicht so oft begegnet. Hanna Winterkorn. Ich ziehe heute hier ein.«

Schmittke warf seinen Lutscher in den Abfalleimer. Er stand auf, kam auf sie zu und streckte ihr die Hand entgegen. »Matthias Schmittke.«

Hanna linste über seine Schulter hinweg in den Raum hinein. »Haben Sie hier überhaupt noch Platz für mich?«

Sein Schreibtisch war mit zwei Monitoren, einem Scanner, einem Tischdrucker und verschiedensten Behältern, in denen Lineale, Zirkel und unendlich viele Bleistifte steckten, übersät. *Nett*, ähnlich bedeckt waren ihre Wohnzimmertische zu Hause auch. Hanna entdeckte etliche Spielzeugfiguren aus dem Film *Herr der Ringe* und der Serie *Raumschiff Enterprise* sowie drei Gläser mit gemischten Lutschersorten.

Schmittke machte eine ausladende Geste zu einem Tisch gegenüber von seinem, der, bis auf einen Monitor und Tastatur, noch komplett leer war. »Ich habe natürlich alles für Sie vorbereitet.«

Sie lachte. »Den hab ich ja gar nicht gesehen.« Hanna drehte sich um, verließ den Raum, schob den Wagen hinein und hievte den ersten Karton auf den Tisch.

Schmittke setzte sich und fing an, einen neuen Lutscher auszupacken.

Sie deutete auf die Figuren. »Ich habe leider keine Armee, mit denen ich Ihnen gegenübertreten kann. Aber ich habe Pflanzen, in denen die kleinen Gesellen vielleicht ganz dekorativ aussehen würden.« *Meine Güte, das mit dem Small Talk klappte auch schon mal besser.*

»Das ist gut mit den Pflanzen, ich vergesse nämlich immer, Blumenerde mitzubringen.«

Hanna zog eine Augenbraue hoch.

Schmittke zog zwischen Drucker und Scanner einen flachen Plastikgegenstand hervor. Er ging um den Tisch herum und stellte eine Art Setzkasten vor ihr ab. Die einzelnen Fächer waren mit verschiedenen Substanzen gefüllt; Sand, Kiesel und Erde konnte Hanna identifizieren. Er nahm eine der Figuren und stellte sie mitten in den Kasten hinein, griff dann nach ihren Beinen und ließ sie ein paar Schritte laufen. Abdrücke blieben zurück.

»Captain Kirk hat ganz schön große Füße«, kommentierte Hanna.

»Das ist Dr. McCoy.« Er stellte ihn auf ihren Tisch. »Sie schauen wohl kein Fernsehen?«

»Nein. Ich arbeite nur.« Hanna zuckte mit den Schultern und sah zwischen ihm und der Figur hin und her.

»Natürlich, Frau Bansouri legt ja auch ein ganz schönes Tempo vor.«

Hanna zog eine Augenbraue hoch. »Was hat es nun mit Dr. McCoy auf sich?«

»Die Methode hilft mir beim Analysieren. Ich stelle mit den Figuren mögliche Tatvorgänge nach und kann somit schneller rekonstruieren, wie die Fußabdrücke zustande gekommen sind.«

Hanna nickte. »Ich verstehe.«

Er fuhr sich über den Bart. »Ich hoffe, Sie haben eine ähnliche Macke, sonst würde ich mich jetzt etwas nackt fühlen.«

Hanna blickte von der Figur zu ihrem Kollegen hoch, der sie um zwei Köpfe überragte. Sie ging zu dem Wagen und stellte eine weitere Kiste auf den Tisch, dann machte sie den Deckel auf und gab ihm ein Heft.

»Eine … Trabrennzeitschrift?«

»Ja«, erwiderte Hanna. »Wenn ich einen Knoten im Kopf habe, lese ich die Ergebnisse der Rennen. Die klaren Tabellen legen sich in meinem Gedächtnis wie in einem Karteikasten ab. Das konnte ich schon ganz früh. Sobald sich diese Muster bilden, kriege ich auch neue Ideen.«

»Das bedeutet, Sie haben alle Ergebnisse der letzten Rennen im Kopf?«

Hanna nickte.

»Wetten Sie auch?«

»Ja. Die Fähigkeit, dass ich mir die Zahlen so gut merken und vergleichen kann, nutze ich natürlich. Aber das ist leider keine Garantie dafür, immer den Sieger vorauszusagen, letztendlich kommt es auf das Zusammenwirken von Mensch und Tier und viele weitere Faktoren an. Das macht den Sport ja auch so spannend.«

Schmittke lachte laut auf, sein Bart erzitterte. »Ich dachte schon, Sie wären reich deswegen. Können Sie das auch mit Fußballergebnissen?«

»Leider nicht, es klappt nur mit den Tabellen von Trabrennen.«

»Schade, ich hätte mir gern etwas davon abgucken wollen. Aber mit Pferden kann ich meine Kumpels wohl nicht beeindrucken.«

»Das kommt auf ihre Kumpels an.« Hanna nahm ihm das Heft wieder ab.

Er griff nach der Spielfigur und dem Kasten. »Brauchen Sie Hilfe?«

Hannas Telefon klingelte. Es war ihre Kollegin Suzan aus der Daktyloskopie. Hastig sagte sie zu Schmittke: »Nein, vielen Dank.« Sie nahm ab. »Hallo Suzan. Du hast mich also schon aufgespürt.«

Ihre Kollegin lachte. »Frau Hubertus aus der Materialausgabe hat es mir gerade erzählt. Du bist jetzt mit Herrn Schmittke in einem Zimmer?«

»Jipp.«

»Zehn Euro, dass du ihm sein Lutscher-Geheimnis nicht entlockst.«

»Ich halte dagegen.«

»In Ordnung. Ich rufe wegen dem Liederbuch an. Ich habe mit dem Restaurator des Archivs telefoniert. Ihm wäre sehr daran gelegen, wenn keine Chemikalien bei der Untersuchung im Labor verwendet würden. Ich weiß noch nicht, ob ich ohne ein paar Substanzen zum Sichtbarmachen der Fingerabdrücke auskomme. Wann wirst du es dir ansehen?«

Hanna schlug ihren Kalender vor sich auf dem Tisch auf. »Ich habe mir für heute Nachmittag das Labor Nummer zwei reserviert. Ich sag dir morgen Bescheid, wie weit ich gekommen bin. Vielleicht kann ich dir eine erste Einschätzung wegen der Oberflächenstruktur geben.«

»Vielen Dank. Ich übernehme es danach. Eventuell haben wir dann auch schon ein Ergebnis aus der Brandanalytik.«

Sie verabschiedeten sich. Hanna sah auf die Uhr. In einer halben Stunde musste sie zu dem Treffen mit Robin Lux. Ihr Blick fiel auf die Umzugskartons. Vielleicht sollte sie jetzt nicht mehr so viel schleppen, damit sie gleich nicht geschafft aussah. *Moment.* Es war ja keine wirkliche Verabredung, nur ein informelles Treffen zwischen ihr und einer potenziellen Zeugin. Hanna vermutete, dass sie aus dieser Robin Lux nicht mehr viel herauskriegen würde, und doch hatte sie ohne lange zu überlegen einem weiteren Treffen zugestimmt.

»Ist alles in Ordnung?«

Hanna erschrak. Sie stand immer noch mit dem Telefonhörer in der Hand vor dem Tisch.

»Ja, ich habe nur überlegt.«

»Kniffliger Fall, an dem Sie gerade arbeiten?«

»Könnte man so sagen.« Sie zog sich die Bluse glatt. *Seriös.* Genau, sie wollte seriös wirken. Das war alles.

Robin lief auf das Café zu. Als sie den vollen Raum betrat, nahm sie den intensiven Duft von frisch aufgebrühtem Kaffee wahr. Ein Bild von Carla trat vor ihrem inneren Auge auf. *Nein, ich vermisse dich nicht. Hau ab, Erinnerung.* Doch Carla blieb und schaute sie unverwandt an. Robin kniff kurz die Augen zusammen und ließ den Blick durch den Raum schweifen.

Eine Hand an der hinteren Fensterreihe erhob sich.

Robin erkannte Hanna und nickte ihr zu.

»Hey«, sagte Robin. Sie setzte sich und zückte direkt ein Taschentuch.

»Hallo«, erwiderte Hanna. »Ist die Erkältung immer noch so schlimm?«

»Joahr, aber wird schon.« Die Kellnerin kam. Robin bestellte ein Wasser. Hanna Tee. Robin lächelte. »Ist der wieder für mich?«

»Eventuell.« Hanna betrachtete ihre Stirn. »Wie verheilt Ihre Wunde?«

»Manchmal pocht sie noch etwas. Der Arzt meinte, es könnte eine schwache Narbe bleiben, danke der Nachfrage.« Robin merkte, dass ihr Ton ruppig klang, aber die Erinnerung an Carla hatte sie unvermittelt getroffen und ein flaues Gefühl in ihrem Magen hinterlassen. Die Kellnerin brachte ihre Bestellung und goss das Wasser ein. Robin nahm das Glas entgegen, Hanna den Tee.

»Heute zahle ich«, sagte Hanna daraufhin, »aber später.« Sie zwinkerte Robin zu und griff nach dem Tee.

Die Kellnerin ging.

»Und? Tauschen wir?«, fragte Hanna und deutete auf das Glas Wasser.

Robin schob es ein Stück zu ihr hin, ließ es aber nicht los. »Vielleicht wollen Sie ja nur an meine Fingerabdrücke?«

Hanna schaute für einen Moment auf ihre Hand, dann lachte sie auf.

Sie hatte ein helles, klares Lachen, das angenehm in Robins Magen vibrierte, das dumpfe Gefühl von eben verschwand.

»Wäre ich von der Daktyloskopie, könnten Sie sogar recht haben. Aber ich arbeite im Fachbereich Biologie, Boden- und Textilspuren. Ich wäre eher an Teilen Ihrer Kleidung interessiert und dafür müssten Sie diese nicht mal ablegen.« Hanna hielt sich eine Hand vor den Mund.

Robin lächelte, dann schob sie ihr das Glas ganz zu. »Hier haben Sie erst mal meine Fingerabdrücke, das mit meiner Kleidung überlege ich mir noch, wenn Sie erlauben.«

Hanna nahm das Glas vorsichtig am Rand entgegen und hielt es gegen das Licht. »Die Abdrücke sind brauchbar. Ich nehme es.«

»Also verstehen Sie doch etwas davon?«

»Ein wenig. Wir praktizieren seit kurzer Zeit am Institut fachübergreifendes Lernen. Somit haben wir die Gelegenheit, uns andere Bereiche anzuschauen.«

Viele Spurensucher, die nun ständig Neues lernten und ihre Stärken somit bündelten. Das war gar nicht gut. Was würde das noch für Auswirkungen haben?

Hanna ergänzte: »Außerdem gehe ich mit einer Kollegin aus der Dakty manchmal Mittagessen und sie erzählt mir von ihrer Arbeit.«

Robin drehte ihre Fingerkuppen mit der Unterseite zu sich. »Was macht denn einen Fingerabdruck einzigartig?«

Hanna beugte sich zu ihr und streckte eine Hand aus. Vorsichtig strich sie mit ihrem Zeigefinger über Robins Fingerspitzen. »Die Papillarleisten. So nennt man die feinen Linien an den Fingerkuppen. Sie sind nicht mal bei eineiigen Zwillingen identisch.« Sie reckte ihren Hals. »Sie wären schnell zu identifizieren, Sie haben viele Narben.«

»Sie können die sehen?«

»Nein, aber spüren.« Hanna zog ihre Hand wieder weg.

Robin ließ ihre vom Tisch gleiten. »Die Kratzer sind von meinen Hunden, ich spiele wohl etwas zu wild mit ihnen.«

Hanna nahm einen Schluck von dem Wasser.

Robins Finger waren ganz warm geworden. Sie betrachtete Hanna, die nun etwas verlegen ihren Blick im Raum hin und her huschen ließ. Dann sah sie zu ihr. »Ich hoffe, Sie können Ihre Forschungen in dem Archiv bald wieder fortsetzen.«

Robin atmete laut aus. Natürlich lenkte sie das Gespräch wieder auf das Archiv. Robin ließ sich gegen die Stuhllehne sinken und sagte nichts.

Hanna betrachtete sie. »Habe ich etwas Falsches gesagt?«

»Nein. Aber könnte es sein, dass Sie meiner Aussage nicht trauen? Ich kann Ihnen wirklich nicht mehr sagen, als Sie schon wissen.«

Hanna verschränkte die Arme. »Meine Frage war nur auf Ihre Gesundheit und Ihr Hobby bezogen. Es sollte keine Anspielung auf etwas sein.«

»Schon gut.«

Hanna öffnete den Mund, schloss ihn aber gleich wieder. Mit einem Ruck stand sie auf. »Ich … entschuldigen Sie mich für einen Moment?«

Robin sah zu ihr hoch. »Ja, natürlich.«

Hanna betrat den Waschraum der Toiletten, schaute erst in den Spiegel und dann auf ihre Hand. Dort war ein angenehmes, warmes Gefühl entstanden und bis in ihren Bauch gewandert. Sie fühlte es, seit sie Robin berührt hatte.

Sie hat recht mit ihrem Vorwurf. Du glaubst ihre Aussage nicht. Das komische Kissen. Der plötzliche Schwächeanfall. Die ungewöhnlichen Forschungsvorhaben im Archiv. Und obwohl sie sich nun ganz gewöhnlich verhält, schaffst du es nicht, ihr eine zweite Chance zu geben und ihr wie bei einem normalen Kennenlernen gegenüberzutreten. Du behandelst sie wie eine Verdächtige. Hat sie das verdient? Sie ist doch sehr nett.

Hanna blickte erneut auf ihre Hand. Sie atmete tief durch und ging zurück in den Hauptraum des Cafés.

Robin schaute Hanna entgegen. Sie war etwas blass. War sie zu schroff gewesen? Hanna blieb vor ihr stehen und streckte die Hand aus. Robin legte den Kopf etwas schief. »Ich heiße Hanna und fände es schön, wenn wir uns duzen.«

Robin griff sachte zu. »Robin.« Hannas Haut war weich und zart.

Hanna setzte sich und rieb sich über den Nacken. »Ich bin nicht gut in so was, Small Talk meine ich. Am liebsten rede ich über die Arbeit.« Eine Strähne war aus Hannas Zopf gerutscht und lockte sich neben ihrer Wange.

Robin lächelte. »Ich mache gerne Small Talk und rede wenig über meine Arbeit. Somit sollten wir uns prima ergänzen, oder?«

»Das stimmt.« Hanna sah auf die Uhr. »Meine Pause ist gleich vorbei.«

Mist, dachte Robin. Sie hätte gerne noch mehr über Hannas Arbeit erfahren. Und über sie. Robin schüttelte den Kopf, um den Gedanken zu vertreiben.

Hanna blickte sie fragend an.

Hastig sagte Robin: »Das ist schade. Ich würde das mit dem Small Talk gerne weiter mit dir üben. Was hältst du denn gleich von morgen Mittag? Zur selben Uhrzeit?«

»Gerne.«

Robin stand auf und verabschiedete sich. Plötzlich hatte sie das Bedürfnis nach frischer Luft und einem langen Spaziergang.

Der Pförtner blickte Hanna mit weit geöffneten Augen entgegen. »Guten Morgen. Sie sind früh dran.«

Hanna zuckte mit den Schultern, ohne etwas zu sagen. Im Gebäude war es still, nur ihre Schuhsohlen quietschten auf dem frisch geputzten Boden. Sie nahm die Treppe in die zweite Etage, zückte ihren Schlüsselbund, betrat das Labor mit der Nummer zwei und drückte auf den Lichtschalter. Flackernd gingen die Neonröhren an der Decke an.

Hanna schloss die Tür und lehnte sich dagegen. *Du musst das nicht noch mal machen. Deine Vergleichsprobe der beiden Stoffflusen gestern war eindeutig.* Hanna rieb sich über das Gesicht. Und wenn es ein Zufall war? Vielleicht war die Fluse des Sitzkissens durch die Luft auf das Liederbuch übertragen worden. *Das ist Quatsch und das weißt du auch.*

Hanna starrte auf die Geräte, das künstliche Licht spiegelte sich auf den Gläsern und Metallhalterungen. Ihre Gedanken wanderten zum gestrigen Tag zurück. Robins Geschichte hatte glaubwürdig geklungen. Und wenn sie doch log? Hatte sie Hanna die Empörung über ihre Nachfragen nur vorgespielt, um ihr ein schlechtes Gewissen zu machen, in dem Bewusstsein, sie die ganze Zeit anzulügen?

Die Fluse war noch kein Beweismittel, sie hatte das Sitzkissen ohne Robins Zustimmung behalten und eine Stoffprobe davon genommen.

Hanna brauchte mehr Informationen über Robin, um sie besser einschätzen zu können. Sie ging zu dem Schrank, nahm das Döschen mit ihrem zweiten Fund heraus und betrachtete das darin befindliche Tierhaar. *Du brauchst eine Vergleichsprobe von Robins Hunden, um das Haar eventuell zuordnen zu können und damit du wirklich sichergehen kannst, dass das Haar beim Kontakt des Kissens mit dem Liederbuch übertragen worden ist.* Und sie musste zur Druckerei, ihre Bestellung von gestern abholen. Sie brauchte mehr Arbeitsmaterial für die nächsten Schritte.

Hanna betrat mit ihrem Rucksack über den Schultern das Büro. Ihr Kollege war schon da. Vermutlich schlief er hier. Ob er im Büro oder zu Hause mit seiner Raumschiffbesatzung spielte, war vermutlich egal. »Guten Morgen«, sagte sie, setzte den Rucksack ab, zog die zusammengerollte Karte hervor, legte sie auf den Tisch, holte dann eine Box aus der Innentasche und stellte ihm die Packung Lutscher auf den Tisch.

Er drehte sich zu ihr, zog den Lutscher aus dem Mund und war gerade im Begriff, ihn wegzuwerfen, da sagte sie: »Ich finde das übrigens okay mit den Lutschern, also, Sie müssen die nicht immer wegwerfen. Vielleicht klingen Sie ja wie ein Cowboy, wenn Sie ihn beim Reden im Mund behalten.«

Er zeigte mit dem Lutscher auf sie. »Daraus schließe ich, dass Sie Männer mögen, die sich wie Cowboys anhören.«

»Mit dieser Analyse liegen Sie leider daneben. Ist das der Grund, warum sie nicht mehr bei der Kripo im Einsatz sind, sondern am Institut?«

»Das wird es wohl sein«, erwiderte er, ohne weiter darauf einzugehen und zog die Packung zu sich. »Gute Marke. Aber die Deutschen sind nicht besonders einfallsreich. Die besten Lutscher kommen aus Amerika.« Er zog seine Schublade auf und reichte ihr eine flache Schachtel.

Hanna nahm sie entgegen und übersetzte: »Kaffee-Lutscher in den Geschmacksrichtungen Espresso, Cappuccino und Milchkaffee.« Hanna blickte zu Schmittke. »Und was ist daran so ungewöhnlich?«

»Der echte Koffeingehalt«, sagte er und nahm ihr die Packung wieder ab.

»Aha.«

Das Telefon klingelte, Hanna hob ab. »Winterkorn.«

»Guten Morgen, Bansouri hier. Ich würde heute Mittag gerne mit Ihnen essen gehen. Hätten Sie um ein Uhr Zeit?«

Hannas Magen durchzog ein dumpfer Schmerz, er fühlte sich an wie damals, als ein Kollege beim Selbstverteidigungskurs plötzlich den Trainingslevel erhöht hatte. Merit wollte mit ihr essen gehen? Sie würde Robin absagen müssen. *Oh Gott,* sie würde mit Merit alleine sein.

»Frau Winterkorn?«

»Natürlich habe ich Zeit. Wo möchten Sie hingehen?«

»In eine Pizzeria im Konkordiaviertel, wir können mit meinem Auto hinfahren, dann brauchen wir nur wenige Minuten. Treffen wir uns am Ausgang?«

»Gern. Bis später.«

Merit legte auf. Hanna behielt den Hörer in der Hand und starrte aus dem Fenster. Dunkelgraue Wolkenschlieren zogen vor hellgrauem Hintergrund vorbei.

»Schlechte Nachrichten?«, fragte Schmittke und beließ den Lutscher im Mund.

»Nein, nein.« Hanna legte auf, nahm die Karte vom Tisch und rollte sie auseinander. »Könnten Sie mir beim Aufhängen behilflich sein?«

Er stand auf, nahm ihr die Karte ab und hielt sie gegen die Wand. Hanna nahm Tesafilm und befestigte damit die Ecken.

»Danke.«

»Eine Übersicht über die Stadtbezirke?«, kommentierte Schmittke, der jetzt tatsächlich wie ein Cowboy mit Kippe im Mundwinkel klang. »Sie fangen doch jetzt nicht an, da kleine Fähnchen reinzustecken, oder? Wir sind hier ja nicht bei CSI-New York.«

Hanna trat einen Schritt zurück und schaute mit einer hochgezogenen Augenbraue auf McCoy. »Sie haben Ihre Methoden, ich meine.«

Er hob beschwichtigend die Arme. »Schon gut.« Er setzte sich wieder, schüttelte dabei jedoch den Kopf.

Hanna zog ihr Handy aus der Hosentasche und schrieb eine Nachricht an Robin:

Guten Morgen. Mir ist heute Mittag leider ein Termin dazwischen gekommen. Ich melde mich wieder. Viele Grüße, Hanna

Ihr wurde schummerig. Wegen der Absage? Nein, wohl eher wegen Merit. Meine Güte. Sie wollte mit ihr mittagessen gehen. Sie würden sich mindestens eine halbe Stunde gegenübersitzen. Hanna brauchte dringend einen Tee, auch wenn sie die Sorte Baldrian nicht in der Kantine haben würden, Kamille ließe sich mit Sicherheit auftreiben. Ohne etwas zu sagen, verließ sie den Raum und eilte ins Erdgeschoss.

Während der Autofahrt brachte Hanna kein Wort heraus. Ihr Herz schlug so heftig, dass sie meinte, man würde es hören, wenn sie ihren Mund auch nur einen Millimeter öffnete. So nah war sie Merit noch nie gewesen. Im Augenwinkel konnte sie ihre Beine sehen, ihre Arme, ihre Hände, die sich um das Lenkrad schmiegten. Am Rückspiegel klemmte eine schwarze Sonnenbrille mit großen, runden Gläsern. Bilder von Merit im Freizeitlook traten vor Hannas innerem Auge auf. Ob sie Jeans trug und T-Shirts? Hanna blickte für einen Moment in die Sonne, in der Hoffnung, das Bild von Merit in einer engen Jeans und einem Shirt, das über ihre Schultern rutschte, würde sich auflösen. *Meine Güte, du siehst sie noch nicht mal richtig an und schon hast du solche Bilder im Kopf. Gleich wirst du ihr gegenübersitzen. Mindestens dreißig Minuten lang.*

Merit fand einen Parkplatz in der Nähe der Pizzeria. Der Hauptraum war weitläufig und gemütlich eingerichtet, zwischen den Tischen standen große Pflanzen, die Wände waren in einem Sonnenuntergangsorange gestrichen. Sie setzten sich an einen kleinen Tisch an der Wand. Dabei berührten sich ihre Knie.

»Entschuldigung«, sagte Hanna leise.

Merit lächelte.

Du wirst gleich keinen einzigen Bissen hinunter bekommen.

Der Kellner kam und legte die Speisekarten vor ihnen auf den Tisch. »Wollen Sie schon etwas zu trinken bestellen?«

Merit sah sie an, Hanna schüttelte den Kopf.

»Gleich«, antwortete Merit.

Der Kellner ging. Hanna nahm die Speisekarte und stellte erleichtert fest, dass es auch Suppen gab. Das könnte gerade so klappen.

Als sie sich entschieden hatte, gab Merit dem Kellner ein Zeichen.

Hanna gab ihre Bestellung als Erste auf: »Ich nehme einen … ein Wasser und die Minestrone.« Ein Lächeln huschte über Hannas Gesicht, fast hätte sie wieder einen Tee bestellt.

Merit orderte ebenfalls ein Wasser aus der Leitung sowie Nudeln mit Meeresfrüchten, ohne Pfeffer und die Soße sollte getrennt von den Nudeln serviert werden.

»Wie geht es Ihnen, Frau Winterkorn?«, fragte Merit und legte dabei ihre Hände locker auf den Tisch.

»Gut«, erwiderte Hanna.

»Wie läuft es mit Herrn Schmittke?«

»Gut.« *Meine Güte. Jetzt streng dich mal etwas an.*

»Ich hatte das Gefühl, dass Sie widerwillig das Büro gewechselt haben.«

»Es kam bloß sehr plötzlich.«

»Sie haben einen ähnlichen Hintergrund, da Sie beide auf ungewöhnlichem Weg zum Institut gelangt sind. Sie haben ja nach Ihrem Studium für den Polizeivollzugsdienst nur ein Jahr als Streifenpolizistin gearbeitet, sich dann für ein naturwissenschaftliches Studium entschieden und an der Uni gearbeitet. Herr Schmittke war lange Zeit bei der Kriminalpolizei im Einsatz und musste dann aus persönlichen Gründen den Bereich wechseln.«

Hanna schluckte. Sie wusste, dass bei vielen Kolleginnen und Kollegen ihr Abbruch des Polizeidienstes als Schwäche angesehen wurde. Für viele war es ein Traum, in der Kriminaltechnik zu arbeiten, allerdings erreichten sie dieses Ziel über den internen Weg, indem sie jahrelang im Einsatz, meist im Streifendienst, tätig waren. Natürlich gab es auch Quereinsteiger wie sie, aber die waren eher selten. Hanna erwiderte: »Mir ist klar, dass ich durch einige Umwege an den Job im Institut gekommen bin, was jedoch nicht bedeutet, dass ich die Sache weniger ernst nehme. Im Gegenteil.«

Merit beugte sich vor und strich ihr kurz über den Handrücken. »Das weiß ich doch.«

Hanna starrte auf ihre Hand. Die Berührung hatte sich angefühlt wie der Kontakt mit einem heißen Bügeleisen. Kurz und heftig, glühend, jetzt war das Gefühl bereits wieder verflogen.

Der Kellner kam und stellte ihre Bestellung auf den Tisch. Vorsichtig griff Hanna nach dem Löffel. Zitterte sie? Sachte pustete sie in die dampfende Flüssigkeit.

Merit begann, ihre Nudeln zu essen. Nach einigen Minuten machte sie eine Pause und sagte: »Ich könnte mir jedenfalls vorstellen, dass Sie nach der Zeit an der Uni eine lange Eingewöhnungsphase gebraucht haben, als Sie Ihre Ausbildung als Kriminaltechnikerin begonnen haben, oder?«

Hanna nahm einen Schluck Wasser. »Das ist gut möglich. Mittlerweile fühle ich mich in allem jedoch sehr sicher.«

»Ich denke, Ihr Lebenslauf und Ihre bisherige Berufserfahrung sind sehr nützlich für das Institut und ich möchte Sie gerne unterstützen, damit Sie den verantwortungsvollen Wechsel in das selbstständige Arbeiten gut überstehen. Ich biete Ihnen an, dass Sie auch von sich aus die Ausbildung jederzeit verlängern können, falls Sie sich unsicher fühlen.«

Hanna winkte ab und fragte: »Wie fühlen Sie sich denn auf Ihrer neuen Stelle? Fiel Ihnen der Umzug nach Deutschland schwer?«

Merit tupfte sich mit der Serviette den Mund ab. Etwas rötlicher Lippenstift blieb daran zurück. »Nein. Mein Vater stammt ursprünglich aus dem Iran, meine Mutter aus Norwegen. Ich bin in meinem Leben viel gereist und mehrsprachig aufgewachsen. Meine letzte Station war in Finnland. Ich habe mich gefreut, als ich dort für das Pilotprojekt ausgewählt wurde und damit in Deutschland weitermachen konnte. Es ist eine tolle Herausforderung und ein Abenteuer.« Sie lächelte ihr zu, dann beugte sie sich wieder etwas nach vorne. »Ich würde mich freuen, wenn wir uns regelmäßig austauschen würden.«

Hanna lächelte ebenfalls. »Ich auch. Wir könnten nach der Arbeit einen Kaffee trinken gehen. Ich würde Sie auch gerne besser kennenlernen.« *Himmel, hatte sie das gerade wirklich laut ausgesprochen?*

Merits ganzer Körper versteifte sich schlagartig. Ihre Augen wurden groß. »So meinte ich das nicht, Frau Winterkorn. Mir geht es darum, von jedem im Team so viel wie möglich zu erfahren. Nur wenn ich die Stärken und Schwächen jedes Einzelnen kenne, kann ich vorhandenes Potenzial fördern und richtig nutzen.«

»Ähm ... ich ...«, Hanna wurde heiß. »Schon klar. Entschuldigung.« Hanna griff nach dem Löffel.

Merit warf ihre Serviette auf den Teller. »Ich wäre dann fertig.«

Hastig zog Hanna ihre Hand zurück. »Ja, ich auch.«

Als Merit ihren Stuhl nach hinten schob, quietschte er über den Boden. »Ich denke, wir sollten beim Rausgehen bezahlen.« Sie ging voraus zur Theke.

Hanna musste sich beim Aufstehen kurz am Tisch stützen. Aus dem Augenwinkel sah sie, dass der Kellner bereits mit gezücktem Portemonnaie auf Merit zukam. Sie atmete tief ein, dann eilte sie dazu. Gut, dass ihre Pause um war und sie schnell zurück ins Büro mussten.

Um die glühenden Wangen vor Schmittke einigermaßen zu verbergen, setzte Hanna sich im Büro sofort vor ihren Monitor. Sie öffnete ein paar Dateien, doch die Buchstaben verschwammen vor ihren Augen. Sie starrte auf den blinkenden Cursor; hektisch, wie ihr Herzschlag.

Das Telefon klingelte. Es war Merit.

Hanna nahm ab. »Ha...«, doch weiter kam sie nicht.

»Frau Winterkorn, ich möchte, dass Sie sich nächste Woche freinehmen. Das hat nicht nur mit der Situation von eben zu tun, ich denke, dass Sie für die kommenden Monate Kraft tanken sollten, um wirklich Ihr Bestes geben zu können. Zudem haben Sie vorhin gar nichts dazu gesagt, als ich vorschlug, dass Sie die Ausbildung auch von sich aus verlängern könnten. Denken Sie in Ruhe darüber nach.

Urlaubstage haben Sie ja genügend. Schicken Sie mir den Antrag, ich genehmige ihn gleich.«

»Wie bitte?«

»Frau Winterkorn, ich möchte da jetzt keine größere Sache draus machen. Es ist ja nur ein gut gemeinter Vorschlag von mir, den Sie natürlich nicht beherzigen müssen.«

Hanna starrte auf den Tischkalender vor sich, den ihr der Kassenwart der Trabrennbahn geschenkt hatte. Ein rennendes schwarzes Kaltblut mit aufgeblähten Nüstern war auf dem Bild zu sehen. Hanna wünschte sich, sie könnte jetzt auch einfach in den Hörer schnauben. Und dann wegrennen.

»In Ordnung«, sagte sie leise. Sie legte auf und drehte den Kopf zu Schmittke. »Ich nehme die nächste Woche Urlaub.«

»So spontan? Steht etwas Besonderes an?«

Vor Blödheit ein paar Tage mit dem Kopf gegen die Wand rennen, das steht an. »Nein, gar nichts.«

Robin fixierte den wolkenlosen Himmel und blickte dann auf das Schreiben des Amtes zwischen ihren Fingern. Seit sie es gestern Nachmittag in ihrem Briefkasten gefunden hatte, konnte sie kaum noch aufhören zu grinsen. Endlich durfte sie auch Smoothies verkaufen, es könnte also ein lohnender Markttag werden. Sie zog die Schiefertafeln unter der Theke hervor und prüfte, ob die Kreide beim Transport nicht verwischt worden war. Auf der einen standen die Preise für die Hotdogs, auf die andere hatte sie in großen Buchstaben geschrieben:

NEU – leckere, gesunde Smoothies für den Körper
und zur Bildung von Lachfalten

Hastig drehte Robin sich um, wiederholte die Handgriffe und Lagerorte der einzelnen Zutaten in Gedanken, nahm tief Luft und wandte sich wieder dem Marktplatz zu.

»Guten Tag, Tochter.«

Robin zuckte zusammen. Ihr Vater stand vor der Theke und lächelte sie an. »Hey, Paps, du bist ja früh dran heute.« Sie öffnete die schwere Seitentür, trat nach vorne und umarmte ihn. Sein frisch aufgetragenes Aftershave drang zu ihr.

»Ich hatte halt schon Hunger«, sagte er und begutachtete ihre Stirn. »Was ist dir denn passiert?«

Robin schenkte ihm ein beschwichtigendes Lächeln. »Ach, nichts Schlimmes. Ein harmloser Unfall. Du weißt doch, wie verträumt ich manchmal bin.«

»Allerdings.« Er drückte kurz ihren Oberarm und sah ihr in die Augen. In seinen lag ein besorgter Ausdruck.

Ob er gerade auch an den Vorfall von damals erinnert wurde, an den Tag, an dem er unbewusst die Worte an sie gerichtet hatte, die sie so verändert hatten. Kurz flackerte die Situation vor ihrem inneren Auge auf. Sie war neun Jahre alt gewesen und so in einem Tagtraum versunken, dass sie nicht bemerkt hatte, wie die Ampel vor ihnen auf Rot umgesprungen war. Sie war einfach weitergelaufen. Ihr Vater hatte sie gerade noch vor dem losfahrenden Auto wegreißen können. Mit Tränen in den Augen hatte er zu ihr gesagt: „Robin, mach endlich deine Augen auf, achte auf die Zeichen!“ Nach diesem Schreck fing sie an, alles um sich herum genau zu beobachten. Immer öfter fiel ihr auf, wie viel Ungerechtigkeit es um sie herum gab. Als sie dann noch ein Jahr später den Film *Robin Hood* sah, kam ihr diese Namensverbindung wie ein Zeichen vor und sie beschloss, einen anderen Weg einzuschlagen, als ihre Schulkameraden.

»Ist doch etwas nicht in Ordnung, Robin?«

Seine Stimme riss sie aus ihren Gedanken. Robin lachte auf. »Nein, nein, ich finde es ja sehr lieb, dass du dir solche Sorgen wegen meiner Verletzung machst, aber für jemanden wie dich ist sowas doch eh nur ein kleiner Kratzer.«

Sie fuhr ihm mit dem Daumen über den Wangenknochen und somit auch über die acht Zentimeter lange Narbe. Nur eine von dreien in seinem sonst glatten Gesicht. Robin wusste, wenn sie Andeutungen zu seinen ehemaligen wilden Sport-Hobbies machte, ließ er von weiteren Nachfragen ab.

»Magst du deinen Hotdog wie immer?«

Sein mürrisches *Hmpf* sollte vermutlich *ja* bedeuten. Robin ging zurück in das Innere des Wagens und fischte ein Würstchen aus dem großen Topf. »Willst du einen Smoothie dazu? Stell dir vor, das Amt hat mir gestern die Erlaubnis für den Verkauf geschickt.«

Sie legte das Würstchen zwischen die beiden Hälften des Milchbrötchens, drehte sich um und reichte ihm den Hotdog.

»Woraus besteht denn so ein Smoothie?«

Robin zeigte auf einen Behälter. »Zum Beispiel aus so etwas hier. Meine eigene Kreation, eine Mischung aus Buttermilch, Avocado, Birne, Chicorée, Zucchini und Szechuan Pfeffer.«

»Alles in einem Glas?«

Robin lächelte, »eine Geschmacksexplosion.«

Ihr Vater schüttelte den Kopf, »ich verzichte dankend«. Er biss in den Hotdog.

Robin betrachtete den Platz; einige Kunden kauften bereits Obst und Fleisch ein; sie wusste, bis die Ersten für eine Stärkung zu ihr kamen, würde es noch ein wenig dauern. Gerade, als sie erneut nach den Schiefertafeln greifen wollte, bemerkte sie, dass ihr Vater sie intensiv betrachtete. Auf seiner Stirn verdichteten sich die Falten. So angestrengt sah er sie nur an, wenn etwas nicht in Ordnung war. Sie lehnte sich vor. »Was ist denn los? Du schaust so nachdenklich.«

Er schluckte einen anscheinend besonders großen Bissen hinunter. »Das kannst du dir doch denken, oder? Wir machen uns Sorgen.«

Robin machte den Rücken ganz gerade. »Warum denn?«

»Du meldest dich überhaupt nicht mehr. Vor einiger Zeit hast du uns immer am Wochenende eingeladen. Das war schön, wir haben dich regelmäßig gesehen. Jetzt wissen wir gar nicht, was bei dir los ist. Hast du vielleicht eine Freund...in?«

Dieses Wort sprach ihr Vater immer so aus, als würde ihm die letzte Silbe merkwürdig und unpassend vorkommen. Sein Blick fiel dann zu Boden, als würde er dieser Silbe hinterherschauen und ihr wünschen, sie würde auf den Steinen zerplatzen. Obwohl Robin sich bereits mit sechzehn geoutet hatte, sprach ihr Vater sie selten auf ihr Liebesleben und ihre Beziehung zu Frauen an.

Robin schüttelte den Kopf. »Nein, das ist es nicht. Es gibt viel zu tun. Ich ...«

»Robin. Na, das ist ja super«, ertönte es plötzlich. Hinter ihrem Vater tauchten zwei rote und vier blaue Haarstacheln auf. »Ich wusste gar nicht, dass du hier auch stehst. Das ist ja klasse. Wo sind denn die anderen?«

Robins Herzschlag setzte für einen Moment aus. Was machte *er* denn in diesem Stadtviertel? »Ben. Hi.«

Der Punk stellte sich vor Uwe. »Alter, siehst du aber schnieke aus. Bist noch nicht lange auf der Straße, wa?«

Ihr Vater starrte den Jungen an. »Ich verstehe nicht.«

»Das ist mein Papa«, sagte Robin.

Ben schaute zwischen den beiden hin und her. »Das ist deine, ich meine, Ihre Tochter?«, sagte er an Uwe gerichtet, schwungvoll breitete er die Arme aus. »Man, Sie müssen ja so stolz sein.« Er machte einen großen Schritt auf ihn zu, drückte Uwe an sich und klopfte ihm kräftig auf den Rücken.

»Ich verstehe nicht«, stammelte ihr Vater erneut.

Ben löste sich von ihm. »Ja, ja, bescheiden sind Sie. Das hat Ihre Tochter dann wohl von Ihnen.«

Robins Wangen fühlten sich an wie glimmende Kohlen. »Ben, was machst du hier?«

Er neigte sich zu ihr, »ich habe das Revier gewechselt, zu viele Bullen, du verstehst«, er zwinkerte.

»Bullen?«, fragte Uwe.

»Die anderen sind auch da«, sagte Ben.

»Welche anderen?«, entfuhr es Robin und Uwe gleichzeitig.

Ben legte Mittel- und Zeigefinger an die Lippen und pfiff laut. Eine Methode, die Robin trotz monatelangem Üben mit Ben immer noch nicht beherrschte.

Robins Knie wurden weich. Hinter einem Stand tauchten Mark, Thorsten und Jen auf. Ben winkte sie herbei. »Kommt her, es gibt doch noch ein Frühstück.«

Uwe ging einen Schritt an den Wagen heran. »Was ist denn hier los?«

Die kleine Gruppe war angekommen. »Robin. Wie cool. Machst du uns vier Hotdogs?«, fragte Jen.

Robin wedelte mit den Händen. »Klar, klar«, hastig belegte sie die Brötchen und reichte sie den verschmutzten Händen entgegen. Die Jugendlichen bedankten sich.

»Sie müssen nichts bezahlen?«, erklang laut eine Stimme hinter ihnen. Sie gehörte zu einem Mann, der misstrauisch über Uwes Schulter linste.

»Natürlich nicht«, sagte Ben. »Bei Robin muss man nie bezahlen.«

Robin wurde schlecht. Sie zuckte mit den Schultern und versuchte ein Lächeln, was vermutlich wie ein irres Grinsen aussehen musste. »Ja, tatsächlich. Es ist alles umsonst«, sagte Robin.

Ben ergänzte mit vollem Mund: »Robin würde nie Geld von jemandem nehmen, der Hunger hat.« Er schluckte und grinste zufrieden. Ihm fehlte ein Schneidezahn und er sah damit so umwerfend süß aus, dass sie ihm nicht mal böse für sein Geplapper sein konnte.

Ihr Vater sah sie durchdringend an. »Wie meint er das?«

»Ich biete neue Sachen an. Es ist *heute* umsonst«, zischte sie ihm leise zu.

»Dann hätte ich gern so ein Getränk und einen Hotdog«, sagte der Mann. »Ach, warten Sie, ich hole eben meine Frau.« Er eilte davon.

Hastig drückte Robin die Tür auf und ging zu den Jugendlichen. Sie zog zwei davon an den Armen von ihrem Vater weg, die anderen folgten. »Ich freue mich sehr, dass ihr hier seid. Aber mein Papa und ich müssen ein paar wichtige Sachen besprechen. Ich mach euch jetzt noch ein paar Hotdogs zum Mitnehmen. Wäre es dann okay, wenn ihr uns alleine lassen würdet?«

Sie nickten.

Robin eilte in den Wagen zurück und vermied es, ihren Vater anzusehen. Sie belegte vier weitere Brötchen. Vor ihren Augen tanzte die Summe, die sie jetzt schon Verlust gemacht hatte. Sie gab der Truppe die Hotdogs. »Tschüss.«

»Tschüss. Bis morgen.«

»Ja, ja. Tschüss.«

Ihr Vater holte Luft, da tauchte der Mann von eben wieder auf, er hatte seine Frau und drei weitere Gäste mitgebracht. »Ach, Paps, es wird jetzt sehr voll. Ich ruf euch an, ja?« Sie zeigte zur Bestätigung auf das wartende Grüppchen und warf ihm einen Kuss mit der Hand zu.

Ihr Vater drehte sich irritiert um, sah sie an und schüttelte dann leicht den Kopf. »In Ordnung. Aber du meldest dich! Tschüss.« Er stapfte davon.

»Fünf Hotdogs und Getränke dazu bitte«, sagte der Mann. Robin fing an, die Bestellung zuzubereiten. Was sollte sie jetzt tun? Auf dem Markt kannten sich viele der Kunden untereinander. Wenn sie bei den nächsten wieder Geld nahm, würde es bestimmt auffallen und sie würde die Leute verärgern. Sie könnte eine Krankheit vortäuschen und den Stand schließen, aber dann würde sie zum Arzt gehen und dem Ordnungsamt das Attest schicken müssen. Mit zittrigen Händen bereitete sie die bestellten Sachen vor, als sie sich umdrehte, sah sie bereits vier neue Gäste in der Schlange stehen.

Der Mann sagte zu ihnen: »Heute ist es umsonst, wissen Sie.«

Sie musste das jetzt durchziehen. Irgendwie würde sie den Verlust schon wieder reinholen.

Eine Stunde vor Marktende waren ihr bereits die Zutaten ausgegangen. Robin reinigte gerade den Tresen, als ein Mann vor der Markise auftauchte. Zunächst sah sie nur seinen Schlips, dann schaute sie höher. Seine Augen waren so dunkel wie die Schiefertafeln, die heute nicht zum Einsatz gekommen waren.

»Guten Tag. Frau Lux?«

»Ja.«

»Grubinger, Ordnungsamt.« Er hielt ihr einen Ausweis vor die Nase. »Mir wurde mitgeteilt, dass Sie hier heute kostenlos Essen und Getränke verteilt haben.«

Oh shit! Dass sie deswegen Probleme kriegen könnte, war ihr in der Hektik gar nicht bewusst gewesen. »Ja. War das nicht in Ordnung?«

Er lachte kurz auf. »Es war nicht angemeldet. Sie haben den anderen Händlern somit geschadet. Das nennt man auch unlauteren Wettbewerb.«

Robin fiel der Lappen aus der Hand.

»Es könnte sein, dass Schadenersatzforderungen auf Sie zukommen. Wir werden abwarten, ob sich die anderen Händler bei uns melden.«

Robin bückte sich zu dem Putztuch, um kurz ihr Gesicht verbergen zu können, als sie wieder hochkam, flackerten vor ihren

Augen schwärzliche Schatten. Sie klammerte sich an das Ablagebrett, zog sich hoch, holte Luft und richtete ihren Blick auf den Mann, der mit unbeweglicher Miene vor ihr stand und nun einen Stift und einen Notizblock gezückt hatte.

»Ich wusste nicht, dass es solche Auswirkungen haben würde. Das war doch nicht böse gemeint. Es ist doch nichts Schlechtes daran, Essen zu verschenken.«

Der Mann machte sich eine Notiz. »Grundsätzlich natürlich nicht. Aber es war nicht genehmigt und der Rahmen dafür war ebenfalls unpassend. Sie erhalten in den nächsten Tagen Post von uns. Sie haben dann die Möglichkeit, sich vor Ort zu äußern. Stellen Sie sich bitte darauf ein, dass wir Ihnen vorläufig die Verkaufslizenz entziehen können.«

»Aber, ich … es tut mir doch leid.«

»Schönen guten Abend Frau Lux.« Der Mann nickte ihr zu.

Robins Blick verschwamm. Sie musste jetzt stark bleiben. Wenn die anderen Händler sie in so einem Zustand sahen, würden sie sich das Maul zerreißen. Hastig verließ sie den Wagen, zog und drehte die Elektro- und Wasseranschlüsse ab, ging wieder in den Verkaufsraum, verstaute das restliche schmutzige Geschirr in einer Kiste, schloss die Tür ab und setzte sich ans Steuer. Hektisch drehte sie den Zündschlüssel um. *Halt durch. Konzentrier dich jetzt.*

Ruckelnd lenkte sie den Wagen von dem Platz runter. Die Bürgersteige verschwammen zu Schlieren. Robin schaffte es gerade noch, die Umrisse der Autos vor sich zu fixieren. Nach zwanzig Minuten konnte sie endlich vor ihrem Haus parken. Sie hastete zur Wohnung und schloss auf; Paula, Jack und Balu kamen auf sie zugeeilt. Sie warf die Tür zu, ließ sich auf den Boden sinken und tauchte ihr Gesicht in das Fell von Balu, das ihre Tränen auffing.

Mit einer großen Tasse Kaffee zwischen den Händen stand Robin in ihrer Küche am Fenster. Als sie einen Schluck nahm, verkrampfte sich ihr Magen innerhalb weniger Augenblicke. Mit einer zittrigen Bewegung stellte sie die Tasse auf der Fensterbank ab. Am liebsten würde sie sich heute die Decke über den Kopf ziehen und die Wohnung nicht verlassen. Doch sie konnte die Obdachlosen nicht im Stich lassen. Sie verließen sich auf Robin und auch die anderen Freiwilligen vor Ort wären enttäuscht, wenn sie so kurzfristig absagte.

Robin rieb sich über den Nacken. Am Abend hatte sie sich zwei Stunden hin und her gewälzt, bis sie endlich eingeschlafen war. Ihr Rücken schmerzte wieder. Sie ging zu dem Vorratsschrank, öffnete ihn und betrachtete die Würstchendosen und Packungen mit Brötchen, die sie für Notfälle immer mal wieder nachlegte. Für heute würde es noch reichen. Wenn ihr dann die Einnahmen der Märkte wegbrechen sollten, würde sie das Essen an den Sonntagen nicht mehr umsonst ausgeben können und müsste diese Art der Unterstützung aussetzen. Und wenn dann noch eine Strafe auf sie zukommen würde … Sie hatte keinerlei Rücklagen. *Das kommt davon, weil du alles immer gleich abgibst.* Ihr Griff um die Türklinke wurde fester. Sie musste jetzt den Tag überstehen. Für Selbstvorwürfe würde sie noch genügend Zeit haben. Trotzig packte Robin die Dosen und Packungen in die Kiste, pfiff nach der Dreierbande und eilte nach draußen zu ihrem Verkaufswagen, auf in den Tag.

Am nächsten Morgen erwachte Robin, weil ihr ganzer Rücken wehtat. Sobald sie abends die Augen geschlossen hatte, waren Zahlen und die verschiedensten Rechnungen durch ihre Gedanken gegeistert. Sie sah auf die Uhr ihres Handys: kurz nach acht. Robin setzte sich auf und zuckte zusammen. Heute war Montag. Diese Woche würde also der Brief vom Amt kommen. Sie sollte vorsorgen und sich auf

Diebestour machen, aber mit den Schmerzen würde das Umherstreifen und Ausschauhalten anstrengend werden. In ihrem Innern fing es an zu beben. Sie brauchte Ablenkung. Zu ihren Eltern konnte sie nicht, ihr Paps und ihre Mutter würden sie nur mit unangenehmen Fragen löchern. Und ihr Kumpel Toni hatte Schichtdienst und schlief vielleicht gerade. Sie scrollte im Telefonbuch ihres Handys. Ihr Blick blieb an einem Namen hängen. Ob sie es bei Hanna versuchen sollte?

Sie las die letzte Nachricht von ihr erneut. Hanna hatte sich nach der geplatzten Verabredung nicht mehr gemeldet. In Robins Magen zwackte es. Sie war von Hannas kurzfristiger Absage enttäuscht gewesen. *Komm, spring über deinen Schatten, du sture Diebin, das wirst du doch wohl noch hinbekommen.* Zögerlich tippte sie:

Hallo Hanna. Hättest du heute Mittag Lust auf ein Glas Wasser? Grüße, Robin

Robin stand auf und ging zu ihrem Schrank; als sie ihn aufmachen wollte, klingelte ihr Handy. Es war Hanna.

»Guten Morgen.«

»Hallo«, antwortete Robin verdutzt. »Noch nicht auf der Arbeit?«

Einige Momente blieb es still, dann sagte Hanna: »Ich bin zu Hause. Hättest du vielleicht Lust vorbeizukommen, auf einen Tee?«

»Ja, gerne. Heute Mittag?«

»Also, es geht auch gleich. Ich bin hier. Zum zweiten Frühstück?«

»Könnte ich meine Hunde mitbringen? Sie sind ganz lieb, machen aber vielleicht ein wenig Schmutz mit ihrem Fell.«

»Kein Problem. Ich würde gleich einkaufen gehen. Was mögen sie denn?«

»Gebratenen Frühstücksspeck. Klassisches Trockenfutter geht aber auch.«

»Ich schicke dir die Adresse, so in eineinhalb Stunden?«

»Gerne. Bis gleich.«

»Tschüss.«

Robin hörte das Tuten, dann gaben ihre Knie nach. Ob es eine gute Idee war, sich in eine Situation zu begeben, in der sie für einige Stunden Gesprächsstoff brauchen würde?

Satzfetzen prasselten plötzlich auf sie ein, Erinnerungen an ihre bisherigen Unterhaltungen mit Hanna. Bisher hatte Robin sie in Bezug auf ihr Privatleben nur einmal angelogen. Sie hatte keine Tante, die in einem orthopädischen Geschäft arbeitete. Robin wollte nicht wieder lügen. Die vielen Unwahrheiten hatten sie vorgestern, als ihr Papa sie besucht hatte, in einen riesigen Schlamassel gebracht. Nein, nicht nur vorgestern. *Auch Carla hat sich deswegen von dir abgewandt.* Hanna wusste bisher kaum etwas von ihr. Robin könnte ausprobieren, wie es funktionierte, wenn sie zur Abwechslung mal komplett bei der Wahrheit blieb. Mit diesen Erfahrungen würde sie dann vielleicht noch einen Versuch bei Carla wagen.

Robin betrachtete ihr Erscheinungsbild in der Spiegelung eines Autofensters. Ob sie sich doch zu schick gemacht hatte? Die schwarze Stoffhose und der Kapuzenblazer sahen eher so aus, als wollte sie auf ein Klassik-Konzert von Nachwuchskünstlern gehen. *Egal. Klingel jetzt.* Der Summer ertönte ein paar Augenblicke später. Robin betrat das ordentlich geputzte Treppenhaus und hielt die Leinen der Hunde sehr kurz. Hanna hatte ihr zwar erlaubt, sie mitzubringen, aber ob sie Hunde wirklich mochte, wusste Robin nicht.

Im zweiten Stock wartete Hanna im Türrahmen. Sie trug eine enge graue Jeans und ein weißes zerknittertes T-Shirt, trotzdem konnte man die ausgeprägten Konturen ihres Busens und ihrer Hüfte sowie den leichten Bauchansatz gut erkennen. Ihre Haare trug sie offen.

Robin ging auf sie zu. Jack bellte. »Pssst«, flüsterte Robin.

»Hey«, sagte Hanna. »Du kannst sie gerne losmachen.«

Robin tat wie ihr geheißen und die Hunde flitzten durch den Türspalt in die Wohnung. »Danke. Hallo.« Sie blieb vor ihr stehen und reichte ihr die Hand.

Hanna griff zu, mit der anderen Hand strich sie ihr kurz über den Arm. »Du darfst auch rein kommen«, sagte sie lächelnd und blickte den Hunden hinterher.

Robin folgte ihr in den Flur und zog die Tür zu, dann pfiff sie und rief: »Gruppentreffen.«

Die drei Hunde rannten zurück, Paula traf als Letzte ein. Robin sah zu Jack. »Jack, stell dich vor.« Er sprang in die Luft, machte einige Drehungen und bellte dabei.

»Hallo Jack«, sagte Hanna.

Robin ging in die Hocke und strich ihm über den Kopf, dann sagte sie den gleichen Satz zu Balu. Balu setzte sich und streckte eine Pfote aus, Hanna beugte sich zu ihm runter und schüttelte sanft seine Tatze, dann kraulte sie ihn hinter den Ohren.

»Paula, stell dich auch vor«, sagte Robin. Paula legte sich hin und schob die Pfoten über die Augen. Robin zuckte mit den Schultern. »Sie schläft gerne.«

Hanna applaudierte. »Das sind ja tolle Kunststücke, übst du viel mit ihnen?«

Robin kam wieder hoch. »Ja, vor allem draußen, wir brauchen viel Platz. Leider sind die Grünflächen in der Stadt mittlerweile sehr begrenzt und die Parks, in denen Hunde erlaubt sind erst recht. Da bleibt nicht viel Auswahl.«

Hanna nickte. »Ja, ich habe die Sache mit dem Investor damals auch mitbekommen, das war ein ziemlicher Skandal, als er so viele Grünflächen hier in den Vierteln aufkaufen konnte, aber anders wäre die Stadt ihre Schulden angeblich nicht losgeworden.«

Robin hielt sich mit weiteren Kommentaren zu dem Thema zurück. Schon vor einiger Zeit hatte sie überlegt, wie sie dem Typen einige Streiche spielen konnte, aber er war zu abgeschottet.

Hanna zeigte schräg hinter sich. »Hier ist die Garderobe. Das Bad ist gleich rechts von dir und die anderen Räume sind Küche, Wohnzimmer und hier links ist das Schlafzimmer. Wo möchtest du rein?«

Robin war gerade im Begriff, sich einen Schuh auszuziehen, nun kippte sie dabei gegen die Wand, sah zu Hanna hoch und riss die Augen übertrieben weit auf.

Hanna grinste. »Es gibt den Kaffee natürlich in der Küche. Ich dachte, eure Vorstellung von eben muss ich übertreffen.«

»Ist dir gelungen. Der Form halber also erst in die Küche, dann ins Schlafzimmer.«

Hanna lächelte, sie drehte sich schwungvoll, sodass ihre Haare über ihre Schultern wehten. Sie sah noch mal zurück und hauchte: »Ich erwarte dich.«

Robin lächelte. Sie zog auch den zweiten Schuh aus, hängte ihren Mantel und die Hundeleinen auf und folgte Hanna in die Küche. Verblüfft blieb sie hinter der Türschwelle stehen. Der Raum hing voller Blumenampeln, die mit Kräutern und rankenden Gewächsen gefüllt waren. Die Wände zierten Collagen in Bilderrahmen. Es duftete nach Minze und Thymian.

Hanna drehte sich zu ihr. »Alles in Ordnung?«

Robin schaute sie an. »Ja, ich bin nur etwas erstaunt über diese … Vielfalt.«

Hanna lehnte sich an die Arbeitsplatte und folgte erneut Robins Blicken, die erst hin zu ihrer Kleidung und dann wieder zu den Wänden wanderten. »Ach wegen der Klamotten dachtest du, der Rest meines Besitzes sei auch so eintönig?«

Robin grinste. »Joahr.«

»Ich habe einfach keine Lust, mir ständig Gedanken darüber zu machen, welche Kleidungsstücke zusammenpassen. Außerdem hat man mir mal gesagt, grau stünde mir gut.«

»Das stimmt«, entfuhr es Robin, jetzt war sie es, die sich eine Hand vor den Mund hielt.

Falten bildeten sich auf Hannas Stirn. »Wieso kommen wir immer wieder auf das Thema *Kleidung?«*

»Keine Ahnung«, sagte Robin und ergänzte in Gedanken: *Vielleicht, weil uns der Anblick darunter interessiert. Du meine Güte. Themenwechsel.* »Mir gefällt deine Einrichtung. Kochst du gerne, oder warum hast du so viele Gewürze?«

»Ich koche eher unregelmäßig. Die Blumen und Gewürze habe ich alle geschenkt bekommen. Ich helfe Hobbygärtnern beim Züchten neuer Gewächse.« Sie ging zum Tisch, pflückte ein dunkelgrünes Blatt aus einem der Töpfe und reichte es ihr. »Probier mal.«

Robin begutachtete es. »Danach verwandel ich mich doch nicht etwa in einen Werwolf?«

»Traust du mir etwa nicht?«

Robin legte sich das Blatt auf die Zunge und kaute genüsslich. »Süß und doch frisch.«

»Dill und Salbei.«

»Lecker.« Robin trat einen Schritt vor und betrachtete die Collagen genauer. Sie bestanden aus Fotos, Zeichnungen und weiteren flachen Materialien wie Stofffetzen, Blättern, Blüten und Eintrittskarten. Robin sah fragend über die Schulter zu Hanna.

Die strich sich eine Strähne aus dem Gesicht und sagte: »Erinnerungsstücke – da kommt wohl die Spurensucherin und Sammlerin in mir durch.«

Robin zuckte leicht zusammen. Zwischendurch vergaß sie, wie vorsichtig sie in Hannas Gegenwart sein musste. Sie schien ein gutes Gespür für Details zu haben.

»Diese Zusammenstellung finde ich interessant.« Robin zeigte in Richtung eines Rahmens, in dem ein Wettschein, ein Stück Stoff und ein Foto von einem Jockey mit einer Widmung zu sehen waren.

Hanna lächelte. »Das sind Erinnerungsstücke an mein erstes Trabrennen, zu dem ich ohne meinen Opa gegangen bin.« Ihr Lächeln verblasste. Für einige Sekunden schien sie in dem Bild zu versinken.

»Trabrennen?«, fragte Robin.

»Mein Opa hat mich als Kind immer mitgenommen. Erst interessierten mich nur die Bilder von den starken Pferden, doch immer häufiger las ich intensiv die Rennergebnisse. Wir stellten nach einiger Zeit fest, dass ich mir die Ausgänge und unterschiedlichen Konstellationen der Rennen gut merken konnte. Ich begann, sie zu vergleichen und ihm Tipps zu geben. Seine Gewinne erhöhten sich. Später merkte ich, dass mir die Beschäftigung mit den Zahlen gut tat, um abzuschalten.«

»Wann ist dein Opa gestorben?«

»Als ich fünfzehn war. Ich war dann lange Zeit nicht mehr auf der Trabrennbahn, nur die Hefte ließ ich mir noch schicken. Erst mit 22 fühlte ich mich stark genug, die Tradition ohne meinen Opa fortzusetzen.«

»Wer ist der Mann auf dem Foto?« Robin war froh, dass Hanna nun wieder lächelte.

»Das ist Riley. Beim Trabrennen kann man sich vorher mit den Jockeys unterhalten und sich die Pferde anschauen, wenn man mag. Ich wollte unbedingt auf sein Pferd Constantin setzen, weil ich ihm aufgrund der Renngruppe gute Chancen ausgerechnet hatte. Er hatte erst wenige Rennen gemacht und galt als absoluter Außenseiter.« Hanna grinste nun. »Ich setzte hundert Euro und gewann tausend. Den Gewinn schenkte ich ihm. Er war gerade aus England hergezogen und hatte Schwierigkeiten, Fuß zu fassen. Heute ist er ein erfolgreicher Jockey. Wenn er in der Nähe ist, treffen wir uns zum Fachsimpeln.«

Wow, tolle Geste, dachte Robin. Sie öffnete den Mund, verschluckte aber die Worte, bevor sie drohten, ihr über die Lippen zu springen. Wie gerne würde sie ihr erzählen, dass sie auch manchmal

Fremden half und sie selten hörte, dass andere so was auch spontan machten. Doch das wäre viel zu gefährlich, Hanna würde sicherlich sofort Nachfragen stellen. Schnell zeigte sie auf den Fetzen in dem Rahmen. »Und was ist das für ein Stück Stoff?«

»Constantin hat mir an dem Tag in den Pullover gebissen und den Ärmel auseinandergerupft. Es war mein Lieblingspullover, also behielt ich ein Stück davon.« Hannas Blick wurde nachdenklich. »Warum sammelt der Mensch wohl Dinge? Nur um sich besser zu erinnern?«

Robin sah vorsichtig zur Seite. Szenen an die vielen Momente blitzten vor ihrem inneren Auge auf, in denen sie mit Sammlern über deren Leidenschaft gesprochen hatte, um zu lernen, was sie an bestimmten Gegenständen schätzten. »Ich denke, es hat auch immer etwas damit zu tun, dass man versucht, bestimmte Gefühle festzuhalten.«

Robin drehte sich nun ganz zu Hanna um. Leider zu schnell, die Bewegung schoss ihr in den Rücken, ein Schmerz durchfuhr sie. Sie verzog das Gesicht und griff sich hinter die Taille.

Hanna ging einen Schritt auf sie zu. »Alles okay?«

»Der Rücken macht etwas Probleme.«

»Etwas? Du bist total blass.«

»Gnaaa. Es geht schon.«

Hanna trat hinter sie. »Darf ich?«

Robin nickte kaum merklich.

Hanna legte ihre Finger auf das Schulterblatt und strich vorsichtig die Muskelstränge entlang.

Ein Schauer fuhr über Robins Haut.

»Das fühlt sich nicht gut an. Also, du natürlich schon ...«, Hanna grinste.

»Danke«, sagte Robin.

Hanna ergänzte: »Aber die Muskeln sind auf der Seite verhärtet. Ich hab Schmerzsalbe da.«

Robin winkte ab.

»Meine Güte, bist du immer so, wenn andere dir helfen wollen?«

»Natürlich nicht. Ich will dir nur keine Umstände machen.«

Hanna verschränkte die Arme. »Du darfst nur bleiben, wenn ich dir Salbe drauf machen darf. Ich würde den Tag lieber gern hier als wieder im Krankenhaus verbringen.«

»Okay, okay, ich merk schon, mit eurer Sorte ist nicht zu spaßen.«

Hanna zeigte auf die gegenüberliegende Tür. »Du kannst dich auf die Couch legen, aber erst füttere ich die Hunde.«

»Die kommen bei mir auch immer an erster Stelle.«

Hanna wedelte mit den Händen und scheuchte sie aus der Küche.

Robin lächelte, als sie durch den Flur ging und das Wohnzimmer betrat. Hier gab es auch einige Pflanzen, sie standen jedoch nur auf den Fensterbänken. Robin ging weiter in den Raum hinein. Neben dem Sofa waren jeweils rechts und links zwei grün-rot karierte, breite Sessel zu sehen. Anstatt eines Wohnzimmertisches gab es vier kniehohe Holztruhen, auf denen etliche Sachen nebeneinander aufgereiht lagen und standen.

Robin ging näher und konnte neben bunten Teelichtgläsern, einem Notizblock, zwei angefangenen Tafeln Schokolade und zusammengefalteten Zeitungsseiten, Kleinigkeiten wie Bleistifte, Textmarker, Büroklammern, einen Flaschenöffner und Locher ausfindig machen. Robins Blick ruhte auf dieser liebevollen Ansammlung von Gegenständen, die von Hannas Stunden in diesem Zimmer erzählten.

Auf Robins Wohnzimmertisch lagen nur Ordner sowie ausgeschnittene Zeitungsartikel und Annoncen, die noch eingeheftet werden mussten. Für Dekoration gab es schon lange keinen Platz mehr.

Robins Finger zuckten, da war ein Impuls, etwas von diesem Sammelsurium an sich zu nehmen. Zur Erinnerung. Doch sie schaffte es, die Hand zurückzuziehen, zeitgleich löste sie ihren Blick von dem Tisch und betrachtete den Rest des Raumes. Es gab keinen Fernseher, dafür auf einer weißen Kommode mit vielen Schubladen ein längliches Radio. An den Wänden hingen, wie in der Küche, kleine Rahmen, allerdings mit Kunstdrucken und Landschaftsaufnahmen. Robin kniff die Augen zusammen, gerne hätte sie den interessanten Raum noch weiter betrachtet, doch die Muskelstränge auf ihrem Rücken pochten unangenehm. In der Küche klapperte Hanna mit dem Geschirr, Jack bellte. Sie setzte sich auf das dunkelgraue, weiche Sofa.

Hanna betrat den Raum und stellte ein Glas Wasser auf eine der Truhen, in der anderen Hand hielt sie die Salbe.

Robin blickte zu ihr hoch, dann begann sie, den Blazer aufzuknöpfen.

Für einen Augenblick starrte Hanna auf ihre Finger. »Ich bin sofort wieder da«, sagte sie und eilte aus dem Zimmer.

Robin zog sich den Blazer und das Shirt aus, dann legte sie sich auf die Couch.

Hanna kam zurück und setzte sich neben sie.

Robin hörte, wie sie den Verschluss der Tube aufdrehte, dann nahm sie ihre Finger auf ihrem Rücken wahr. Vorsichtig ließ Hanna diese über ihre Muskelstränge gleiten.

»Zu kalt?«, fragte Hanna.

Im Gegenteil, dachte Robin. Hannas Hände waren warm, ihre Haut zart und weich. Robin schüttelte den Kopf und schloss die Augen. Hannas Hände wanderten höher und streiften die Kette. »Dürfte ich die abnehmen?«

Robin nickte, öffnete die Augen und stemmte sich auf ihre Unterarme. Für einen kurzen Augenblick schwang das Amulett hin und her, Hanna öffnete den Verschluss und zog die Kette nach oben.

»Das ist schön.«

»Ein Glücksbringer«, sagte Robin und ließ sich wieder nach unten sinken.

»Ein Geschenk?«

»Von mir an mich.« Das Amulett wurde auf den Tisch gelegt.

Hanna fuhr mit den Fingern ihre Wirbelsäule entlang und hielt vor dem BH inne. »Dürfte ich den auch öffnen?«, fragte sie leise.

Robin nickte erneut.

Hannas Finger glitten über die kleinen Häkchen und lösten sie einen nach dem anderen. Robin zog den BH unter ihrem Körper weg, ließ sich in den weichen Stoff fallen und schloss die Augen.

Hanna massierte zärtlich ihre Schulterblätter; sanft zogen ihre Daumen die einzelnen Muskelstränge nach. Hitze breitete sich auf Robins Haut aus. Und in ihr. Hannas Finger wanderten zu ihrem Nacken und tauchten in den kurz geschnittenen Haaransatz. Es kitzelte, als ihre Fingerspitzen die winzigen Härchen teilten. Langsam wanderten ihre Hände wieder nach unten, bis zu dem Bund ihrer Hose. Die Berührungen begannen, Robin zu durchfluten. Da waren nur noch Hannas Hände auf ihrem Rücken, der Rest ihres Körpers schien sich aufzulösen.

Hanna erhob sich und legte eine Decke über sie. »Lass die Salbe einziehen. Ruh dich aus.« Sie verließ den Raum.

Robin hörte ihren lauten Herzschlag, fühlte die glimmende Haut auf ihrem Rücken, den weichen Stoff unter sich und die feinen Fasern der Decke auf ihr. Mit jedem Atemzug wurde jeder Teil ihres Körpers leichter und leichter.

Hanna steckte den Kopf durch den Türspalt. Robins Augen waren immer noch geschlossen. Durch ihre gleichmäßigen Atemzüge hob und senkte sich die Decke sachte. Leise durchquerte Hanna den Raum und drehte die Heizung etwas höher. Sie schlich zur Couch und betrachtete Robin, die sehr fest zu schlafen schien. Ihr Blick fiel auf das Amulett. Als sie es hochnahm, entglitt es ihr beinahe. Für einige Augenblicke starrte Hanna auf ihre Finger. Sie zitterten, seit sie das Wohnzimmer verlassen hatte.

Hanna fixierte das Schmuckstück. Es hatte die Größe eines Teelöffels und war aus Silber. Feine Verzierungen schienen eine Inschrift zu bilden. An der Seite gab es einen kleinen Knopf. Sie drückte drauf und sah zu Robin. Ihre Nasenflügel hoben sich ganz minimal beim Ein- und Ausatmen; ihre Haare standen in kleinen spitzen Dreiecken in verschiedene Richtungen ab. Der Ansatz ihres Schlüsselbeins war zu sehen, er zeichnete sich fein unter der Haut ab. *Wie wohl der Rest darunter aussah?* Hannas Herz klopfte wild. Fahrig drückte sie die beiden Hälften des Amuletts wieder zusammen und legte die Kette leise zurück auf den Tisch. Mit vorsichtigen Schritten verließ sie den Raum.

In der Küche versuchte sie, sich erneut ein Glas Wasser einzugießen, diesmal gelang es ihr, ohne etwas zu verschütten. Das Zittern verebbte. *Du meine Güte, du hast ihren Rücken berührt und so getan, als wäre es das Normalste auf der Welt.* Seit drei Jahren hatte sie keine Frau mehr auf diese Art berührt. *Auf welche Art? – Du hast Schmerzsalbe aufgetragen.*

Hanna trank das Glas in zwei langen Zügen aus, hielt es aber noch einen Moment umklammert, da es ihre erhitzten Hände ein wenig abkühlte. Vor ihrem inneren Auge erschien das Bild, als Robin ihren BH weggezogen hatte. Der Ansatz ihres Busens war zu sehen gewesen.

Hanna zuckte zusammen. Jack stand plötzlich vor der Wohnzimmertür und kratzte daran. Balu und Paula, die neben der Heizung lagen, hoben die Köpfe. Hanna ging zu dem munteren Hund und flüsterte: »Jack!«

Er drehte sich zu ihr.

Hanna stand auf, griff nach den Leinen und ging wieder in die Küche. Jack folgte ihr. Sie tätschelte ihm den Kopf. Balu und Paula erhoben sich ebenfalls.

Da sind die Drei, zum Greifen nah. Jetzt ist die Gelegenheit. Tu es.

Jack stupste gegen ihre Wade. Balu winselte.

Hanna stellte sich vor, wie sie Haare der Hunde in die Tüten verfrachtete. Ein Schauer überkam sie. Ihre Hände fingen erneut an zu zittern.

Nein, es geht noch nicht. Sie brauchte jetzt frische Luft. Erst musste dieses intensive Gefühl verschwinden.

Hanna machte einen großen Schritt auf die Schublade zu und zog einen Stift und einen Block heraus. Dann schrieb sie:

Ich bin eine kleine Runde spazieren. Ich habe mein Handy mit.

Bis gleich, Hanna

Vorsichtshalber hinterließ sie ihre Telefonnummer unter der Nachricht. Die Ablenkung würde ihr Inneres hoffentlich zur Ruhe bringen.

Als Hanna nach einer dreiviertel Stunde die Wohnung betrat, herrschte dort immer noch Stille. Sie ließ die Hunde von den Leinen und schüttelte ihre Arme aus. Jack rannte in die Küche, die anderen beiden liefen gemütlich hinterher. Der Jack Russel hatte die ganze Zeit an der Leine gezerrt und auch Balu hatte kaum gehorcht, egal was sie ihnen zugerufen hatte, ihr Verhalten war mit jedem Mal schlimmer geworden. *Robin übte doch so viel mit ihnen, warum hatten sie auf jedes ihrer Kommandos so seltsam reagiert?*

Hanna ging in die Küche, füllte die Schüsseln mit frischem Wasser und stellte sie auf den Boden. Jack war abgelenkt; sie nutzte die Gelegenheit, um sich ins Wohnzimmer zu schleichen.

Der Raum war nun angenehm warm. Robin hatte sich auf den Rücken gedreht, die Decke war nach unten gerutscht und verdeckte nur noch ihre Beine. Mit schnellen Schritten eilte Hanna zum Sofa und zog die Decke höher, über ihren Bauch, ihren Busen.

Das Blut schoss Hanna in die Wangen.

Sie betrachtete Robins Gesicht. Die Wunde über der Augenbraue war immer noch stark gerötet. Ein paar kleine Muttermale zeigten sich an den Wangenknochen und am Haaransatz. Hanna überkam das Bedürfnis, sie mit dem Finger entlang zu fahren, um herauszufinden, ob sie ein bestimmtes Muster ergaben.

Jetzt starr sie nicht so an. Was ist, wenn sie aufwacht?

Sie schaute auf die Armbanduhr. Es war Mittag. Sie würde einfach mit dem Kochen anfangen. Robin würde sicher bald aufwachen. Als sie die Tür öffnete, huschte Jack durch den Spalt. Hanna drehte sich um und zuckte zusammen, als er auf das Sofa sprang. Doch Robin schlief weiter. Jetzt war Jack hier und sie käme nicht an ihn ran. *Das hast du nun davon, dass du dich von deinen Gefühlen so hast mitreißen lassen!* Nun musste sie auf die nächste Chance warten.

Als Robin erwachte, nahm sie als Erstes eine angenehme Wärme auf ihrer Haut wahr und weichen, gemütlichen Stoff, der sich an ihren Körper schmiegte. Sie drückte sich tiefer in die Couch und wollte erneut die Augen schließen, da dachte sie plötzlich: *Welches Sofa ist das?*

Sie setzte sich auf. Ach ja, sie war bei Hanna.

Jack lag auf ihren Beinen und sah zu ihr. Sie griff mit beiden Händen nach ihm und kraulte seinen Kopf. Ihr Blick fiel auf ihren Oberkörper. *Ich bin ja nackt.* Hastig zog sie die Decke höher. Vorsichtig streckte sie ihren Rücken durch. Die Schmerzen waren verschwunden. Wegen der Salbe oder Hannas Berührungen? Robin meinte erneut, die sanften Hände auf ihrer Haut zu fühlen. In ihrem Bauch kribbelte es. Sie hatte sich nur kurz ausruhen wollen, da musste sie wohl eingeschlafen sein. Wie viel Uhr es wohl war? Robin drehte sich zum Fenster, es dämmerte bereits.

Sie stand auf, zog sich an und ging zur Küche. Langsam schob sie die Tür auf.

Hanna saß am Tisch, ließ die Zeitung auf den gegenüberliegenden Stuhl sinken und schaute sie über den Rand einer Brille mit tiefroten Rändern an.

»Hey«, sagte Robin und fuhr sich über den Nacken. »Ich bin dann auch mal wieder wach.« Sie setzte sich.

Hanna zog sich die Brille von der Nase. »Magst du was trinken?«

Robin nickte.

Hanna stand auf, holte ein Glas aus dem Schrank, setzte sich wieder zu ihr und goss Wasser ein. Ihre Blicke trafen sich.

Robin grinste. »Dein Sofa ist sehr bequem.«

»Na, das hoffe ich, es ist eine Sonderanfertigung aus Italien.«

»Ich mag Italien.«

Hanna schob ihr das Glas zu. »Warst du auch schon mal da?«

»Ja, in der südlichen Gegend, ich bin an der Küste entlang gereist, von Salerno nach Neapel.« Robin nahm einen Schluck. »Ich hab mir die Hafenstädte angesehen und zwischendurch bin ich ins Landesinnere, um Wanderungen in den Bergen zu machen. Ich mochte die Kontraste: den weiten Blick über das Meer, die Betriebsamkeit in den Häfen und dann die dunklen, tiefen Wälder mit den rauen Felsen und kleinen Gehöften.« Drei Wochen war sie dort gewesen, um den Ort San Gregorio Magno in den Bergen zu sehen, in dem ihr Räuber Angelo Duca geboren wurde. Zudem hatte sie in den umliegenden Archiven der großen Städte Recherchen über ihn angestellt. Dafür hatte sie sogar etwas Italienisch gelernt.

Hanna lächelte. »In Neapel war ich auch schon, im Stadtteil Fuorigrotta. Dort gibt es eine der berühmtesten Trabrennbahnen des Landes. Ich wollte herausfinden, ob mir die Rennen auch Spaß machen, ohne dass ich vorher in Versuchung geraten kann, Ergebnisse und Statistiken auswendig zu lernen.«

»Und wie war es?«

Hanna grinste. »Es gefiel mir tatsächlich richtig gut, es war ein ganz anderes Erlebnis.«

Robin lächelte zufrieden. Das klappte doch schon ganz gut mit der Wahrheit über sich. Solange sie einiges nicht im Detail ausführte, ließ es sich leichter als gedacht über ihr Leben reden. Robin verspürte ein Grollen in der Magengegend. Warum hatte sie sich so nie mit Carla unterhalten? Vielleicht wäre es dann nie zu dem Streit gekommen.

Robin sah auf die Wanduhr. »Ich hoffe, ich habe dich nicht von irgendetwas abgehalten?«

Hanna zog eine Augenbraue hoch. »Ich habe Urlaub und mache, was man an freien Tagen halt so tut. Lesen zum Beispiel.«

»Freust du dich nicht, dass du freihast?«

Hanna faltete die Zeitung zusammen und legte sie auf den Tisch. »Meine Chefin war der Meinung, ich müsse Kraft tanken.«

»Und, musst du?«

»Natürlich nicht.«

»Nun ja. Etwas blass bist du schon.«

»Das sagt die Richtige. Wie geht es deinem Rücken?«

»Be…scheiden.« Sie hatte *besser* sagen wollen, aber so hatte sie vielleicht einen Grund, dass Hanna sie erneut berührte, also einrieb. *Meine Güte.* Robin sprang auf. »Bin kurz im Bad.«

Sie eilte ins Badezimmer, schloss die Tür und starrte in den Spiegel. Ihr Herz klopfte mit einem Mal wild. Nach und nach kamen die Erinnerungen an Hannas Berührungen zurück. *Fühlst du dich zu ihr hingezogen? Denk daran, warum du eigentlich hier bist.*

Robin drehte den Hahn auf und wusch sich das Gesicht mit kaltem Wasser. Nachdem sie einige Male gleichmäßig ein- und ausgeatmet hatte, ging sie zurück in die Küche.

Hanna blickte Robin entgegen. Ihre Haare waren noch ganz verstrubelt. *Süß*, dachte sie und sagte: »Ich war übrigens mittags mit den Hunden draußen und habe danach gekocht. Du hast über fünf Stunden geschlafen. Magst du Spaghetti mit Tomatensoße?«

»Sehr gerne und vielen Dank wegen der Hunde, wir machen dir doch sicherlich totale Umstände.«

Hannas Wangen wurden warm. Sie winkte ab. »Quatsch. Es ist schön, dass ihr da seid. Willst du vorher einen Kaffee? Er ist noch heiß. Ich will vermeiden, dass du auch am Küchentisch einschläfst.«

Robin streckte ihr die Zunge raus. »Tsss. Nötig habe ich ihn nicht, aber ja, sehr gerne.«

Hanna zwinkerte. Sie stand auf und reichte ihr die Kaffeekanne, eine Tasse sowie Milch und Zucker. Danach füllte sie etwas von den Spaghetti und der Soße in einen kleinen Topf und schaltete die Herdplatte an.

Robin goss sich Kaffee ein. »Ist es gerade anstrengend bei dir im Job, oder warum hat deine Chefin dir zum Urlaub geraten?«

Hanna zuckte mit den Schultern. »Es ist schon etwas stressiger als sonst. Das Problem rührt jedoch vor allem daher, dass meine Chefin sich innerhalb kurzer Zeit profilieren muss und will. Sie möchte jedem beweisen, dass die Umstrukturierungen etwas bringen. Anscheinend sieht sie bei mir nicht genug Fortschritte oder kann mich nicht richtig einschätzen.« Hanna drehte sich um und rührte erneut die Nudeln. Sie machte sich auf eine heftige Reaktion in ihrem Inneren gefasst, weil sie über Merit sprach, doch nichts geschah. Erstaunt drehte sie sich wieder zu Robin um. Diese hatte die Beine ausgestreckt und eins über das andere gelegt, die Tasse hielt sie zwischen den Händen.

»Dann musst du ihr das Gegenteil beweisen«, sagte Robin.

»Das habe ich vor«, erwiderte Hanna.

»Das klingt gut. Hast du einen Plan?«

»Neue, ungewöhnliche Methoden, mit denen keiner rechnet. Auch wenn meine Kollegen mich dafür vielleicht belächeln werden und es einige Nachtschichten bedeutet.«

»Gut, dass du dich nicht unterkriegen lässt.«

Das hoffe ich, dachte Hanna. Sie füllte das dampfende Essen in einen tiefen Teller und stellte diesen vor Robin auf den Tisch.

»Danke.«

Jack sprang auf und hockte sich neben Robins Stuhl. Hanna schaute zu ihm. »Das ist ein wilder, oder?«

»Joahr.«

»Er war beim Spaziergang nicht zu bändigen. Egal was ich ihm zugerufen hab, er hat auf nichts so recht gehört und dafür die verrücktesten Sachen gemacht.«

Robin grinste. »Er ist eben ein Improvisationskünstler.«

Hanna lachte, beugte sich runter und streichelte Jack den Kopf. Balu stand auf und schob seine Schnauze unter Hannas Hand, sie kraulte ihn ebenfalls, dann blickte sie zu Robin. »Was ist denn mit dem Ohr von Balu, dieser Knick?«

Robin nahm Löffel und Gabel und drehte einige Spaghetti auf. »Das hatte er schon, als ich ihn bekommen habe. Der Arzt sagt, er muss dort mal eine heftige Verletzung gehabt haben.«

Hanna entfuhr ein Seufzen, »der Arme.«

Robin probierte das Gericht. »Das Essen ist übrigens sehr lecker, vielen Dank«, sagte sie nach einigen Bissen.

»Geheime Kräutermischung«, Hanna schielte zu den rankenden Pflanzen und Kräutern über sich.

Robin folgte ihrem Blick und betrachtete dann erneut die Collagen, während sie weiter aß.

»Hast du auch viele Bilder in der Wohnung?«, fragte Hanna.

Robin schluckte und schüttelte den Kopf. »Ich bin viel unterwegs und nicht oft zu Hause. Da lohnt sich eine aufwendige Dekoration kaum.«

Hanna ließ sie in Ruhe essen, ohne weitere Fragen zu stellen.

Als Robin fertig war, nahm sie den Teller und das Besteck, stand auf, ließ Wasser drüber laufen und stellte die Sachen in die Spülmaschine.

Hanna betrachtete ihre Silhouette und den Rücken, der nun leider wieder bedeckt war. Schnell sagte sie: »Ich finde, man muss die Welt auch mal ausschließen und sich zu Hause einigeln. Ich mache das zwischendurch sehr gern. Also, solange ich es freiwillig mache und nicht grundlos verordnet bekomme.« In ihrem Magen grummelte es, die Wut auf Merit war noch nicht verflogen.

Robin hatte sich an die Kante der Arbeitsplatte gelehnt. »Ich finde, zu Hause faulenzen ist Zeitverschwendung.«

Hanna betrachtete sie. »Hmm, also fällt es dir eigentlich gerade schwer, hier zu sein?«

Robin verschränkte die Arme. »Vielleicht … ein bisschen. Aber das hat nichts mit dir zu tun«, ergänzte sie hastig.

»Kein Wunder, dass du gesundheitlich so angeschlagen bist, wenn du dir nie Ruhe gönnst.«

Robin antwortete nicht.

Hanna sah auf ihre Armbanduhr. »Hast du heute Abend noch etwas vor?«

Sie bekam ein Kopfschütteln als Antwort. »Dann mach ich dir jetzt eine Wärmflasche und wir hauen uns auf die Couch, was hältst du davon?«

»Und was machen wir da?«

»Jetzt sei doch nicht so misstrauisch.«

»Ich doch nicht!«

»Dann bleibt ihr?«

»Gerne«, sagte Robin.

Sie saßen sich auf dem Sofa gegenüber und hatten die Beine ausgestreckt. Fast berührten sie sich an einer Seite. Robin lehnte an einer Wärmflasche und einem großen Kissen. Jack lag zwischen, fast auf ihnen und döste. Balu und Paula schliefen auf dem Teppich in der Mitte des Raumes.

»Und nun?«, fragte Robin.

»Nichts. Mach einfach die Augen zu. Lausche.«

Robin verzog ihr Gesicht zu einer Grimasse.

»Jetzt trau dich«, sagte Hanna.

Robin schloss die Augen.

»Und? Was hörst du?«

»Autos in der Ferne, auf der Straße. Es scheint geregnet zu haben.«

»Was noch?«

»Meinen Herzschlag.« *Er ist gerade ziemlich laut.* »Dann ist da Balus Schnarchen. Und, ich höre deinen Atem.«

»Was spürst du?«

»Dein Bein, in der Nähe von meinem.«

»Und, fühlst du dich wohl?«

»Ja.«

»Was gefällt dir am besten?«

»Balus Schnarchen.«

Es gab einen Schlag gegen ihr Schienbein, Robin riss die Augen auf.

Hanna hatte sich aufgerichtet. »Unverschämtheit.«

Robin grinste. Sie zog sich das Kissen hinter dem Rücken weg und warf es Richtung Hanna.

Jack erschrak und flitzte vom Sofa.

Hanna fing das Wurfgeschoss gerade noch ab, bevor es sie treffen konnte, dann holte sie weit aus und schlug nach Robin.

»Ey, ich bin schon verletzt«, Robin beugte sich schnell nach vorne und bekam das Kissen zu packen. Sie rangelten, doch keine wollte das Kissen loslassen.

»Du bekommst es erst zurück, wenn ich eine zufriedenstellende Antwort kriege«, sagte Hanna.

»Okay, okay. Es sind die Autos auf der Straße. Die Geräusche der Autos.«

Hanna griff erneut nach dem Kissen. Ihre Finger streiften sich. Beide ließen das Kissen los und sahen für einen Moment auf ihre Hände.

Robins Wangen begannen zu glühen. »Das ist doch verrückt. Ich meine, wir machen den ganzen Tag so viel mit unseren Händen und doch sind sie so empfindlich.«

Hanna beugte sich nach vorne und ließ ihre Hände langsam über das Kissen wandern, dann nahm sie Robins in ihre. Sie drehte sie vorsichtig mit der Innenfläche nach oben und fuhr die Fingerkuppen einzeln entlang.

Ein prickelndes, warmes Gefühl begann von dort aus, durch Robins Körper zu fließen.

»Das hat mit den verschiedenen Rezeptoren unter der Haut zu tun. In den Fingern sind die Druckrezeptoren besonders dicht angesiedelt, wir nehmen dort deshalb die leichtesten Berührungen und feinsten Unebenheiten wahr. Daher das Wort Fingerspitzengefühl. Eine ähnliche Dichte von Rezeptoren hat der Mensch nur an … der Zunge und den Lippen.«

Robin betrachtete Hannas Mund. »Den Lippen?«, wiederholte sie leise.

Hanna nickte. Sie ließen den Blick über den Mund der anderen gleiten. Robin beugte sich vor. Hanna tat es ihr nach. Sie sahen sich in die Augen, zwischen ihren Körpern schien es plötzlich zu flirren. Die letzten Zentimeter bewegten sie sich zeitgleich aufeinander zu.

Ihre Lippen berührten sich, viele Sekunden lang. Ganz kurz lösten sie sich voneinander, doch nur, um ihre Lippen leicht zu öffnen. Sanft streiften sich ihre Zungenspitzen.

Innerhalb weniger Augenblicke stieg flammende Hitze in Robin auf. Zwischen ihren Beinen pulsierte es. Sie schob eine Hand auf Hannas Oberschenkel. Ihre Finger zitterten. Hannas Körper bebte. Robin rutschte näher und fuhr mit den Händen über ihre angespannten Muskeln. Ihre Zungen liebkosten sich zärtlich, drangen tiefer. Hanna entfuhr ein leises Stöhnen.

Ruckartig rutschten sie voneinander weg. Für einen Augenblick starrten sie sich an. Dann schwangen sie beide ihre Beine von der Couch.

Hanna stand auf.

»Ich, ähm, es tut mir leid«, stotterte Robin. »Es war nur, weil wir uns gerade so nah waren, da ist es einfach passiert, entschuldige.«

»Nein, nein. Meine Schuld. Das Gefasel über den Tastsinn. Ich geh kurz ins Bad.« Hanna verließ eilig den Raum.

Robin stützte ihre Arme auf die Beine und ließ das Gesicht in ihre Hände sinken. *Tief durchatmen. Alles okay. Das war einfach so geschehen. Aus der Situation heraus. Beruhige dich.*

Sie richtete sich auf und nahm einen großen Schluck Wasser. Dann stand sie auf. Sollte sie gehen? Bleiben? Wenn sie ging, könnte es wie eine Flucht aussehen. Wenn sie blieb, mussten sie wohl darüber reden.

Sie hörte, wie Hanna den Raum betrat. Robin drehte sich um.

»Tee?«

»Gerne.«

Sie gingen in die Küche. Hanna füllte den Wasserkocher und stellte ihn an. Sie öffnete die Schränke. »Welche Sorte magst du?«

»Pfefferminz?«

»Hab ich«, sagte Hanna und zog die Packung hervor. Sie legte je einen Beutel in die Tassen und wandte sich ihr zu.

Robin sagte: »Ich glaube, wir flirten gern miteinander, kann das sein? So was musste ja dann zwangsläufig passieren, oder?«

»Du meinst, weil wir beide auf Frauen stehen und wir uns nett finden?«, Hanna holte Luft und ergänzte: »Also, ich mag dich jedenfalls.«

»Ich dich auch«, sagte Robin. »Wir, also ich bin jedenfalls zu weit gegangen. Das tut mir leid.«

»Also bereust du den Kuss? War ich so schlecht?« Hanna grinste.

Robin stand auf. Sie ging auf Hanna zu und blieb nah vor ihr stehen. *Im Gegenteil*, dachte sie. Robin streckte den Arm aus, berührte dabei Hannas Hüfte und nahm eine der Tassen von der Arbeitsplatte. »Der Tee. Er wird bitter.«

Hanna schaute hinunter. »Ja, natürlich, der Tee.«

Robin zog den Beutel aus der Tasse und warf ihn hinter Hannas Rücken in die Spüle. Sie sahen sich an. Robins Herz klopfte wild. Nur wenige Zentimeter lagen zwischen ihnen. Es wäre so leicht, sie wieder zu küssen. Robins Lippen begannen zu glühen. Sie fühlte die Küsse erneut auf ihrem Mund.

Hanna drehte sich weg und griff nach dem anderen Teebeutel.

Robin ging zum Tisch und setzte sich. Hanna folgte ihr und nahm gegenüber Platz. Sie pusteten synchron in ihre Tassen.

Hanna mochte sie also. *Das ist gut,* dachte Robin. Es zeigte, dass man sie gern haben konnte, so wie sie war. Auch ohne die üblichen Lügen und dem aufgebauschten Lebenslauf.

Gleichzeitig nahmen sie einen winzigen Schluck. »Gewinnst du oft beim Wetten?«, fragte Robin und hoffte, dass Hanna ihre zittrige Stimme nicht bemerkte.

»Ja, schon.«

»Warum machst du das nicht hauptberuflich?«

»Ich mag meinen Job. Das Zusammensammeln und Kombinieren würde mir fehlen.«

Robin warf einen erneuten Blick auf die Collagen. »Offensichtlich.«

Plötzlich klingelte es an der Tür. Hanna stand auf, ging zur Haustür und öffnete diese. Eine Männerstimme schallte durch den Flur: »Ah, gut, du bist da. Hast du Zucker, schöne Frau?«

»Hallo, Ranjid, zufällig war ich heute einkaufen. Nimm ruhig die ganze Packung.«

Wo hat sie im Flur denn auf einmal den Zucker her?

»Musst du nicht arbeiten?«

Hanna schwieg für einen Augenblick, dann antwortete sie: »Nur heute nicht.«

»Dann kannst du bei mir vorbeischauen, auf einen Kaffee?«

»Nein, ich habe Besuch.«

»Dein Besuch kann mitkommen.«

Robin schaute unter den Tisch und flüsterte: »Balu!«

Balu hob den Kopf.

»Balu? Was ist denn los?« Der Zwergspitz sprang auf. »Was ist los?«, sagte Robin etwas lauter. Balu ging auf sie zu, begann zu knurren und fletschte die Zähne. Robin griff nach seinem Halsband, stand auf und schob ihn dann vorsichtig aus der Küche raus und in den Flur.

Hanna drehte sich um.

»Hallo«, sagte Robin schräg nach oben. »Ich bin Robin. Das ist Balu. Sie entschuldigen, die Klingel hat ihn aus dem Schlaf gerissen. Wahrscheinlich hat er von seinem Nachmittagsknochen geträumt. Wenn Sie damit dienen können, kommen ich und meine drei Hunde gerne mit auf einen Kaffee.« Robin tätschelte dem knurrenden Balu den Kopf. »Was ist denn los?«, zischte sie.

Die Nackenhaare des Hundes stellten sich hoch. Das Knurren wurde zu einem tiefen Grollen.

Der Mann ging einen Schritt zurück. »Ähm, Hanna, meine Kekse, im Ofen, du verstehst, ich muss wieder runter, ein anderes Mal, ja?«

»Tschüss«, sagte Hanna, schloss hinter ihm die Tür und drehte sich zu Robin, die das Halsband losließ.

Balu nieste einmal, hörte auf zu knurren und tapste dann zurück in die Küche.

Hanna hob eine Augenbraue.

Robin zuckte mit den Schultern und klimperte übertrieben mit den Wimpern. »Er duldet neben Jack eben keine anderen Männer und gibt dann ein wenig an.«

Sie gingen zurück in die Küche und setzten sich. Robin nahm einen Schluck Tee. »Wer war das?«

»Mein *vergesslicher* Nachbar. Wegen ihm habe ich Zuckerpackungen auf der Hutablage stehen.«

»Wofür braucht er so viel Zucker?«

»Er backt Kekse, den ganzen Tag. Und die verkauft er dann, an Pfadfinder und Kirchenfrauen, an Vereine und dubiose Gestalten.«

Robin machte die Augen weit auf. »Du meinst, in den Keksen sind illegale Zutaten drin?«

»Es könnte sein. Warum sonst kommen mir ständig im Treppenhaus junge, grinsende Burschen mit einer großen Packung Kekse entgegen und das fast jeden Abend?«

»Weil sie sich vielleicht einfach freuen, um so eine Uhrzeit noch leckere Kekse zu bekommen? Ich habe auch ständig Lust auf Kekse.«

Hanna verschränkte die Arme. »Vielleicht bist du aber auch einfach ein bisschen zu naiv?«

Naiv? Sie? Pfff. Robin lächelte mit zusammengekniffenen Augen. »Vermutlich. Konntest du ihn noch nicht überführen?«

»Nein, die Laborwerte waren bisher negativ.«

Robin klappte die Kinnlade runter. »Du lässt seine Kekse untersuchen?«

»Natürlich. Irgendwann wird er mir gegenüber einen Fehler machen, wird unaufmerksam sein. Reste des belasteten Teiges werden sich noch in der normalen Rührschüssel befinden oder er wird die Kekse versehentlich vertauschen, die er mir anbietet. Jeder noch so schlaue Betrüger macht irgendwann Fehler.« Hanna sah ihr in die Augen.

Robin betrachtete sie, ein, zwei Atemzüge lang, dann beugte sie sich zu ihr, hob eine Hand und strich ihr über die Wange.

Hanna zuckte zusammen.

»Da war dir eine Strähne nach vorne gerutscht.« Robin lehnte sich wieder zurück. »Gut, dass ich dir keine Blumen mitgebracht habe. Die wären dann wohl auch im Labor gelandet. Weil du mir die Sache mit der Hotdog-Verkäuferin nämlich nicht abnimmst, sondern denkst, dass ich in meinem Verkaufswagen illegale Pflanzen anbaue.«

Jetzt lehnte Hanna sich vor und boxte ihr gegen die Schulter. »So ein Quatsch!«

»Ey«, Robin ließ ihre Hand hochschnellen und hielt Hannas fest.

Hanna funkelte sie an. »Du machst dich wohl lustig über mich? Ich hätte die Blumen natürlich in eine Vase gestellt. Aber du kannst es herausfinden, ob ich dir traue. Ich mag Gladiolen sehr gerne.« Sie schaute auf ihre Hand, deren Finger sich mit Robins verhakt hatten. »Gute Reflexe übrigens«, ergänzte Hanna leise.

Hannas Haut fühlte sich gut an, warm und weich. Robin zog ihre Hand nicht weg, lockerte nur ein wenig ihren Griff. Ihre Finger rutschten zwischen Hannas. Sie sahen sich an. Robin ließ los. »Ich muss langsam mal gehen. Die Hunde brauchen ihre Abendrunde und ich muss morgen einiges erledigen.«

Hanna zog ihre Hand zurück. »Ja, okay.«

Robin stand auf. »Los ihr drei, Balu, Jack, Paula.« Die Hunde erhoben sich nur widerwillig und auch Robins Beine reagierten nicht so, wie sie sollten. Sie kribbelten.

Im Flur befestigte sie die Leinen an den Halsbändern und zog ihre Jacke an, dann drehte sie sich zu Hanna. »Also, danke für die Einladung, es … war sehr schön.«

»Das finde ich auch. Wenn du mal wieder ein bequemes Sofa zum Ausruhen brauchst, kannst du gerne vorbeikommen.«

»Danke.«

Synchron machten sie einen Schritt aufeinander zu und umarmten sich. Hanna strich ihr kurz über den Rücken. »Pass etwas besser auf dich auf.«

Hannas Atem streifte ihre Wange. »Ja«, sagte Robin leise.

Jack bellte.

Sie lösten sich voneinander. Hanna ging in die Hocke und strich den Hunden nacheinander über die Köpfe, »bis bald ihr süßen Gauner.«

Bei dem Wort wurden Robins Wangen heiß, ruckartig drehte sie sich zur Tür und öffnete diese. »Tschüss.«

»Tschüss«, antwortete Hanna, doch da überholten die Hunde sie bereits und zogen Robin in den Flur und die Treppe hinunter, sodass sie Hanna nicht noch einmal ansehen konnte.

KAPITEL 8

Hanna betrat das Büro. »Guten Morgen.«

Schmittke wandte sich ihr zu. »Ähm, moin.« Ihre Blicke fielen gleichzeitig auf Hannas Schreibtisch. Etliche Figuren standen dort wild durcheinander. Schmittke sprang auf: »Ich brauchte Platz. Und eigentlich haben Sie doch wohl Urlaub.«

»Zurückgezogen.«

»Ich musste die Bewegungsabläufe verschiedener Täter-Gruppen nachstellen. Und bis vor zwei Wochen konnte ich den Tisch ja immer dafür nutzen. Alte Gewohnheit.«

Hanna ignorierte seine zynische Bemerkung. »Geht in Ordnung. Sie können es wieder gutmachen.«

»Wie meinen Sie das?« Er stand vor ihr, den Arm voller Figuren; Elben und Orks zeigten mit Schwertern auf sie.

Hanna schob das Kinn etwas vor, um damit hinter ihn zu deuten. »Ich brauche die Wand für eine Karte.«

»Aber auf Ihrer Seite hängt doch schon eine.«

»Ich brauche eine weitere, zum Vergleichen. Und wenn sie hinter Ihnen hängt, kann ich wunderbar darauf schauen und nachdenken.«

»Vielleicht brauchen Sie aber auch nur einen Grund, um mich die ganze Zeit anzusehen?«

»Sie liegen mit Ihrer Vermutung leider wieder mal daneben.«

Schmittke beugte sich nach unten und ließ die Figuren auf den Tisch gleiten. Als er hochkam, fixierte er die Wand hinter ihr. »Dann will ich die Lücke zwischen der Karte und dem Fenster hinter Ihnen. Jetzt, wo Sie so eine gute Idee hatten, fällt mir ein, dass ich auch noch etwas aufhängen wollte. Einen Kalender.«

»Frauen auf Motorhauben oder Katzenbilder?«

Schmittke öffnete eine Schublade. »Besser. Wasserfälle.«

Hanna war ein wenig enttäuscht.

»Standen Sie schon mal unter einem Wasserfall?«

»Wollen Sie mich angraben?«

»Ich bitte Sie, natürlich weiß ich, dass ich völlig unter Ihrem Niveau liege. Ein einfacher Fußspurensucher wie ich. Also?«

»Nein«, sagte Hanna.

»Aber ich. Es gibt kaum etwas Schöneres. Die Bilder erinnern mich an meine Reisen und beruhigen mich.«

Hanna stützte einen Arm auf den anderen und fuhr sich übertrieben langsam über das Kinn. »Hmm, Sie müssen also beruhigt werden? Ich dachte, dabei helfen Ihnen die Lutscher.«

»Ich brauche mehrere Methoden, da ich eine neue Kollegin habe, die zu viele Fragen stellt.«

»Und ich habe einen neuen Kollegen, der zu wenige beantwortet.«

»Dann hatte Frau Bansouri wohl recht damit, uns in ein Büro zu stecken. Wir sind Yin und Yang.«

Hanna presste ein *»Tsss«* durch ihre Lippen, »jetzt hängen Sie Ihre Wasserfälle auf und verschonen mich mit Ihrer Laienpsychologie.«

Schmittke drehte sich um und fing an, die Figuren wieder ordentlich auf seinem Tisch zu verteilen.

Hanna blieb stehen, beobachtete ihn eine Weile, holte tief Luft, griff dann nach dem Hörer und wählte die Nummer von Merit. »Guten Morgen Frau Bansouri, Winterkorn hier. Ich habe mich heute Morgen eingeloggt und ziehe damit meinen Urlaub zurück. Den Antrag für die anderen Tage bekommen Sie gleich.« Die Worte kamen ihr leicht über die Lippen. Seit dem gestrigen Tag mit Robin durchströmte Hanna eine besondere Energie.

Merit sagte laut: »Erklären Sie mir das bitte.«

»Das lange Wochenende war sehr hilfreich, ich habe mich gut erholt und konnte über unser Gespräch nachdenken. Ich werde Ihr Angebot, die Probezeit und somit die Ausbildung freiwillig zu verlängern, nicht annehmen. Wenn Sie und mein Kollege Herr Hahnen da anderer Meinung sind, können Sie das ja immer noch für mich entscheiden. Ich wünsche Ihnen einen schönen Tag.« Hanna legte auf. Ihr Herz klopfte wild.

Schmittke kramte in seiner Schublade und zeigte keine Reaktion auf das Telefonat. Flugs stand er auf, schlug hinter ihr einen Nagel in die Wand, ging zurück, holte den Kalender und hängte ihn darüber.

Hanna drehte sich um.

Einige Momente lang schob Schmittke den Kalender hin und her, bis er ausgerichtet war.

Hanna betrachtete das aufgedeckte Bild: Es war ein Wasserfall mit wilder Gischt, der über rot-schwarze Felsen in die Tiefe stürzte.

Schmittke sah zu ihr. »Die Victoriafälle in Afrika, zwischen Sambia und Simbabwe, die Einheimischen nennen sie *Kololo*, was übersetzt donnernder Rauch heißt.«

Donnernder Rauch, wiederholte Hanna in Gedanken. Das passte gerade zu ihrem Innenleben. Merits Stimme hatte sehr ernst geklungen.

Es klopfte.

»Herein«, rief ihr Kollege.

Merit betrat den Raum. »Guten Morgen.«

»Guten Morgen«, erklangen sie im Chor.

Schmittke eilte zu seinem Platz. Merit stellte sich vor Hannas Schreibtisch. »Ich erwäge bereits jetzt, Ihre Probezeit zu verlängern, ohne die nächsten Wochen abzuwarten. Wissen Sie, Ihr sprunghaftes Verhalten scheint mir momentan stark emotional geprägt. Das führt zu Unkonzentriertheit und wir dürfen uns hier keine Fehler erlauben.«

Hanna schluckte. Die Mischung aus Merits eiskalter Stimme und dem Duft ihres Parfüms verursachten einen Krampf in ihrem Magen, doch sie schaffte es, dem fordernden Blick Stand zu halten. »Sie werden schon bald interessante Ergebnisse in Bezug auf Diebstahlmuster von mir bekommen. Das könnte dann mit einer verlängerten Probezeit vielleicht ein wenig in Kontrast stehen.«

Hanna vernahm, wie Schmittke in seinem Stuhl tiefer rutschte.

Merit stemmte die Hände auf den Tisch. »Wieso haben Sie mir das nicht schon eher erzählt, oder Ihrem Kollegen Herr Hahnen?«

»Ich dachte, Sie wollen direkt konkrete Fakten haben. Ihre Zeit ist doch mit Sicherheit zu kostbar für die Berichte jeder einzelnen Überlegung, oder?«

Merit richtete sich wieder auf. »Ich freue mich auf Ihre Ergebnisse, Frau Winterkorn.« Sie blickte hinter Hanna. »Der Kalender hängt übrigens schief.« Mit laut klackenden Schritten verließ sie das Büro.

Hannas und Schmittkes Blicke trafen sich. Gleichzeitig sprangen sie auf. Am Kalender angekommen, sahen sie sich an und prusteten los.

Robin betrat das Café und die vertraute Duft-Mischung aus altem Holz, frisch gemahlenen Kaffeebohnen und neuer Farbe versetzte sie in eine angenehme sanfte Stimmung. Ihre Hände begannen zu kribbeln und mit jedem Schritt schien ihr Körper leichter zu werden.

Carla stand hinter der Theke und blickte auf.

Robin blieb stehen und hob zum Gruß die Hand.

Carla legte etwas beiseite, ging um den Tresen und mit zögerlichen Schritten auf sie zu. Als sie angekommen war, standen sie für einige Augenblicke voreinander, ohne sich zu regen.

Robin hatte die Hände in die Manteltaschen gesteckt, weil sie erwartete, dass sie der Impuls überkam, Carla zu umarmen, sie zu küssen oder die Hände in ihre zu legen. Doch nichts dergleichen geschah.

Es war Carla, die sich zu ihr beugte und flüsterte: »Setz dich, ich bring dir einen Kaffee. Sobald sich die Gelegenheit ergibt, mache ich zu.«

Carla eilte zu einem Gast, der anscheinend zahlen wollte.

Mit dieser Reaktion hatte sie nicht gerechnet, schließlich hatte Carla den Laden noch nie für sie geschlossen, mitten am Tag. Eigentlich hatte sie Carla nur vorschlagen wollen, sich am Abend zusammenzusetzen, um zu reden.

Robin ging zu ihrem Lieblingsplatz, zog den Mantel aus, ließ sich auf das bequeme Kissen sinken und legte die Hände auf den Bauch. Sie musterte die Umgebung. Nichts hatte sich verändert und doch fühlte es sich plötzlich anders an, die euphorische Vorfreude, die sie den ganzen Morgen über empfunden hatte, war verflogen. *Reiner Schutzmechanismus, du wusstest ja bis eben nicht, wie sie reagiert. Sie freut sich anscheinend, dich zu sehen. Du musst das nur an dich heranlassen.*

Robin atmete einige Male tief ein und aus.

Carla ging an ihr vorbei und sah dabei zu Boden.

Seit wann war sie denn so verlegen? Robin versuchte, keinen weiteren Blickkontakt aufzunehmen. Ob sie vielleicht doch sauer war und ihr gleich eine Szene machen würde? Aber wütend hatte ihre Stimme nicht geklungen. Die Kaffeemaschine zischte.

Carla kam zu ihr und stellte das Glas auf den Tisch. »Das ist die Kreation, die du probiert hast, als du das letzte Mal hier gewesen bist. Verkauft sich unheimlich gut.«

Als sie das letzte Mal hier gewesen war. Diese Formulierung klang so, als sei es ihre Entscheidung gewesen. Doch Robin sagte nur »danke« und zog den Kaffee zu sich.

Carla lächelte, dann sah sie sich um und sagte leise: »Es müssen nur noch zwei gehen, vielleicht kommt in der Zeit kein neuer Gast dazu.«

Robin nickte.

Carla verschwand in der Küche. Robin nippte an dem Getränk, viel zu heiß floss es ihr die Kehle hinunter. Sie pustete einige Male, doch es schien nicht abzukühlen.

Carla kam zurück. Der erste Gast zahlte, der zweite zehn Minuten später. »Lass uns zu mir gehen«, rief sie aus der Mitte des Raumes.

»In Ordnung«, sagte Robin, stand auf und zog ihren Mantel an, während Carla das Glas in die Küche brachte und dann ein Schild auf die Innenseite der Tür hängte. Als sie von außen abschloss, las Robin das bedruckte Blatt: *Wegen Krankheit für heute geschlossen.*

»Ich wusste gar nicht, dass du so ein Schild besitzt«, entfuhr es Robin, doch Carla lächelte sie besänftigend an. Während sie den Bürgersteig entlang schlenderten, bemerkte Robin, dass Carla sie betrachtete. Robin wandte ihr den Kopf zu.

»Ich hab dich vermisst«, sagte Carla.

»Ich dich auch. Wie geht es dir?«

»Ich habe viel nachgedacht. Über mich und über uns.«

Auf ein Mal gab es also ein *uns*. Robins Herzschlag setzte für einen Moment aus. Es war ein unangenehmes Gefühl, was sich bedrückend auf ihren Brustkorb legte. Wie definierte Carla die Bedeutung dieses Wortes?

Sie erreichten die Haustür. Carla schloss auf. Robin folgte ihr in das vertraute Treppenhaus. Hatte es schon immer so gerochen? Die staubige Luft machte ihr das Atmen schwer. Sie konzentrierte sich auf Carlas Silhouette, bis sie an der Wohnung angekommen waren und sie betraten. Carla zog die Tür zu. Sie standen sich gegenüber, Carla machte einen Schritt auf sie zu, dann legte sie ihre Hände an Robins Taille und zog sie an sich. Einen Augenblick lang betrachteten sie sich, Carla neigte ihren Kopf und küsste sie. Blitzartig erschien ein Bild von Hanna vor Robins innerem Auge. Vorgestern. Es war erst vor zwei Tagen gewesen, als sie sich geküsst hatten. Sie zuckte zusammen.

Carla löste sich von ihr. »Alles in Ordnung?«

»Ja, schon.« Robin kniff die Augen zusammen. Sie sah Hannas Lächeln vor sich. Ihre Lippen. Spürte plötzlich wieder die sanften Berührungen auf ihrem Rücken. Sie riss die Augen auf.

Carla schaute sie mit einer Sorgenfalte auf der Stirn an.

»Also, ich …«, begann Robin und ging einen kleinen Schritt zurück, »ich hab dir auch viel zu sagen, können wir uns setzen?«

»Wenn du meinst«, sagte Carla und zeigte in die Küche.

Robin ging vor und ließ sich auf einen der Stühle sinken, es roch nach Zigarettenqualm und es war kühl, Robin rieb die Hände aneinander.

Carla ging zu dem Heizkörper und drehte ihn auf, »entschuldige, Sparmaßnahmen. Was möchtest du trinken?«

»Ein Wasser reicht«, antwortete Robin; ihr Hals war plötzlich unheimlich trocken. Vielleicht hatte sie sich zu schnell entschieden mit Carla zu reden, so kurz nach dem Treffen mit Hanna. Allerdings hatte sie nicht erwartet, dass es dermaßen in ihr nachwirken würde.

Carla goss ihnen zwei Gläser ein und setzte sich ihr gegenüber.

Robin nahm einen großen Schluck.

»Schön, dass du wiedergekommen bist«, sagte Carla.

Robin lächelte. »Ich habe darüber nachgedacht, was du gesagt hast, dass ich dir zu wenig von mir erzählt habe …« Carla unterbrach sie: »Ich hab dich damit unter Druck gesetzt und unnötig kritisiert. Eigentlich hatten wir doch etwas sehr Schönes miteinander.«

Was meinte sie? Den Sex? Reichte ihr das auf einmal doch? »Ich würde dir wirklich gern mehr von mir erzählen«, begann Robin erneut.

Carla stand auf und streckte eine Hand aus. »Das ist schön, aber jetzt gerade würde ich viel lieber etwas ganz anderes mit dir machen.« Carla bewegte kurz den Kopf und neigte ihn Richtung Schlafzimmer.

Robin zögerte für einen Moment. Vielleicht würde die körperliche Nähe ihr helfen, die merkwürdige Distanz zwischen ihnen zu überbrücken, die Robin erfasst hatte. Sie griff nach Carlas Hand und folgte ihr durch den Flur.

Robins Herz hämmerte gegen ihre Brust, sie bekam kaum noch Luft und musste einige Male husten.

Im Raum angekommen, ließ Carla ihre Hand los, drehte sich um und begann, ihre Bluse zu öffnen. Während sie einen Knopf nach dem anderen löste, erschien ihr Dekolleté, dann der Ansatz ihres BHs. Und plötzlich tauchte ein Bild aus Robins Erinnerung auf und schob sich vor die Szenerie: Hanna, wie sie sich zur Verabschiedung umarmt hatten und sie ihr für einen kurzen Moment so nah sein durfte. Hanna. Schon wieder Hanna. *Nein, das hier geht so nicht!*

Robin machte einen großen Schritt, stellte sich vor Carla und knöpfte mit fahrigen Bewegungen ihre Bluse wieder zu. »Carla, ich, es tut mir leid. Ich wollte mit dir reden. Ich wollte dir Sachen über mich erzählen. Ich kann das alles gerade nicht.«

Carla lachte auf und hielt ihre Hände fest. »Meine Güte, was ist denn mit dir los?«

Ja, was war eigentlich mit ihr los? Robin schaffte es, sich aus Carlas Griff zu befreien, machte die letzten beiden Knöpfe zu und gab ihr einen Kuss auf die Wange. »Ich muss weg. Ich melde mich. Bitte entschuldige.«

Sie eilte in die Küche, griff nach ihrem Mantel und hastete aus der Wohnung. Sie musste aufpassen, dass die schmalen Stufen sie nicht zu Fall brachten. Die Holzbretter verschwammen vor ihren Augen, ihre Beine schienen bei jedem Schritt einzuknicken. Mit verkrampften Griffen hangelte sie sich am Treppengeländer entlang und schaffte es nach unten. Erst als der kühle Wind ihr Gesicht streifte, bekam sie wieder richtig Luft.

Sie stützte die Hände auf die Knie, um einige Male tief ein- und auszuatmen. Was wäre, wenn Carla ihr jetzt folgte? Sie drehte sich um, lauschte. Es war nichts zu hören oder zu sehen, trotzdem machte sie einige hastige Schritte weg von dem Haus. Als ihre Beine sich wieder gefestigt hatten, begann sie zu rennen.

Robin eilte zur U-Bahn-Station, hastete die Treppen hinunter und zu ihrem Bahnsteig, wo sich gerade die Türen ihrer U-Bahn-

Linie öffneten. Sie sprang ins Innere, schaute sich kurz um und setzte sich auf den letzten Sitz in der hintersten Ecke des Wagons.

Robin presste sich in den Stuhl, als müsse sie ihren Körper spüren, müsse Impulse von außen bekommen, um besser zu verstehen, um greifen zu können, was da in ihr vorging. Sie fühlte allerdings nur ihre schmerzenden Beinmuskeln und hörte ihr hämmerndes Herz, während Gedankenfetzen durcheinanderwirbelten. *Du hast Carla stehen lassen! Bei eurem Kuss hast du an Hanna gedacht. An Hanna. Die Kriminaltechnikerin!* Die Frau, die ihr so gefährlich werden konnte. Hanna, mit den weichen Lippen und dem neugierigen Blick, der sie jedes Mal genau in die Bauchmitte traf. Die Frau mit den liebevollsten Berührungen, die sie je gespürt hatte.

Jetzt reiß dich zusammen! Carla wollte dich zurück und du hast es völlig vermasselt. Wegen einer Frau, die bloß ein wenig flirten wollte? Einer Frau, mit der du dich nur triffst, um an Informationen zu kommen. Doch war das überhaupt noch wahr? Gab es nicht längst ein ganz anderes Interesse ihrerseits?

An ihrer Station sprang sie auf und rannte den Weg bis zu ihrer Haustür, nahm mit jedem Schritt zwei Stufen auf einmal, schloss hektisch auf und schenkte den drei Hunden, die sie stürmisch begrüßten, keine Beachtung. Sie zog die Schuhe aus, warf sie in die Ecke des Flures und ging in ihr Schlafzimmer, wo sie sich rücklings auf das Bett fallen ließ.

Vor ihren Augen flimmerten die Konturen der Tapete und sie sah kleine tanzende Punkte. Ihr Brustkorb schmerzte. Ihre Kehle schien staubtrocken. Sie krallte sich in das Bettlaken, dann schlug sie mit der flachen Hand mehrmals darauf ein. »Verdammt!«

Sie gab sich einen Ruck, stand auf und ging mit schnellen Schritten ins Wohnzimmer. Dort blieb sie vor der schmalen langen Kommode stehen, für die es im Schlafzimmer keinen Platz mehr gegeben hatte. Ihr Blick huschte kreuz und quer über die zahlreichen

Notizen und Kopien auf der befestigten Pinnwand, die überwiegend aus den italienischen Archiven stammten und die sie im Laufe der Jahre vervollständigt hatte. Als Robin ihre Hand hob, um ein Blatt zu lösen, bemerkte sie das Zittern ihrer Finger. Sie fixierte die kleine Geschichte, deren Worte sie eigentlich in- und auswendig kannte:

Um 1778 trug es sich zu, dass die Schafherde eines Hütejungen von Angelo Duca auf das Weidegebiet des Herzogs geraten war. Der Feldhüter verprügelte den Jungen daraufhin, was Angelos Gerechtigkeitsgefühl zutiefst verletzte. Angelo stellte ihn zur Rede, es kam zu einem Schusswechsel, das Pferd des Feldhüters brach dabei tot zusammen. Der Gebirgsbauer zog die Rachsucht des Herzogs auf sich, der seinen Kopf forderte. Angelo floh in die Berge und wurde zum Banditen. Bald schon führte er seine eigene Bande, jedoch mit besonderen Regeln.

Von da an war Angelo, den sie Angiolollo riefen, der ehrenwerte Bandit, der es als seine Pflicht ansah, durch Vermögensumverteilungen im Kleinen eine ausgleichende Gerechtigkeit zu üben, der bescheiden lebte, Brutalität verachtete und für den alle Menschen gleich waren, ob arm oder reich, solange sie sich gerecht verhielten.

Robin ließ das Papier auf die Kommode sinken und umschloss mit der anderen Hand fest das Amulett. Das kühle Metallstück mit den vertrauten Rundungen schmiegte sich in ihre Faust.

Was ist dir wichtig, Robin? »Das hier«, sagte sie laut. Sie streckte die Hand aus, um das Amulett betrachten zu können. Sie drückte den Verschluss an der Seite, der die beiden Hälften aufspringen ließ. Darin kamen zwei Bilder zum Vorschein, Zeichnungen von Angelo. Robin schloss für einen Moment die Augen, drückte das Amulett erneut fest in ihre Handinnenfläche und ihr Herzschlag beruhigte sich.

Hanna. Carla. Gefühle waren nicht das, was zählte. Sie musste weitermachen, für diejenigen, die Hilfe brauchten. Da waren Menschen wie Ben und Mia, für die sich sonst niemand einsetzte. Und letztendlich tat sie es auch für sich. Sie konnte nicht aufhören. All die Jahre hatte sie Erfahrungen gesammelt, Kontakte geknüpft. Wenn sie sich von all dem abwenden würde, was bliebe übrig? Wer wäre sie dann noch?

Bei dem Gedanken fing auch der Rest ihres Körpers an, zu zittern. Sie ging einen Schritt zurück und ließ sich auf die Couch sinken, eine Feder drückte gegen ihren Po. *Du brauchst ein neues Sofa. Nein, eigentlich brauchst du eine komplett neue Wohnung.* Sie rutschte ein Stück zur Seite und betrachtete die Kommode. Seit sie diese ins Wohnzimmer geschoben hatte, um im Schlafzimmer Platz für das Hundekissen von Paula zu machen, war der Raum sehr eng geworden.

Die Bücher im Wohnzimmerregal hatte sie bereits in zwei Reihen aufstellen müssen, weil oben verschlossene Holzkisten mit Ordnern standen: Aufzeichnungen über ihre Tauschgeschäfte, Notizen von Abläufen ihrer Diebstähle. Nach und nach waren diese Sachen vom Schlaf- ins Wohnzimmer gerückt, und nun auch die Kommode. Seitdem hatte sie ihre Eltern nicht mehr eingeladen, weil sie erst eine Lösung für ihre Platzprobleme brauchte. Sie hatte überlegt, einiges in Kisten woanders einzulagern, doch die Angst wog zu schwer, dass ihr etwas aus dem Blick geriet, wenn sie die Sachen verstaute und sie nicht mehr sichtbar waren. Oft musste sie sich alte Routen in Erinnerung rufen und ihre Aufzeichnungen durchblättern, um die Gegend zu wechseln oder bestimmte Verkleidungen eine Zeit lang nicht mehr anzuziehen.

Jack lief in das Zimmer und sah sie an. Robin zog die Hundedecke von der Lehne, breitete sie auf ihrem Schoß aus und rief: »Komm her, Junge.« Jack machte einen Satz und landete wackelig auf ihren Oberschenkeln. Seit Paula dazugekommen war, suchte immer mindestens ein Hund Ruhe bei ihr; jedem von ihnen fehlte eine Rückzugsmöglichkeit.

Robin streichelte Jack. »Wer würde uns vier schon haben wollen, hm, Jack?« Er hob den Kopf und winselte.

Vor einigen Monaten hatte sie sich auf Wohnungssuche begeben und wegen der beiden Hunde nur Absagen erhalten. Ein weiteres Problem waren die vielen Gegenden, in denen alte Damen mit Kissen am Fenster hingen oder Herr Meier und Herr Müller in den Vorgärten knieten, um ihre Rosen zu streicheln und sich über den Zaun in der Mitte anzublitzen. Jemand wie sie würde in den meisten Umgebungen zu sehr auffallen. Der durchgeknallte Vermieter des Hauses, in dem sie jetzt lebte, hatte einer bunten Bande von Künstlern, Musikern und Studenten Zuflucht gewährt, zu viel zu günstigen Mieten. Robin wusste, dass er seinen Eltern damit eins auswischen wollte. Sie erinnerte sich an einen Streit, den sie im Hausflur mitbekommen hatte, bei dem sie ihm mangelndes Verantwortungsbewusstsein für die übergebene Immobilie vorgeworfen hatten.

Sie hatten vermutlich recht, aber ihr kam es zugute. Nicht nur, dass er die stetig wachsende Hundeschar akzeptierte, in diesem Haus fiel sie nicht auf, wenn sie in der Verkleidung einer Oma, einer aufgetakelten Lady oder als Managertype zu den unterschiedlichsten Zeiten den Hausflur betrat. Ihre Nachbarn schliefen, waren betrunken oder gar nicht zu Hause.

Sie seufzte und musste plötzlich an Hannas Wohnung denken, an die Bilder, die Farben und das gemütliche Wohnzimmer. All das spiegelte so viel von ihrer Persönlichkeit und ihren Interessen wider. Robins Wohnung hingegen war zu einem einzigen Lagerraum verkommen. Sie beugte sich nach vorne und stützte sanft ihr Kinn auf den Kopf von Jack. Sie erinnerte sich an das schöne Gefühl, auf Hannas Couch zu liegen. *Wenn du mal wieder ein bequemes Sofa zum Ausruhen brauchst, kannst du gerne vorbeikommen,* hatte Hanna gesagt.

Robin schloss die Augen. *Und schon wieder denkst du an sie. Du musst damit aufhören.* Robin zog die Beine auf die Couch, drückte

Jack an sich und versuchte, ihr wild pochendes Herz unter Kontrolle zu bekommen.

Während Schmittke in der Teambesprechung war, nutzte Hanna die Zeit, um ihre Markierungen auf der historischen Stadtkarte zu machen. Sie malte rote Kringel um die Grünflächen, in denen es erlaubt gewesen war, Hunde auszuführen. Dann scrollte sie im digitalen Adressverzeichnis der Stadt, breitete einen Stadtplan auf dem Tisch aus, schlug die einzelnen Straßen nach und kennzeichnete das Archivgebäude auf der Karte hinter sich.

Schmittke betrat den Raum. Es war halb fünf. Er betrachtete die Karten. »Ahhh, Kringel anstatt Fähnchen.«

Hanna antwortete nicht.

Er zuckte die Schultern und ging zu seinem Schreibtisch.

Hanna starrte auf die Suchmaske. *Mach schon. Dir fehlt noch eine Recherche.* Ihre Finger gehorchten nicht. Sie lagen auf der Tastatur. Hanna konnte das Blut in ihren Adern unter der Haut pulsieren sehen. Fünf Minuten vergingen. Zehn. Hanna starrte regungslos auf die Zahlen der digitalen Uhr auf dem Monitor.

Schmittke stand mit seiner Tasse auf, verließ den Raum, kam kurz darauf zurück und packte seine Sachen. »Sie bleiben noch?«

Hanna riss den Kopf nach oben. »Ja.«

»Na dann, bis morgen.«

»Ja«, sagte Hanna wieder. Endlich verließ Schmittke den Raum und schloss die Tür. Erst jetzt schaffte sie es, ihre Finger zu bewegen, so als wollte sie keine Zeugen für ihre nächsten Schritte haben. Bisher war nicht viel passiert.

Es wird schon bald kein Zurück mehr geben, je mehr du herausfindest.

Sie könnte deine Chance sein, es allen hier zu beweisen.

Hanna schaute auf ihre rechte Schulter und dann auf die linke. Es war, als würden ein Engel und ein Teufel sich irgendwelche Sätze zurufen.

Haltet beide die Klappe!

Sie gab die Suchworte *Künstler, Haus und Konkordiaviertel* ein. 28 Treffer erschienen. Sie überflog die Links und fand den gesuchten Zeitungsartikel. Sie öffnete ihn und entdeckte darin den Namen der Straße, in der Robin wohnte, Weberstraße. Sie drehte sich zu der Karte um, fixierte das Viertel, fand den Straßennamen und machte einen schwarzen Punkt. Ihre Hand begann zu zittern, der Stift fiel zu Boden. Robin.

Alles nur Vermutungen.

Du näherst dich brauchbaren Ergebnissen.

Dir fehlen aussagekräftige Indizien.

Du vermisst sie, weil du sie magst.

Sie fehlt dir, weil du ohne sie nicht in deinen Überlegungen weiterkommst.

»Verflucht noch mal!« Hanna sprang auf. Sie musste Robin wiedersehen und zwar jetzt.

Sie zog die Schublade auf, schnappte sich einige der Plastiktüten und einen Folienstift, schaltete den Computer aus, holte ihre Jacke, riss die Tür auf, machte einen Schritt vor und prallte gegen einen harten Brustkorb.

»Hoppla.«

Hanna taumelte zurück und fing sich erst an der Kante des Schreibtisches. »Herr Hahnen. Entschuldigung.«

»Guten Abend Frau Winterkorn.« Er zog die Tür zu. »Wollten Sie gerade zufällig zu mir?«

»Ähm …«

»Frau Bansouri hat mir gestern beim Mittagessen erzählt, dass Sie bald Ergebnisse präsentieren wollen. Da dachte ich, dass Sie auch mich zeitnah darüber informieren. Doch weder gestern, noch heute habe ich eine Nachricht von Ihnen erhalten.« Er ließ seinen Blick über die Wände schweifen.

»Ja, natürlich, ich wollte mich melden. Ich war so vertieft in meine Überlegungen, da habe ich ganz vergessen, Sie anzurufen.«

Hahnen machte einen Schritt auf sie zu. Der Geruch seiner polierten Lederjacke schwängerte den Raum. Er drehte sich zur Karte, derweil schob Hanna hinter ihrem Rücken die Jacke auf den Schreibtisch.

Hahnen stellte sich ganz nah vor die Karte; er war zu eitel, seine Brille aufzusetzen und dachte, niemand würde bemerken, wie kurzsichtig er mittlerweile war, er tat immer so, als würde er bestimmte Details ansehen wollen. Mit einem seiner langen, spitzen Finger fuhr er die Kreise einzeln nach. Als er den schwarzen Punkt berührte, schauderte es Hanna. Flugs wandte er sich ihr zu. »Was machen Sie hier, Frau Winterkorn?«

»Die Karte hilft mir beim Überlegen. Es sind erst die Anfänge, man kann bis jetzt nicht viel erkennen. Es geht um Muster. Zusammenhänge. Ich wähle Institutionen, aus denen uns Diebstähle gemeldet wurden. Später geht es weiter mit den Supermärkten. So kann man erkennen, auf welche Stadtgebiete sich die Diebe fokussieren. Wir könnten so zum Beispiel sehen, wo wir mit der Präventionsarbeit verstärkt ansetzen sollten.«

»Was Sie hier machen, lässt sich durch Datenbankauswertungen genauso leicht erzeugen und Überlegungen dieser Art gibt es bereits.«

Ja, aber nicht in Bezug auf eine Person, dachte Hanna.

»Es geht hierbei vor allem darum, eine andere Art der Visualisierung zu finden und vielleicht neue, größere Muster zu erkennen, die uns mehr über die Tätertypen verraten.«

»Hmm«, Hahnen trat einen Schritt in die Mitte des Raumes und blickte auf die gegenüberliegende Seite.

Bitte, frag mich nichts zu den anderen Karten, bitte. Sie musste ihn ablenken. »Hören Sie, noch bin ich in der Ausbildungsphase. Sie und Frau Bansouri sagen doch die ganze Zeit, dass ich diese intensiv nutzen sollte, auch um meine Stärken herauszufinden. Das ist eine Methode für mich, Zusammenhängendes besser zu verstehen. Vielleicht ist sie etwas altmodisch, aber ich spüre, dass sie mir, uns, helfen könnte.«

»Sie spüren es? Frau Winterkorn, ich bitte Sie.«

»Es wird bald konkreter, Sie werden es sehen.«

»Ich würde es jedenfalls sehr begrüßen, wenn Sie demnächst erst mich, als Ihren Teamkollegen, über Ihre Ergebnisse informieren und dann unsere Chefin.«

»Ja, natürlich.«

Hahnen legte die Fingerspitzen seiner Hände aneinander. »Frau Bansouri hat mich außerdem gebeten, Sie erneut an den Kurs für die Nutzung der elektronischen Akte zu erinnern. Sie wissen doch, dass im nächsten Jahr die Prozesse komplett verändert werden und die Übergangsphase vor drei Monaten begonnen hat, ich habe es Ihnen schon mehrmals gesagt. Ihre Digitalisate der gescannten Berichtbögen im System sind aber noch nicht von Ihnen freigegeben worden.«

Hanna ließ ihren Blick zu dem mit Ordnern vollgepackten Schrank schweifen. »Ich bin einfach ein Papiermensch. Ich kaufe Bücher und Zeitschriften in gedruckter Form und auch bei der Arbeit brauche ich einfach etwas zwischen den Fingern, um mich besser mit den Inhalten beschäftigen zu können.«

»Für Ihre Finger gibt es sicherlich andere Möglichkeiten, mit dem Entzug klarzukommen. Sprechen Sie doch mal mit Ihrem Bürokollegen, er kann Ihnen da sicherlich hilfreiche Tipps geben.« Hahnen rümpfte die Nase und ließ despektierliche Blicke über den Schreibtisch von Schmittke und die Lutscherbehälter streifen. »Haben Sie schon die eingescannten Berichte der letzten drei Monate kontrolliert?«

»Fast. Ich gebe sie im System frei, sobald ich damit fertig bin, und gebe Ihnen Bescheid.«

»Das hoffe ich doch. Frau Winterkorn, wissen Sie, nicht jeder kommt mit den vielen Neuerungen klar. Die Technik, die sich stetig verändernden Strukturen. Es könnte sein, dass Sie davon in Ihrem abgeschiedenen Labor Ihres letzten Arbeitgebers nicht viel mitbekommen haben. Es ist keine Schande zuzugeben, wenn man nicht mehr hinterher kommt.« Seine dumpfen Augen blickten sie an.

Hanna schaute hinein und suchte, wie jedes Mal, ein Aufglimmen in der Tiefe, ein Funken von Freundlichkeit, irgendetwas, das sie an ihm mögen könnte. Aber auch dieses Mal scheiterte sie. »Ich fühle mich in meinem Team sehr aufgehoben und ausreichend unterstützt, um diesen Bedingungen entgegenzutreten. Wenn Sie mich jetzt entschuldigen würden. Ich bleibe noch ein wenig. Abends, wenn die Flure leer und dunkel sind, kann ich am besten denken. Das können Sie sicherlich gut nachvollziehen.«

Hahnen ließ die Hände sinken. »Ich rufe Sie bald an, damit wir einen Termin vereinbaren können, zu dem Sie mir Ihre Ideen genauer darlegen können. Ich wünsche Ihnen einen erfolgreichen Abend. Bis bald.«

»Guten Abend.«

Er verließ den Raum und schloss die Tür.

Hanna ließ sich auf den Stuhl sinken. Erst starrte sie auf den Schrank, hinter dessen Türen ein Stapel Berichte lag. Sie hatte bisher kein einziges Digitalisat kontrolliert. Dann fiel ihr Blick auf den schwarzen Punkt auf der Karte. *Ein Termin in den nächsten Tagen,* wiederholte sie in Gedanken. Sie musste endlich anfangen, ihre losen Vermutungen festzuhalten. Morgen verbrachte sie schon wieder einige Stunden bei der Feuerwehr. *Dann fang jetzt an. Du kannst auch noch morgen zu ihr. Jetzt ist es eh schon viel zu spät.* Hanna zog einen Notizblock aus der Schublade, machte ein großes *R* in die Mitte des Blattes und begann, die Indizien aufzulisten.

KAPITEL 9

Es klingelte. Robin schreckte auf. Die Türklingel ging erneut. Robin setzte sich hin, stand auf, stieß sich das Knie am Couchtisch, hastete fluchend durch den Flur und riss den Hörer der Gegensprechanlage zu sich. »Ja, hallo.«

»Die Post. Ein Einschreiben für Frau Lux.«

»Ja, einen Moment, ich komme.« Robin prüfte ihre Kleidung, versuchte die völlig zerknitterte Bluse glatt zu ziehen, schaute sich um, entdeckte die Schuhe in der gegenüberliegenden Ecke, schlüpfte hinein, schnappte sich den Schlüssel, drückte den Summer und hastete dann dem Briefträger entgegen.

»Guten Morgen«, sagte Robin.

»Guten Tag«, antwortete der junge Mann und hielt ihr einen Brief und ein Gerät entgegen. »Eine Unterschrift bitte.«

Robin erhaschte einen Blick auf den Absender. Die Stadt. Das Ordnungsamt. Ihr wurde schlecht. Krakelig hinterließ sie ihren Namen.

»Auf Wiedersehen«, sagte der Briefträger.

»W-Wiedersehen«, antwortete Robin mit trockener Kehle. Eilig ging sie die Treppen wieder hoch. In der Wohnung angekommen, ging sie in die Küche, nahm eine Flasche Wasser vom Tisch, trank einige kleine Schlucke, lehnte sich an die Arbeitsplatte und öffnete den Brief.

Die Schrift verschwamm vor ihren Augen, erst nach etlichen Minuten gelang es ihr, den Inhalt zu begreifen. Sie solle zeitnah einen Termin ausmachen, um sich zu dem Vorfall auf dem Markt zu äußern. Daraufhin würde über ihre Verkaufslizenz entschieden. Es lagen drei

Schadensersatzklagen von Händlern gegen sie vor, die insgesamt eine Summe von zweitausendeinhundert Euro von ihr forderten. Diese würde sie in Raten in jedem Fall abbezahlen müssen.

Robin ließ den Brief sinken, »zum Teufel noch mal«, sie stieß sich von der Arbeitsplatte ab, schleuderte den Brief auf den Tisch und ging ins Bad. Dort starrte sie in den Spiegel. Ihre Haare standen in alle Himmelsrichtungen ab, tiefe Ränder zeigten sich unter den geröteten Augen. »Robin Lux, du rufst jetzt da an, machst einen Termin, wenn es geht noch für morgen, und erzählst ihnen, wie es zu dem Missverständnis kam, drückst auf die Tränendrüse und dann überleg dir gefälligst, wie du schnellstmöglich zweitausendeinhundert Euro zusammenbekommst.«

Sie schlug auf den Rand des Waschbeckens, ein brennender Schmerz schoss in ihre Handinnenflächen. Robin unterdrückte einen Aufschrei, schälte sich hastig aus den Klamotten, warf sie wütend in eine Ecke und stieg in die Dusche. Sie drehte das Wasser auf kalt und blickte trotzig dem eisigen Strahl entgegen. Das Wasser traf wie kleine Nadelspitzen auf ihre Haut. Robin zuckte zusammen. Dann drehte sie das Wasser wärmer. *Beruhig dich. Das ist nun die Strafe für deine ganze Lügerei. Wie lange hast du eigentlich gedacht, dass das noch gut geht? Irgendwann musste so etwas passieren.* Nicht nur die Wohnung wurde zu klein für sie, die ganze Stadt schien immer gefährlicher zu werden, viele kannten sie und durch die neuen Maßnahmen des Kriminaltechnischen Instituts würde sie einige Gegenden bald ganz meiden müssen. Aber welche? Sie brauchte Hanna, um mehr zu erfahren.

Es war siebzehn Uhr. Ob Robin zu Hause sein würde? Hanna klingelte. Nichts geschah. *Du hättest vorher anrufen sollen. Um eine Absage zu bekommen?* Sie klingelte erneut.

»Ja?«

Fast hätte Hanna den Becher fallen lassen. *Herrgott, das war nur ihre Stimme. Wie willst du es überstehen, ihr gleich gegenüberzutreten?*

»Hier ist Hanna, Hanna und ein riesiger Becher mit heißem Kräutertee, der wirkt muskelentspannend. Ich dachte, den könntest du vielleicht gebrauchen.«

Es kam keine Antwort.

»Oder störe ich dich gerade?«

»Nein. Einen Augenblick bitte, ich komme runter.«

Hanna ging einen Schritt zurück. Wieso kam sie runter? Hanna musste doch hoch zu den Hunden.

Es dauerte eine Weile, da tauchten einige Schatten hinter dem Milchglas der Haustür auf. Sie wurde aufgezogen. Hanna schaute erst Robin an, dann nach unten und wieder hoch. »Wo ist Paula?«

»Ich freue mich auch, dich zu sehen«, sagte Robin.

»Entschuldigung. Hey.« Hanna breitete die Arme aus.

Robin umarmte sie fest.

Ein Kribbeln breitete sich in Hannas Magengegend aus.

»Paula schläft. Ich kann dich leider nicht in die Wohnung lassen. Die hat Migräne.«

»Ich guck nicht hin.«

Robin rieb sich über den Nacken. »Wirklich, es geht gerade nicht. Wir könnten spazieren gehen.«

Hanna betrachtete Balu und Jack. Jetzt, wo sich ihr Plan nicht zu hundert Prozent umsetzen ließ, könnten sie die Zeit auch anders nutzen.

»Ich hab eine bessere Idee.«

»Ach ja?«

Hanna lief los.

»Wohin geht es denn?«

»Vertraust du mir?«

»Klar.« Robin eilte hinter Hanna her, bis sie an ihrem Auto angekommen waren.

Hanna stellte den Becher auf das Dach, schloss auf und öffnete erst die hintere, dann die vordere Tür. »Bitte einsteigen.«

Robin ließ die Hunde auf den Rücksitz und setzte sich nach vorne.

Hanna drückte ihr den Tee in die Hand. »Ich hoffe, er schmeckt dir. Das Rezept habe ich von einer Art Kräuterhexe.« Sie steckte den Zündschlüssel ins Schloss und startete den Wagen. »Dann mal los.«

Robin betrachtete Hannas Gesicht. Warum hatte sie nicht einfach behauptet, sie sei krank? Doch als sie ihre Stimme gehört hatte, war da plötzlich ein drängendes Gefühl in ihr aufgekeimt, sie zu sehen. Eigentlich hatte Robin sich etwas Zeit bis zum nächsten Treffen lassen wollen, in der Hoffnung, die intensiven Gefühle wären bis dahin verblasst.

Hanna sah zu ihr und lächelte.

Robin wurde ganz warm. *Das ist nur die Autoheizung.*

»Hast du den Tee probiert?«

Robin nippte. »Etwas bitter.«

»Ich habe ihn gestern Abend drei Stunden kochen und dann über Nacht ziehen lassen.«

Der liebe Klang ihrer Stimme floss durch Robin hindurch, ihr Körper schien leicht zu werden, die Welt um sie herum stiller. *Das ist die Wirkung des Tees, bestimmt falsch dosiert.* »Das war eine sehr nette Idee. Vielen Dank. Wo fahren wir hin?«

»Rate doch mal.«

»Hmm, weil du so gerne über deine Arbeit sprichst, zeigst du mir die Plätze, wo ihr mit der Präventionsarbeit anfangen werdet.

Als Busch getarnt, musst du vor bestimmten Geschäften stehen und möchtest mir jetzt zeigen, wie du dabei aussiehst. Ich darf dir sagen, ob man dich erkennen würde.«

»Falsch«, konterte Hanna.

»Wir können das wirklich gerne machen. Ich erzähle es auch keinem, dass ich so eine ungewöhnliche Verabredung hatte. Also, klappern wir jetzt bestimmte Supermärkte ab? Im Nordviertel? Soll ja eine schlimme Gegend sein, habe ich gehört.«

Konzentriert aber rasant lenkte Hanna den Wagen um einige Kurven. »Es ist sehr freundlich von dir, dass du mit mir über die Arbeit reden willst, aber bei dir fällt es mir gar nicht so schwer, über andere Sachen zu sprechen. Im Gegenteil. Wir können also gerne das Thema wechseln.«

Robin schaute aus dem Fenster. *Oh man, sie macht dir Komplimente und du willst sie aushorchen. Prima, Robin.* Sie betrachtete die vorbeiziehende Landschaft.

Hanna fuhr auf die Autobahn und nach drei Abfahrten wieder hinunter, so gelangten sie nach zehn Minuten an den Rand der Stadt. Sie fuhren an einem großen Waldgebiet vorbei, bis ein Hinweisschild in ihre Sichtweite kam. Der Schriftzug mit den geschwungenen Buchstaben verriet das Ziel ihrer Fahrt: *Trabrennbahn Mühlental.*

»Und?«, fragte Hanna und sah zu Robin, »darf ich dich in mein zweites Zuhause entführen?«

Robin nickte. »Sehr gerne. Kann ich die Schuhe anlassen?«

Hanna steuerte den Wagen auf einen verschlungenen Parkplatz. Viele alte knorrige Bäume zeichneten sich wie riesige Schatten vor dem Himmel ab. Einige Leute stiegen aus ihren Autos, überwiegend Männer mit Mützen. Hinter den Bäumen war ein hohes, in grau gehaltenes Gebäude zu erkennen. Hanna machte den Motor aus, zog den Zündschlüssel ab und drehte sich mit einem breiten Lächeln zu ihr um.

Sie stiegen aus, Robin öffnete den Hunden die Tür und nahm sie an die Leine. Hanna ging zu dem Kofferraum, machte ihn auf, zog etwas hervor und schloss ihn wieder. »Ich hab noch eine Decke von einem Ausflug dabei, da können sich die beiden drauflegen.«

»Vielen Dank«, sagte Robin.

Hanna blickte zu Jack. »Er ist so verspielt. Meinst du, wir kriegen es hin, dass er nicht bellt? Die Pferde erschrecken sich wohl weniger, aber vielleicht einige der Jockeys.«

Robins Wangen wurden rot. Es tat ihr immer noch leid, dass Hanna so einen stressigen Spaziergang mit den Hunden gehabt hatte, weil sie ihnen vermutlich sämtliche normalen Kommandos zugerufen hatte, die sie kannte und Jack und Balu dadurch ganz wild geworden waren.

»Das klappt auf jeden Fall«, antwortete Robin. Sie hatte nie darüber nachgedacht, wie es mit den Hunden mal sein würde, wenn jemand, außer sie selbst, sich wirklich für sie interessierte. Die Kunststücke machten den Hunden zwar Spaß, aber auf andere mussten die Reaktionen auf die gängigen Kommandos zwangsläufig irritierend wirken. Plötzlich wurde Robin bewusst, wie sehr sie alles um sich herum nur auf ihren Lebensstil ausgerichtet hatte.

Hanna unterbrach ihren Gedankenstrudel. »Unter der Woche ist der Eintritt übrigens frei. Ich würde vorher gerne einige Jockeys begrüßen. Man kann als Zuschauer zu den Stallungen, dort gibt es auch die Möglichkeit, sich die Pferde beim Warmlaufen anzusehen. Wäre das in Ordnung?«

»Klar«, sagte Robin.

Sie gingen einen Schotterweg entlang, dann links an dem Gebäude vorbei, um eine große Kurve und auf ein weites Gelände zu, an dem sich die Rückwände der Holzbauten im Fachwerkstil aneinanderreihten. Der Duft von Heu wehte zu ihnen hinüber. Die

Geräuschkulisse aus Hufgetrappel und Wortfetzen schwoll an. Ein schmaler Gang führte sie zu den Ställen.

Hinter dem Durchgang breitete sich vor Robin der Anblick eines kleinen Dorfes aus. In der Mitte gab es einen großen, mit Holzpfählen abgesteckten Reitplatz, auf dem an die zwanzig Pferde im Kreis geführt wurden. Rundherum zeigten sich die Vorderseiten der Stallungen, Jockeys standen und saßen davor, unterhielten sich, putzten ihre Schuhe oder legten ihren Pferden Halfter um. Dazwischen gab es viele Besucher, die in Zeitschriften lasen, Pferde streichelten oder mit den Jockeys redeten.

»Eine eigene kleine Welt«, sagte Robin.

»Nicht wahr?«, antwortete Hanna.

»Wie viele Pferde kommen hier unter?«

»An die vierhundert«, sagte Hanna.

Ein Jockey kam mit schnellen Schritten auf sie zu, »Hanna. Hey, du hast jemanden mitgebracht, wie schön.«

»Ja. Hey, William. Das sind Robin, Jack und Balu. Freunde von mir.«

Der schlanke Mann gab Hanna einen Kuss auf die Wange, dann schüttelte er Robin die Hand, seine Finger waren lang und mit Schwielen bedeckt. »Freut mich.« Dann drehte er sich zu Hanna. »Hast du gehört, Heathrow ist der heutige Geheimtipp, Phillip soll den Trainer gewechselt und seine Rennmethode umgestellt haben. Aber ich glaub nicht dran. Ihr setzt doch auf mich und Petunia?«

»Klar«, sagte Hanna.

»Prima. Bis später«, lächelnd ging er davon.

Hanna beugte sich zu Robin und flüsterte: »Acht Niederlagen in den letzten acht Rennen, aber immerhin stets auf Platz vier und fünf, wir könnten es uns überlegen.«

Robin war unfähig etwas zu sagen, Hannas Lippen waren so nah an ihrem Ohr, dass sie ihren Atem spüren konnte. Ein angenehmer

Schauer lief ihr über den Rücken. Sie müsste sich nur leicht zur Seite drehen, dann würden sich ihre Lippen streifen.

Hanna entfernte sich wieder ein wenig von ihr. »Hast du Lust zu wetten?«

Mit großer Mühe riss Robin sich von der Vorstellung eines erneuten Kusses los und antwortete: »Vielleicht schauen wir erst mal nur zu.«

»Okay. Da vorne geht es zur Tribüne.«

Während sie zur Tribüne gingen, hallten Williams Worte in Hanna nach. *Du hast jemanden mitgebracht.* Es war schön, mit Robin hier zu sein und ihr all das zeigen zu können, was ihr selbst so wichtig war. Robins Interesse an ihrem Hobby ließ vor Freude ihr Herz schneller schlagen. Ihre Gegenwart elektrisierte Hanna und ihre Lippen hörten nicht auf zu kribbeln, weil sie Robins Ohr, ihrem Hals, ihrer Haut gerade so nah gekommen war. Nur ein paar Zentimeter hatten zwischen ihnen gelegen. *Konzentrier dich jetzt gefälligst.* Hanna atmete hörbar aus.

»Hast du was gesagt?«, fragte Robin.

»Nein. Magst du etwas trinken oder essen?«

»Momentan nicht, danke.«

Sie stiegen die Treppe hinauf zum Tribüneneingang. Als sie oben angekommen waren und sich vor ihnen die Zuschauerränge und die Rennbahn erstreckten, blieben sie stehen. Gerade gingen die Scheinwerfer an und tauchten die Bahn in ein warmes, orangenes Licht. Hunderte Male hatte Hanna diesen Anblick schon gesehen, doch stets gab es eine neue Kleinigkeit, die ihr auffiel. Mal war die Mischung des Lichts eine andere oder, je nach Publikum, war die Luft erfüllt von vibrierender Anspannung oder fröhlichem Lachen. Ob es Robin wohl auch gefiel?

»Tolle Kulisse«, sagte Robin.

Hanna verkniff sich ein Grinsen und zeigte auf einige Sitzreihen weiter vorne. »Da ist es am schönsten, man ist zwar zwischen den Zuschauern, kann aber zugleich viele Details der Rennbahn erkennen.«

Sie stiegen die Stufen hinab und als sie sich setzten, berührten sich ihre Beine. Hanna überlegte kurz, ob sie ihres wegziehen sollte. Es wäre sicher klüger gewesen. Aber sie wollte nicht. Sie genoss Robins Nähe und was diese in ihr auslöste. Vorsichtig legte Hanna die Decke unter die Sitzbank, Balu und Jack ließen sich nieder.

Die Pferde wurden auf die Bahn gelenkt. Einige Zuschauer klatschten.

»Schau, der Zweite von rechts ist William mit Petunia, direkt neben ihm, mit dem blauen Dress, ist Phillip mit dem Finnpferd Heathrow. Um die Jockeys beim Rennen auseinanderhalten zu können, merkt man sich am besten die Farbe der Bekleidung.«

Hanna ließ den Blick auf den Pferden ruhen, deren Atem dampfend aus den Nüstern trat. »Das ist übrigens das erste Mal, dass ich hier ein Rennen sehe, ohne zu wetten«, sagte Hanna.

»Stört es dich?«

»Im Gegenteil.«

Robin rutschte etwas nach vorne. Ihr Bein rieb über den Stoff von Hannas Hose. Für einen kurzen Moment spannten sich Robins Muskeln an. Verstohlen warf Hanna einen Blick zur Seite. Robin hatte schöne Beine, rundliche Schenkel, die mit Sicherheit kräftig sein konnten, wenn sie einen anderen Körper umschlangen. Mit einem Mal spürte sie feuchte Hitze zwischen ihren Beinen.

Hanna versuchte, die Rennbahn zu fixieren, um sich abzulenken. Wo kamen diese Gedanken denn plötzlich her? *Lass das gefälligst sein.*

Kurzeitig wurde es still auf der Tribüne.

Die Pferde schnaubten. Die Körper der Jockeys spannten sich an, legten sich nach vorne, die Hände griffen fest nach den Zügeln.

Das Zischen des zur Seite schnellenden Startbandes war zu hören und das Kommando »Teilnehmer ab!« hallte knarzend durch die Lautsprecher. Donnerndes Hufgetrampel setzte ein. Die Muskeln der Pferde erzitterten unter dem glänzenden Fell, die Rufe der Jockeys vermischten sich mit dem Gebrüll der Zuschauer. Robin hielt die Daumen fest gedrückt. Neben ihnen standen ein paar Leute auf, die Wettscheine fest umklammert, reckten sie die Hälse. Heathrow lag vorne, dicht gefolgt von Petunia. Zeitgleich standen Hanna und Robin auf, ihre Schultern berührten sich.

Sie sahen sich an. In Robins Augen spiegelte sich das orangene Licht der Scheinwerfer.

Die Zuschauer neben ihnen rissen die Arme hoch, ein Raunen ging durch die Menge. »Sieger mit einer Länge Vorsprung ist Petunia mit ihrem Jockey William. Wir gratulieren.«

Hanna und Robin drehten die Köpfe Richtung Rennbahn. Robin zuckte mit den Schultern. »Wir hätten wohl wetten sollen.«

Sie setzten sich wieder.

»Hat es dir gefallen?«

»Sehr. Diese geballte Kraft ist wirklich beeindruckend.«

Ihre Blicke trafen sich erneut. »Ich habe doch Hunger«, entfuhr es Hanna plötzlich. »Könntest du mir vielleicht eine Bratwurst holen. Ich verpasse so ungern etwas von den Geschehnissen auf der Bahn.«

»Klar«, sagte Robin und stand auf.

Hanna beobachtete, wie sie die Treppenstufen hinaufstieg. Ihre Pobacken zeichneten sich unter der Jeans ab. Ob sie ihre Hände ganz ausfüllen würden, wenn sie danach greifen dürfte? Hanna riss sich von diesem Anblick los und starrte für einige Augenblicke auf den Betonboden unter ihren Füßen. *Durchatmen.* Sie schaute erneut über die Schulter. Als Robin im Durchgang verschwunden war, griff

Hanna flugs in ihre Jackentasche, zog die Tütchen hervor, schaute unter den Sitz und streichelte Jack einige Male den Kopf. Dann schob sie einige seiner Härchen in die Tüte, behielt dabei jedoch die Hände geschützt zwischen den Knien, damit die Sitznachbarn nichts erkennen konnten. Sie beschriftete die Tüte mit dem Namen des Hundes, anschließend pustete sie über ihre Hand, kraulte Balu und wiederholte den Vorgang. Als sie die Tüten zurück in ihre Tasche gleiten ließ, zitterten ihre Finger. *Die Kälte, bestimmt der kühle Wind.* Tatsächlich war es auf der Tribüne durch die Heizstrahler unter dem Dach angenehm warm. Hanna ballte die Hände einige Male zu Fäusten, in der Hoffnung, das Zittern würde nachlassen.

»So, bitte sehr«, Robin war zurückgekehrt und reichte ihr das Brötchen.

»Danke«, erwiderte Hanna. Ohne Robin anzusehen, griff sie schnell nach dem Essen und fixierte die Rennbahn. Robin setzte sich, so nah, dass sich ihre Beine erneut berührten. War das Absicht oder Zufall?

»Habe ich etwas verpasst?«

»Nein, es geht gleich erst weiter.«

Hanna meinte, Robins Haut direkt auf ihrer fühlen zu können. Die Wärme drang glimmend durch den Stoff ihrer Hose, ihr Knie und ihr Schenkel fingen an zu glühen. *Rück weg*, dachte sie, doch stattdessen zupfte sie mit der freien Hand an ihrer Jacke und rutschte dabei näher. Jetzt berührten sich auch ihre Arme. Wäre es Sommer, könnte sie gerade wirklich Robins Haut spüren, könnte sehen, welche Geschichte sie durch ihre Farbe erzählte, ob sie sich viel an der Sonne aufhielt. Sie könnte an der Ausprägung der Muskeln erkennen, ob sie viel Sport machte.

»Magst du es doch nicht?«, fragte Robin.

Hanna blickte auf. Wie viel Zeit war vergangen? Saß sie vielleicht schon seit zehn Minuten hier und starrte auf Robins Arm? »Plötzlich bin ich nicht mehr hungrig. Dürfen die Hunde es haben?«

Robin nickte. »Klar, manchmal, wenn ich nicht so viel Geld habe, kriegen sie die letzten Würstchen in meinem Vorratsschrank … zum Glück passiert das nicht oft.« Robin schaute zu Boden.

Hanna nahm die Serviette, zerriss das Würstchen in zwei Hälften und hielt sie Jack und Balu vor die Schnauzen. Das Papiertuch und das Brötchen steckte sie in die Tasche, dann ließ sie sich nach hinten sinken und betrachtete Robin, deren Wangen rot geworden waren.

Sie hatte also öfter mal Geldprobleme.

Hanna versuchte, sich Robins genaue Aussage einzuprägen, doch plötzlich rutschte auch Robin nach hinten, dabei berührte Hanna kurz mit der Hand ihren Oberschenkel. »Entschuldigung«, sagte sie und zog ihre Finger weg, doch Robin griff danach. »Schon okay, ich meine, nicht schlimm.« Sie sahen sich an und ließen nicht los.

Robin grinste. »Ich habe zufällig mal bei meinen Recherchen gelesen, dass man die Hand einer Frau beim Trabrennen halten muss, das bringt Glück. Das ist eine alte Tradition aus dem 16. Jahrhundert.«

Hanna zog eine Augenbraue hoch. »Deine Quellen würden mich wirklich interessieren, das erste Trabrennen gab es nämlich erst im 19. Jahrhundert.«

»Vielleicht habe ich es aber auch einfach nur erfunden, um deine Hand nicht wieder loslassen zu müssen.«

Sie betrachteten ihre verschlungenen Finger.

»Flirten wir schon wieder miteinander?«, fragte Hanna.

»Quatsch. Wir mögen uns halt.« Robin zog ihre Hand weg.

Hanna rückte ein Stück von ihr ab. Ein unangenehmes Zucken durchfuhr ihren Körper.

Sie schwiegen eine Weile. Im Lautsprecher erklang die Ankündigung für das nächste Rennen.

Hannas Herz klopfte wild.

Robin drehte sich zu ihr um. »Wie läuft es denn auf der Arbeit? Konntest du deine Chefin schon überzeugen, dass du auf dem richtigen Weg bist?«

Auf dem richtigen Weg. Hannas Magen verkrampfte sich. »Ja, schon. Ich werde allerdings einige lange Schichten einlegen müssen in nächster Zeit, um sie mit den Ergebnissen überzeugen zu können.« Hanna ließ ihren Blick über Robins Hände huschen und sagte leise: »Viel lieber als zu reden, würde ich wieder deine Hand halten wollen.«

Robin fuhr sich über den Nacken. »Lieber nicht.«

»Entschuldige. Das war jetzt blöd.«

Ein unruhiges Flackern war in Robins Augen zu erkennen. »Können wir vielleicht fahren? Ich bin ziemlich kaputt. Der Tag war anstrengend.«

Hannas Kehle schnürte sich zu, nur mühsam brachte sie den folgenden Satz heraus: »Ja, natürlich, ich hab dich vorhin ja auch ziemlich überfallen.«

»Nein, es war sehr nett, dass du spontan vorbeigekommen bist. Und wenn du noch hierbleiben möchtest, kann ich den Bus nach Hause nehmen. Ich will dir nicht den Abend verderben.«

»Das tust du nicht.« Hanna stand auf. Ihr war schummerig. Sie war zu weit gegangen. Und jetzt hatte sie Robin offensichtlich verschreckt. Schweigend gingen sie zum Auto.

Robin starrte aus dem Fenster und nahm die vorbeihuschende Gegend nur in undeutlichen Schemen wahr. *Sag irgendetwas zu ihr.* Doch sie konnte nicht, es war, als würde sie keine Luft mehr bekommen, das Herz schlug ihr bis zum Hals. Ihre Hand, die gerade noch Hannas berührt hatte, kribbelte. Ihr Magen schien nicht mehr an seinem richtigen Platz zu sein. Sie musste weg von Hanna, obwohl die Vorstellung, sie gleich nicht mehr in der Nähe zu haben, ein lähmendes, trauriges Gefühl in ihr aufkeimen ließ. Doch es musste sein, um sich wieder unter Kontrolle zu bekommen. Wenn sie ein zweites Mal ihre Hand genommen hätte, wer weiß, was dann noch passiert wäre. Ihre Wangen fingen an zu glühen. Viel zu schnell erreichten sie ihr buntes Haus.

Hanna hielt vor der Tür in zweiter Reihe. »Also, ich lass euch hier raus, man bekommt ja schlecht einen Parkplatz.«

»Alles klar.« Robin schnallte sich ab. »Vielen Dank.« Sie beugte sich zu ihr und drückte sie kurz an sich. »Du hast in nächster Zeit ja viel zu tun.« *Dann sehen wir uns bestimmt länger nicht,* hatte sie ergänzen wollen, aber sie schaffte es nicht, die Worte wirklich auszusprechen. Es gelang ihr nur noch ein »Tschüss«, dann stieg sie aus und ließ die Hunde aus dem Auto. »Tschüss«, antwortete Hanna ihr zugewandt. Robins Hand um die Autotür verkrampfte sich. *Ich will nicht! Du musst!* Ungelenk schloss Robin die Tür und Hanna fuhr los. Sie sah dem hellblauen Wagen hinterher, bis er um die Ecke gebogen war. Sie befestigte die Leinen, drehte sich zur Tür und schloss auf. Als sie einen Schritt machen wollte, gaben ihre Knie nach. Sie lehnte sich an die Wand, doch da die Hunde an den Leinen zogen, atmete sie tief ein und hastete los.

Prima, Robin, wie konntest du das zulassen? Wie soll das jetzt weitergehen? Die Gedanken schienen auf sie einzuprasseln, während sie zu ihrer Wohnung eilte. Darin angekommen, entledigte sie sich ihres Mantels und der Schuhe, löste die Leinen der Hunde, die von Paula begrüßt wurden und dann gemeinsam in die Küche tapsten. Doch Robin war plötzlich unfähig, sich zu bewegen. Sie stand mitten in ihrem Flur. Ihre Hand wanderte zu dem Handy in ihrer Hosentasche. Sie wollte Hanna schreiben, sich entschuldigen, ihr für den schönen Ausflug danken. Doch etwas bremste ihren Impuls. Jetzt, wo sie wieder von ihren Sachen umgeben war, kamen auch die Erinnerungen an die letzten Tage zurück und an den Inhalt des Briefes, der immer noch auf dem Küchentisch lag. *Du brauchst Geld. Du weißt, was du zu tun hast.* Robin drehte den Kopf fast mechanisch zum Bad und ging mit langsamen Schritten darauf zu.

Wummernd drang der Beat bis hin zu den Toilettenräumen der Diskothek. Es war heiß und die Luft war stickig, es roch nach Deo und den Ausdünstungen der Nebelmaschine, es stank nach Parfüm und Schweiß, nach verschüttetem Bier und überhaupt zu viel Testosteron. Robin schwitzte unter der Perücke und in der hautengen Hose. Nur das hüftlange Shirt, unter dem sie ein Top und einen BH trug, ließ etwas Luft an ihre Haut.

Sie betrat den Waschraum und sah in den Spiegel. Eine Fremde schaute ihr entgegen. Sie war immer wieder erstaunt, wie sehr ihre ganze Erscheinung sich veränderte, wenn sie Make-up auflegte, die Konturen ihrer Augenbrauen nachzog, ihren Lippen einen dunkelroten Anstrich verpasste und ihrer Gesichtshaut eine gleichmäßige Tönung gab. Sie hielt sich durch die Maskerade direkt aufrechter, streckte die Nase in die Luft und machte untypische Gesten, strich sich ständig durch das Haar und wackelte mit der Hüfte.

Sie eilte an ihrem Spiegelbild vorbei, zog die Toilettentür hinter sich zu, griff in die Bauchtasche und zog das soeben gestohlene Portemonnaie daraus hervor. Diesmal hatte sie es einer Frau aus der hinteren Hosentasche entwendet. Sie rief sich die Szene in Erinnerung, um zu überlegen, ob sie auch keinen Fehler gemacht hatte.

Eine halbe Stunde lang hatte Robin beobachtet, wie die Frau mit mehreren Typen geflirtet hatte und auf der Tanzfläche ihrer Freundin immer wieder Zeichen mit erhobenen oder gesenkten Daumen machte. Robin hatte in ihrer hinteren Hosentasche ein Lederetui ausmachen können, weil es einige Zentimeter daraus hervorragte.

Hoffentlich ist jetzt nicht nur eine Puderdose darin.

Beim Tanzen hatte Robin so getan, als hätte sie sich genau hinter der Frau abrupt umgedreht, dadurch waren sie heftig aufeinandergeprallt. Die Frau hatte nach ihrer Schulter gegriffen, Robin nach ihrer Taille und ihrem Po und konnte dadurch das Etui entwenden. Ihre Schulter schmerzte immer noch.

Sie zog den Reißverschluss auf. *Bingo!* Zweihundertzehn Euro fanden sich darin. Machte jetzt insgesamt achthundertsiebzig Euro. Sie zog das Geld raus, dann rieb sie das Etui einige Male über ihr Knie, um ihre Fingerspuren zu verwischen und ließ es hinter die Kloschüssel fallen.

Sie gähnte und streckte sich. Sie war bereits seit vier Stunden in der Disco unterwegs. Sie sollte gehen, falls doch jemand von den Beklauten Verdacht schöpfte und begann, sie zu suchen. Häufiger als vier Mal an einem Abend zuzugreifen, traute sie sich nicht. Außerdem musste sie morgen fit sein. Um zwanzig vor acht wollte sie in einen bestimmten Bus steigen und um zehn Uhr hatte sie den Termin beim Ordnungsamt.

Als Hip-Hopperin verkleidet, mit weiten Klamotten, abgewetzten Turnschuhen, Baseballkappe und getönter Brille, stand Robin im Bus. Betont lässig an eine Stange gelehnt, spürte sie dem Schaukeln des Fahrzeuges nach, ihre Hände hielt sie jedoch verdeckt hinter ihrem Rücken und umklammerte damit krampfhaft die Stange. Der Bus hielt. Sie konnte sehen, wie Mia vorne einstieg und einige Worte mit dem Busfahrer wechselte, bevor sie sich rechts schräg hinter ihn setzte. Anscheinend hatte sie es sich angewöhnt, mit den Busfahrern zu reden, damit diese auf sie achteten. Robin atmete erleichtert aus. Das war gut, so wie sie es ihr geraten hatte, schien sich das Mädchen nun anderweitig Hilfe zu holen.

Mia nahm ein Buch aus ihrer Tasche und begann zu lesen. Sie hatte also Robin zu Liebe immer morgens auf ihr Buch verzichtet. Ein Lächeln breitete sich auf Robins Gesicht aus.

Zwei Haltestellen später stiegen die drei Jungs ein – und schwiegen. Sie nickten dem Busfahrer und Mia zu, dann gingen sie durch den Gang, an Robin vorbei und setzten sich in die letzte Reihe.

Der Bus hielt an der Schule. Robin beobachtete, wie Mia ausstieg und sie ein Mädchen mit wippenden Locken begrüßte, zusammen liefen sie auf den Schulhof. Die Jungs folgten ihnen mit weitem Abstand.

Der Bus fuhr erneut los, Robin blickte den beiden Mädchen hinterher, betätigte schließlich den Halteknopf und ging nach vorne. Als der Bus hielt, drehte sie sich um, beugte sich blitzartig über die hüfthohe Absperrung, drückte dem Busfahrer einen Kuss auf die Wange und sagte »danke«. Dann drehte sie sich um, machte einen großen Satz, übersprang alle Stufen auf einmal, landete geschickt auf dem Bürgersteig und rannte davon.

Robin bog um die Ecke ihres Hauses, eine Frau stand vor der Tür und drehte sich plötzlich um. *Oh shit!* Robin riss ihre Mütze vom Kopf und hob die andere Hand zum Gruß. »Mutter. Hi!«

Caroline Lux ließ den Blick von unten nach oben und den gleichen Weg wieder zurück über ihre Tochter wandern. Die Umarmung fiel knapp aus. »Guten Tag Robin. Wie siehst du denn aus?«

»Ich komme vom Sport.«

»Was soll das für ein Sport sein, bei dem man so etwas tragen muss?«

»Es nennt sich Zumba, man tanzt und hat Spaß dabei. Was machst du hier?«

»Dich besuchen. Ich war zufällig in der Nähe. Shoppen.« Demonstrativ wedelte sie mit einer Tüte vor ihrer Nase herum. »Man kriegt dich ja gar nicht mehr zu Gesicht. Wir dachten, du rufst wenigstens mal wieder an, nachdem dein Vater dich auf dem Markt besucht hatte. Es ist kalt, möchtest du mich nicht hereinbitten?«

»Mutter, es ist leider total unpassend. Ich habe gleich einen wichtigen Termin und muss vorher duschen. Bitte. Ein anderes Mal.«

»Dann lass mich wenigstens eben auf die Toilette gehen.«

Robin brach der Schweiß aus. »In Ordnung. Ich müsste allerdings eben vorgehen. Ich habe einen neuen Hund, er reagiert auf Fremde noch aggressiv.«

»Ein weiterer Hund? In der kleinen Wohnung?«

Robin schloss die Tür auf. »Ach, wo Platz für drei ist …« Robin eilte die Treppe hoch, schloss auf, machte die Tür hinter sich zu und pfiff. Die drei Hunde kamen in den Flur, hektisch schloss sie das Wohn- und Schlafzimmer ab, steckte die Schlüssel in die Hosentasche, hastete in die Küche, nahm die Unterlagen für das Ordnungsamt vom Tisch, stopfte sie zu den Tellern in den Schrank, atmete durch, nahm Paula am Halsband und öffnete die Tür. Ihre Mutter stand mit verschränkten Armen davor. »So, alles gut, ich hab Paula fest im Griff.«

Paula setzte sich, sie hatte die Augen halb geschlossen, der Kopf sackte nach unten. Ihre Mutter betrat den Flur und ging in die Hocke. Sie tätschelte Paula den Nacken und blickte dann zu Robin. »Ich denke, du kannst das Raubtier jetzt loslassen.«

Robin tat, wie ihr geheißen.

Paula legte sich hin. Robin musste ihr dringend das Kommando *braver Hund* beibringen.

Caroline kam hoch und ließ ihren Blick schweifen. Jack kam auf sie zugeeilt und bellte. Caroline streichelte ihn kurz. »Hast du wirklich keine Zeit für einen Kaffee?«

»Wirklich nicht.«

Caroline zuckte mit den Schultern und betrat das Bad.

Robin atmete laut aus. »Na komm Jack«, sagte sie. Sie ging in die Küche, holte Hundefutter aus dem Schrank und öffnete die Dose. Ihre Mutter verließ das Bad. Robin verteilte das Futter in den Schüsseln, verschloss die Dose mit einem Plastikdeckel und stellte sie gerade auf die Anrichte, als ihre Mutter die Küche betrat.

»Wieso sind die anderen Zimmer verschlossen?«

Robin drehte sich ruckartig um. Ihre Mutter war im Türrahmen stehen geblieben.

»Du hast versucht, in die Zimmer zu schauen?«

Caroline machte einen Schritt auf sie zu. »Hör mal, ich habe dich seit Wochen weder gesehen noch gesprochen, dein Vater hat mir von deinem merkwürdigen Verhalten auf dem Markt erzählt und von deinem Unfall. Ich mache mir Sorgen. Was ist denn los mit dir?«

»Ich bin beschäftigt.«

»Hast du einen neuen Job?«

»Nein, eine Freundin.«

Robin hielt den Atem an. Der Reflex zu lügen – er funktionierte leider zu gut.

Ihre Mutter hob die Arme, packte sie an den Schultern und drückte sie sanft. »Ja, aber das ist ja toll. Warum hast du das Papa nicht gleich gesagt?«

»Wir kennen uns noch nicht lange. Die Zimmer sind verschlossen, weil ich renoviere. Die Hunde dürfen da nicht rein und es sieht wirklich schlimm aus in den Zimmern.«

»Ach Robin. Immer willst du alles alleine machen. Beim Renovieren kann dein Vater dir doch helfen.«

»Da ist wirklich nicht nötig.«

»Wann stellst du sie uns vor?«

»Wen?«

»Deine Freundin.«

»Ähm, bald.«

»Ach, bald. Das ist doch Quatsch. Oder schämst du dich etwa für deine langweiligen Rentner-Eltern?«

»Natürlich nicht.« Robins Wangen wurden heiß. Ihre Mutter ging auf sie zu und drückte sie fest.

Robin stand steif und unbeweglich da.

»Dann treffen wir uns bald alle zusammen, ja?«

Robin wusste leider zu genau, dass Caroline Lux zwar Fragen formulierte, diese aber als Aufforderung meinte. Dementsprechend nickte sie.

»Bis bald.«

»Ja.«

Ihre Mutter verließ pfeifend die Wohnung. Die Tür fiel ins Schloss.

Robin atmete aus und die Worte der letzten Minuten prasselten auf sie ein. Sie drehte sich um, ließ den Kopf gegen den Schrank sinken und schloss die Augen. Wie sollte sie aus der Nummer bloß wieder rauskommen?

»Hanna Winterkorn, Kriminaltechnisches Institut, Fachgruppe Biologie, ich brauche eine Auskunft darüber, wie lange eine circa acht Zentimeter große Platzwunde braucht, um zu heilen.«

Der Amtsarzt Robert Gropius am anderen Ende der Leitung überlegte einen Moment. »Wissen Sie etwas über die Erstversorgung der Wunde?«

»Die Wunde wurde innerhalb kürzester Zeit von einem Arzt versorgt.«

»Dann müsste sie innerhalb einer Woche verschlossen sein und blasser werden.«

»Und wenn sie trotzdem stark gerötet aussieht?«

»Dann wird sie vermutlich zu oft gereizt, durch Make-up oder Ähnliches.«

»Vielen Dank. Auf Wiederhören.«

Hanna legte auf. Sie fixierte den Notizblock vor sich, umklammerte den Stift und drückte ihn so fest in ihre Faust, bis ein stechender Schmerz sie bewog, ihn fallen zu lassen. Sie stand auf und beförderte den Stuhl dabei mit einem Schlag nach hinten, sodass er gegen die

Fensterbank rollte. Hanna ging in die Küche auf dem Gang, füllte den Wasserkocher und starrte auf den Wasserstrahl, der Behälter lief über. Hanna zuckte zusammen. Mit zittrigen Händen hievte sie ihn wieder zurück und schaffte es, ihn anzuschalten. Das Geräusch des aufkochenden Wassers dröhnte laut in ihren Ohren. Sie goss auf, ging zurück ins Büro und stellte sich ans Fenster. Erinnerungen an den gestrigen Tag zogen vor ihrem inneren Auge auf. Robins Hals, so nah an ihren eigenen Lippen. Robins Hand in ihrer. Ihr Bein an ihrem. Die Tasse in ihrer Hand begann, gefährlich zu wanken, hastig nahm sie einen großen Schluck Tee und verbrannte sich die Zunge. »Ach shit!« Rasch stellte sie den Tee ab, griff nach der Flasche auf dem Tisch, bekam sie nicht richtig zu packen, stieß sie um, sodass diese über den Tisch kullerte und Frodo auf der anderen Seite umstieß. Flugs griff sie nach der Flasche, drehte den Verschluss auf und trank einige große Schlucke Wasser, um das Brennen in ihrem Mund zu mildern.

Schmittke sah sie an. »Was ist denn heute los?«

»Wissso?«, fragte Hanna, die ihre Zunge nicht richtig bewegen konnte.

»Sie stehen ständig auf, laufen umher, stoßen etwas um und verbrennen sich. Es ist zwölf Uhr und das ist Ihr vierter Tee.«

»Der fünfte«, korrigierte Hanna.

»Stress mit der Chefin?«

»Das hätten Sie wohl gerne«, konterte Hanna.

»Dann wohl eher … verliebt?«

»Pah«, machte Hanna. Doch das Wort hatte sie genau in die Magenmitte getroffen. *Verliebt.* Sie setzte sich. Und stand wieder auf. Sie kippte das Fenster, doch es schien kein Sauerstoff hineinzukommen. *Scheiß Großstadt.* Sie ging erneut in die Küche, öffnete den kleinen Kühlschrank, starrte hinein, nahm einen Joghurt raus und ging hoch. Plötzlich wurde ihr schwindelig. Sie lehnte sich für einen Moment an den Rand der Spüle.

»Verliebt«, flüsterte sie. Das Wort kam leise über ihre Lippen, doch in ihrem Innern löste es eine Lawine aus. Das ganze Blut schien nach unten zu fließen, plötzlich war da kein Gedanke mehr, nur noch ein Gefühl, als ob Hunderte von Federn sich zu einem Tanz gefunden hätten und sie streichelten. Der Boden verschwamm vor ihren Augen, da waren nur die Konturen eines Gesichtes – Robin.

Nein!

Hanna drückte sich von der Kante ab. Das konnte nicht sein. Das durfte nicht sein. Sie mochten sich bloß. Hanna würde es sich beweisen.

KAPITEL 10

»Vielen Dank für Ihre Schilderung der Umstände, Frau Lux. Ich kann verstehen, dass Sie in dieser ungewöhnlichen Situation in Bedrängnis geraten sind. Trotz allem hätten Sie sich als erfahrene Verkäuferin bewusst sein müssen, welche Auswirkungen Ihr Verhalten hat.«

Die Frau mit dem Dutt, deren Haare so grau waren wie ihre Haut, sah sie unverwandt an. Die Frau, deren Blick starr auf Robin ruhte und die den Namen Katrijn Sonnenbloom trug, würde in den nächsten Minuten darüber entscheiden, ob sie die Verkaufslizenz und damit ihre Existenzgrundlage entzogen bekam.

Robin machte den Rücken gerade, der Stoff des Blazers lag schwer auf ihren Schultern. Robin sah der Frau in die Augen und versank für einige Sekunden in dem tiefen Blau.

»Sie haben recht. Glauben Sie mir, es war keine Absicht, dass die anderen Händler Verluste machen wegen mir. Ich akzeptiere natürlich die Schadenersatzforderungen. Dreihundert Euro kann ich jedem der Händler sofort zahlen, den Restbetrag werde ich in Raten so schnell wie möglich begleichen und mich bei den Kollegen entschuldigen. Der Marktverkauf ist meine Existenzgrundlage, ich musste viele Jahre sparen, um mir einen eigenen Verkaufswagen leisten zu können. Ich habe erst kürzlich eine neue Genehmigung für den Verkauf von Smoothies bekommen. Das Marktgeschäft liegt mir sehr am Herzen, ich tue viel, um mich dort weiterzuentwickeln und um den Markttraditionen, aber auch dem stetigen Fortschritt der Stadt auf diesem Gebiet gerecht zu werden.«

Frau Sonnenbloom tippte einige Male auf ihre Tastatur. »Uns liegen bisher keine Beschwerden gegen Sie vor und die Stadt schätzt

Ihre Unterstützung der Hilfsorganisation am Moltkeplatz jeden Sonntag in Form Ihrer Essensausgabe und Spenden sehr. Trotzdem, Frau Lux, wie Sie wissen, sind die Marktplätze sehr begrenzt. Es gibt einige, die auf so einen festen Platz wie den Ihren warten.«

Die Gesichtszüge von Frau Sonnenbloom hatten sich nicht verändert. Kein Anzeichen von Freundlichkeit war in ihrer Miene zu erkennen. Sie verfolgte einen Plan. Sie hatte ein Ziel, nämlich Robin die Lizenz zu entziehen. Vermutlich hatte sie ihr gar nicht richtig zugehört. Wie sollte sie auch. Wahrscheinlich war sie im Laufe der Jahre völlig abgestumpft und inzwischen unfähig, jedem Menschen, der hier mit seinem Anliegen hereinkam, auf neue Weise zu begegnen. Und während diese Gedanken auf Robin einprasselten, versank sie in ihren Augen und diesem dunklen Blau, wie sie es bisher nur vom Morgenhimmel kannte und von dem sie sich wünschte, es außerhalb dieses trostlosen Ortes sehen zu können. Dann würde dieses Gespräch sicher anders verlaufen. Ihr Magen krampfte sich zusammen. Sie hatte versucht, alles richtig zu machen und würde nun dafür bestraft werden. Aber sie würde da nicht mitspielen, sie würde nicht so einfach nachgeben und dieser Person Genugtuung bereiten. Sie richtete sich auf und beugte sich vor. »Sie haben schöne Augen.«

Ein kurzes Zucken ging durch den Körper der Frau, sie drehte ihren Kopf leicht, so, als könne sie schwer hören.

»Sie haben schöne Augen«, wiederholte Robin.

»Was soll das? Warum sagen Sie das?«

»Ich sage Ihnen warum. Weil es ein Bauchgefühl war, das mir richtig erschien. Sie haben schöne Augen und ich fand, ich sollte Ihnen das mitteilen. Genauso wie es ein Impuls war, dass ich plötzlich Essen verschenkt habe, weil Menschen vor mir standen, die ich nicht enttäuschen wollte. In dem Moment hat es sich richtig angefühlt. Und wenn ich Sie jetzt gekränkt haben sollte, dann tut mir das, was ich gesagt habe, dennoch nicht leid. Genauso wenig wie ich es bereue, dass ich an dem Tag meinem Bauchgefühl gefolgt bin.«

Robin stand auf und ging zu dem Garderobenständer, mit zittrigen Fingern griff sie nach ihrem Mantel. *Das war es dann wohl. Super gemacht, Robin! Vielleicht findest du ja eine Anstellung im Zirkus mit der Nummer: der größte Dickschädel aller Zeiten.*

»Setzen Sie sich.«

Robin drehte sich um. »Bitte?«

Frau Sonnenbloom sah sie eindringlich an. »Setzen Sie sich wieder hin.«

Robin hängte den Mantel zurück. Sie nahm erneut Platz und traute sich plötzlich nicht mehr, hochzuschauen. Das Klackern der Tastatur setzte ein. »Ich habe mir Ihren Lebenslauf angesehen. Aufgrund Ihrer Vorkenntnisse würden Sie es schwer haben, schnell einen neuen Job zu finden. Sie haben uns immer wieder gezeigt, dass Sie die Verkaufslizenz wirklich wollen, indem Sie sich einen eigenen Wagen besorgt haben und neue Produkte etablieren wollten. Trotzdem müssen Sie verstehen, dass wir uns verpflichtet fühlen, die Harmonie in der Marktgemeinschaft zu wahren. Sie können Ihre Verkaufslizenz behalten. Trotzdem werden Sie für den Standort am Samstag gesperrt. Sie bekommen einen Platz auf dem Wochenmarkt im Nordviertel zugewiesen. Dieser ist etwas kleiner. Aber wenn Sie sich dort wieder bewähren, können wir in ein paar Monaten über einen erneuten Wechsel sprechen.«

Robin schluckte. Sie hatte schon einiges von dem Marktplatz gehört. Der Ton war dort rauer. Die Händler kämpften um die Aufmerksamkeit jedes Kunden, da die Laufkundschaft gering war. Aber immerhin durfte sie weiter verkaufen. »Also, das klingt wunderbar. Das hilft mir sehr. Ich danke Ihnen.«

Frau Sonnenbloom nickte. »Alles Weitere bekommen Sie schriftlich.« Sie stand auf. Robin tat es ihr nach. Die Frau streckte ihr die Hand entgegen. Robin griff vorsichtig danach. Frau Sonnenbloom lächelte. »Auf Wiedersehen.«

Robin nickte und verließ das Büro. Sie eilte aus dem Gebäudekomplex, behielt den Mantel in der Hand und zog vor der Tür den Blazer aus, um den kühlen Wind über ihre Haut fahren zu lassen.

Robin atmete tief ein und aus. Die Luft roch nach Moos und feuchter Erde. Der Herbst nahte. Keine gute Zeit, um sich neu auf einem Markt zu profilieren. *Profilieren*, bei dem Wort kamen die Erinnerungen an das Gespräch mit ihrer Mutter zurück. Sie musste ihre Eltern davon überzeugen, dass sie eine Freundin hatte, wenn sie nicht ständig von ihnen überrumpelt werden wollte.

Robin überlegte. Momentan kannte sie nur eine Frau, die ihr bei der Sache helfen konnte. Sollte sie Hanna fragen? Bei dem Gedanken an sie überkam Robin ein warmer Schauer, der sich auf ihrer Haut mit den Windböen vermischte.

Robin zog ihren Mantel an und lief los. Ob Hanna sich darauf einlassen würde? Vielleicht war es auch ganz gut, wenn sie beim nächsten Wiedersehen mit anderen Leuten zusammen waren, dann könnte Robin ihren Gefühlen nachspüren, ohne dass sie sich zu nah kommen konnten. Sie zog ihr Handy aus der Hosentasche und schrieb:

Hey Hanna, ruf mich doch mal an, wenn du etwas Zeit hast.

Viele Grüße, Robin

Am späten Abend klingelte Robins Handy. »Hanna, endlich, ich meine, hallo.« Robin schlug sich gegen die Stirn, genau neben die Narbe, der kurze Schmerz ließ sie zusammenzucken. Sie biss sich in die geballte Faust. *Meine Güte, bleib ruhig.*

»Hey Robin. Wie geht es dir?«

»Ganz gut.« Sie machte eine kurze Pause und fuhr zögerlich fort: »Nun ja, eigentlich steck ich in einem Schlamassel und ich weiß, du musst gerade viel arbeiten und hast wahrscheinlich gar keine Zeit, aber …«

Hanna unterbrach sie. »Alles okay. Ich hab schließlich zurückgerufen. Was ist denn los?«

Hannas weiche Stimme floss warm durch Robins Körper hindurch. Sie entspannte sich. »Ich werde gerade ziemlich von meinen Eltern bedrängt, weil ich eine längere Zeit abgetaucht bin. Sie machen sich Sorgen und als meine Mutter mich mit Fragen überschüttet hat, da habe ich gesagt, ich hätte eine Freundin.«

Stille. Dann ein Räuspern. »Wer ist denn die Glückliche?«

»Also. Magst du?«

Hanna verschluckte sich und musste husten.

»Alles in Ordnung?«

»Wasser. Falsche Röhre.«

Robin wartete einige Augenblicke. Hannas Atem ging wieder ruhiger, doch sie schwieg. »Ach, entschuldige, es war eine blöde Idee.«

»Nein, nein. Schon gut. Deine Wohnung hat vermutlich immer noch Migräne?«

»Leider ja. Wir könnten essen gehen.«

»Sie könnten aber auch herkommen und wir kochen vorher etwas zusammen. Die Hunde kannst du dann auch gern mitbringen.«

»Das wäre toll.«

»Diesen Sonntagabend? Dann hast du es hinter dir.«

»Ich frage sie gleich. Wenn sie Zeit haben, gehe ich morgen einkaufen und bringe alles mit. Simsen wir noch mal?«

»Ja, gerne.«

»Vielen Dank.«

»Dafür schuldest du mir was«, sagte Hanna in ernstem Ton.

»Klar«, erwiderte Robin. »Tschüss, Freundin.«

Hanna antwortete nicht mehr, sondern legte auf. Robin ließ das Handy sinken. Das würde leicht werden. Schauspielern konnte sie schließlich gut.

Mit einem vollen Rucksack bepackt, einer Einkaufstüte in der einen und den drei Hunden an der anderen Hand, stieg Robin hinauf zu Hannas Wohnung. Als sie um die letzte Kurve bog, kam Hanna ihr entgegen und nahm ihr die Tüte ab.

Sie begrüßten sich.

Robin folgte ihr in die Wohnung. Die Diele glänzte. Robin zog Schuhe und Mantel aus und löste die Leinen. »Oh man, du glaubst gar nicht, wie dankbar ich dir bin. Und danke, dass ich die Hunde mitbringen konnte. Ich glaube, ich habe viel zu viel Essen gekauft, aber du hast ja einen großen Kühlschrank, oder?«

Robin drehte sich zu Hanna, die an den Türrahmen gelehnt stand und lächelte. Dann kam sie einen Schritt auf Robin zu, legte die Arme um sie und zog sie an sich. »Du siehst toll aus.«

Hannas Busen streifte ihren, ihr offenes Haar berührte ihren Hals, die sanfte Stimme durchdrang Robins Nervenbahnen und brachte sie zum Vibrieren. »Du auch«, antwortete Robin.

Hanna löste sich von ihr und lachte. »Das sind meine besten Kochklamotten«, sie zog an dem schlabbrigen Shirt, dabei rutschte es nach unten und gab eine Schulter frei.

»Du siehst immer gut aus.«

Hanna winkte ab, dann betrachtete sie Robin. Ihr Blick glitt über ihren Hals, ihr Dekolleté und tiefer. Robin streckte die Hüfte zur Seite, stemmte eine Hand darauf und grinste neckisch. Dann sah sie an sich hinunter. »Ich hab gar nicht dran gedacht, dass ich in den Klamotten ja noch kochen muss.«

»Du kannst Sachen von mir haben. Ich hol dir welche.«

»Danke.«

Hanna ging ins Schlafzimmer.

Robin betrat die Küche, stellte den Rucksack auf einen Stuhl und packte die Lebensmittel aus. Jack kratzte mit der Pfote an ihrem Bein. Sie beugte sich zu ihm und streichelte seinen Kopf. »Ihr bekommt gleich auch etwas.«

Hanna kam in die Küche, Robin blickte zu ihr.

»Ist das okay?« Sie hielt ihr ein T-Shirt und eine Jeans entgegen. Robin zögerte. Ob es eine gute Idee war, in Klamotten von Hanna zu schlüpfen? Sie wäre dann von ihrem Duft umgeben. Der Gedanke daran, dass dieser Stoff schon Hannas Haut berührt hatte, ließ ihr die Härchen auf den Armen zu Berge stehen.

»Robin?«

Robins Blick wurde wieder klar. »Ja, vielen Dank.« Sie nahm die Sachen entgegen und verließ mit weichen Knien den Raum.

Hanna schaute Robin hinterher. Die Vorstellung, dass sie sich in ihrem Wohnzimmer auszog, ließ ihr Blut schneller fließen. Sie hatte in der schwarzen Stoffhose und der türkisen Bluse fantastisch ausgesehen, doch das darunter würde ihr mit Sicherheit auch gefallen. *Na, das klappt ja prima. Du wolltest dir beweisen, dass du sie einfach nur magst. Sie ist keine fünf Minuten hier und schon hast du solche Fantasien. Außerdem solltest du dich beeilen, sie wird nicht lange weg sein.*

Hanna ließ den Blick zu den Hunden schweifen und konzentrierte sich auf die nächsten Schritte. Sie griff in die Küchenschublade und zog ein Plastiktütchen heraus, anschließend machte sie einen Schritt in Richtung Heizung. Sie strich Paula über den Rücken. Bevor sie einige der Haare in die Tüte beförderte, blickte sie Richtung Wohnzimmer und lauschte. Keine Schritte. Hastig schrieb sie den Namen des Havanesers auf die Hülle, dann versteckte sie die Tüte ganz hinten in der Schublade unter einem alten Aschenbecher. Sie zog ihr Handy aus der Hosentasche und machte mehrere Fotos von den Hunden.

Mit fahrigen Bewegungen stemmte sie die Einkaufstüte auf die Arbeitsplatte und stellte einiges in den Kühlschrank. Die Lebensmittel für das Gericht legte sie auf den Tisch.

Jack stupste sie mit der Nase an. »Für euch habe ich auch etwas.« Sie nahm eine Dose aus dem Schrank, holte drei Schüsselchen und füllte diese. Dann stellte sie zusätzlich einen Napf mit Wasser dazu und beobachtete die Hunde beim Fressen.

Robin betrat den Raum. »Ach, vielen Dank, dass du die Hunde fütterst.« Sie betrachtete die Sachen auf dem Tisch.

Hanna legte das Rezept in die Mitte. »Ich mache die Curry-Paste, du schneidest das Gemüse?«

»Ja, gern.«

Hanna drehte sich zum Schrank, nahm ein Brettchen heraus sowie ein Messer aus der Schublade und reichte es Robin. Ihre Finger berührten sich. Robin sah zu Boden, Hanna zog ihre Hand schnell weg.

Robin las sich das Rezept für das Curry durch, nahm sechs Tomaten, ging zur Spüle, wusch sie ab und ging zurück zum Tisch. Hanna stand mitten im Raum und beobachtete sie. Ihr gefiel es, wenn Robin in ihrer Nähe war. Sie studierte gern ihre interessanten Gesichtszüge, beobachtete ihre Bewegungen, und auch wenn sie es sich nur schwer eingestehen konnte, sie genoss die Reaktionen ihres Körpers auf Robins zufällige Berührungen.

»Alles okay?« Robin schien sie schon länger anzusehen.

»Ich denke bloß nach. Sollten wir für das Treffen mit deinen Eltern irgendetwas genauer besprechen?«

Robin überlegte. »Vielleicht, wo wir uns kennengelernt haben.«

Hanna nahm einige Gewürze und einen Mörser aus dem Schrank, sah wieder zu Robin und sagte: »Na, im Krankenhaus.«

Robin schien blass zu werden. »Meine Eltern würden bestimmt Nachfragen zu dem Tag stellen und sie wissen wenig über mein Hobby.«

»Wieso? Das ist doch sehr interessant.«

»Könnten wir nicht sagen, es war in der Disco und den Unfall nicht erwähnen.«

»Ich gehe nie in die Disco.« Hanna setzte sich, überflog das Rezept, dann beugte sie sich zu Robin und sagte: »Es war im Krankenhaus. Es reicht doch schon, dass die Sache mit unserer *Beziehung* eine Lüge ist.«

»Du hast vermutlich recht«, sagte Robin und seufzte.

»Wieso hast du sie überhaupt angelogen?«

Robin hörte mit dem Schneiden auf. »Damit sie beruhigt sind. Manchmal muss man lügen, damit es anderen mit einem gut geht.«

»Aber es ist nicht die Wahrheit über einen selbst. Ich glaube nicht, dass einen das glücklich machen kann.« Robin verzog keine Miene, sondern zuckte nur mit den Schultern. »Hast du etwa noch nie gelogen?«

Hannas Magen zog sich zusammen. »Doch, natürlich, aber stolz bin ich nicht drauf.« Sie füllte die Gewürze in den Mörser und begann, sie sanft zu zerstoßen. In der Küche roch es nun nach Fenchel und Kreuzkümmel.

Robin nahm die Paprika und ging zum Spülbecken. Hastig stand Hanna auf und legte ihr eine Hand auf die Schulter. »Entschuldige, ich wollte dich nicht kränken. Letztendlich geht es mich nichts an, wie du mit deinen Eltern umgehst und wem du was erzählst.«

Robin drehte sich um.

Sie standen sich ganz nah gegenüber. Robin nahm ihre Hand und drückte sie kurz. »Schon okay. Manchmal geht es im Leben halt nicht anders.« Robin hielt ihrem Blick einige Wimpernschläge lang stand, dann ging sie an ihr vorbei und verarbeitete die Paprika zu kleinen Stücken.

Hanna setzte sich ebenfalls wieder hin. Sie schwiegen. Als Hanna eine Bewegung in ihre Richtung wahrnahm, sah sie zu Robin. Diese hatte den Kopf etwas schief gelegt und hielt ihr ein Stück Paprika entgegen. Sie beugte sich zu ihr und sagte: »Probier mal, die sind vom besten Markt dieser Stadt.«

Hanna ging ebenfalls etwas nach vorne, nahm das Stück zwischen ihre Lippen, streifte Robins Fingerkuppen und stibitzte die Paprika. »Sehr lecker.« Die Stellen ihres Mundes, die Robins Finger berührt hatten, glühten. Hanna schluckte und holte sich ebenfalls ein Messer und ein Brettchen. »Ich helfe dir beim Schneiden. Kannst du gleich das Curry kochen? Ich müsste noch duschen. Ich hab tatsächlich den Vormittag verschlafen.« *Weil ich aufgeregt gewesen und erst in den Morgenstunden richtig eingeschlafen bin,* fügte sie in Gedanken dazu.

»Kein Problem«, sagte Robin.

Als die Zutaten komplett vorbereitet waren, holte Hanna ihre Abendgarderobe aus dem Schlafzimmer, ging ins Bad und schloss die Tür.

Robin ließ sich gegen die Stuhllehne sinken. Es würde nicht mehr lange gut gehen, wenn sie doch immer wieder log und sich in solche Situationen wie diese manövrierte. Hanna fragte genau nach und es reichte kaum noch, ihr befriedigende Antworten zu geben, wenn Robin weiterhin so wenig von sich preisgab. Zudem wurden die Gespräche tiefer und der Vorsatz, Hanna nicht auch anzulügen, würde auf Dauer nicht durchsetzbar sein. Inzwischen schien Hanna überzeugt von jeder von Robins Erzählungen, doch sie erinnerte sich an ihre anfängliche Skepsis. Was, wenn diese durch solche Diskussionen wie eben wieder verstärkt wurde? Dann würde sie vielleicht wieder beginnen nachzuforschen. Das Gute war, wenn sie diesen Abend vernünftig über die Bühne brachte, hatte sie Ruhe vor ihren Eltern. Das würde ihr etwas Zeit verschaffen, nach Lösungen für ihre Wohnsituation zu suchen. Und was war mit Hanna?

Robins Magen zog sich zusammen. Ohne ihre Informationen über die Maßnahmen des Instituts und der Polizei würde es in der Stadt bald sehr gefährlich für sie werden. Vielleicht konnte sie Hanna heute Abend und in den kommenden Tagen noch etwas aus der Reserve locken. Wenn sie dann die Angaben hatte, die sie brauchte, würde sie den Kontakt zu ihr abbrechen. Robin stand auf und merkte, dass ihr dieser letzte Gedanke mit einem Schlag die komplette Energie entzogen hatte. Ihr wurde schwindelig. Würde sie das wirklich hinbekommen, sich nicht mehr bei Hanna zu melden und es in Kauf zu nehmen, sie nie mehr wiederzusehen?

Robin setzte sich. Ihr Herz trommelte einen Protestrhythmus, der ihr den Atem raubte. Ihr Brustkorb krampfte sich unangenehm zusammen. *Meine Güte, Robin, jetzt reiß dich zusammen. Du wirst sie schon vergessen können und bis dahin genießt du euer Zusammensein.*

Was der Verstand in Worte fasste, setzte ihr Körper nicht um. Robin griff fahrig nach dem Glas, doch es war zu schwer, um es hochzuheben. Die Geräusche der Dusche verstummten. *Steh auf. Hanna wird es sicher komisch finden, wenn du nicht mit dem Kochen weitermachst.*

Robin nahm den Zettel mit zittrigen Händen, ging zum Herd, legte das Rezept auf die Arbeitsplatte und gab die Zutaten, wie vorgeschrieben, in den Topf. Als alles köchelte, ging sie ins Wohnzimmer und begann sich umzuziehen.

Es klingelte. Fünfzehn Minuten vor der verabredeten Uhrzeit.

Jack hechtete zur Tür. Hanna sah Robin an, sie zuckte mit den Schultern. »Vielleicht hoffen sie, uns nun mit hochroten Gesichtern anzutreffen, weil sie uns beim Knutschen erwischt haben.«

Hanna stand auf. »Sollen wir noch schnell? Ich will deine Eltern ja nicht enttäuschen.«

»Na gut, wenn es sein muss.« Robin erhob sich, blieb vor Hanna stehen und spitzte die Lippen.

Hanna streckte ihr die Zunge raus und schlug sie sanft gegen die Schulter.

»Ey, du wolltest doch.«

»Könntest du dich jetzt bitte konzentrieren.«

Hanna betätigte den Summer und öffnete die Wohnungstür. Robin folgte ihr.

Ihre Mutter und ihr Vater kamen mit schnellen Schritten die Treppe hoch.

»'N Abend«, trällerte Caroline ihnen entgegen. Als sie oben angekommen waren, machten Hanna und Robin ihnen Platz im Flur. Ihre Mutter breitete die Arme aus und drückte Hanna sofort an sich. »Ich bin die Caroline. Wir duzen uns doch?«

»Hanna«, sagte sie, drehte den Kopf zur Seite und schenkte Robin ein verzerrtes Lächeln.

Während ihre Mutter dachte, der Körperkontakt sei bei der Begegnung mit lesbischen Frauen, auch mit völlig fremden lesbischen Frauen, ganz normal und besonders wichtig, schien ihr Vater sich vorzustellen, er habe anstatt Hanna einen jungen Mann mit breiten Schultern vor sich, dem er besonders männlich gegenübertreten müsse. Er schüttelte Hanna die Hand und klopfte ihr auf die Schulter. »Uwe.«

Hanna nickte.

Auch Robin wurde von ihren Eltern begrüßt, wobei Caroline es sich nicht nehmen ließ, ihren Blick von Robins Schuh- bis hin zu den Haarspitzen wandern zu lassen.

Hanna nahm den beiden die Mäntel ab und hängte diese auf. »Bitte, geht vor in die Küche.«

Ihre Eltern hatten sich besonders schick gemacht, ihre Mutter hatte ein seidenes, dunkelblaues Kleid gewählt, ihr Vater eine feine, graue Stoffhose und ein weißes Hemd. So etwas trugen sie nicht mal zu Robins Geburtstagsessen.

Die beiden setzten sich nebeneinander an die rechte Seite des Küchentisches. Caroline streckte Hanna das Päckchen entgegen: »Für dich.«

Hanna lächelte. »Vielen Dank.«

Robin setzte sich ihrem Vater gegenüber und betrachtete Hanna, während sie das Geschenk auswickelte. Ein Holzstock mit einem weichen Knäuel kam zum Vorschein. »Ähm, das ist hübsch. Etwas für den Haushalt?«

»Fürs Bett.«

Innerlich sah Robin sich dabei zu, wie sie aufstand, sich vor ihre Mutter stellte und applaudierte.

»Eine Anti-Schnarch-Klatsche. Ich weiß doch, wie fürchterlich meine Tochter schnarcht, das hat sie von ihrem Vater.«

Hanna hob die Augenbrauen.

Auch das war ein interessanter Zug an ihrer Mutter. Weil Robin auf Frauen stand, dachte sie wohl, sie könne ungeniert über intime Details reden, da sie in dem Glauben war, man mache das unter Lesben so. Ob ihre Mutter heimlich Lesben-Serien im Internet schaute, um sie besser zu verstehen?

Robin streckte einen Arm aus und nahm Hanna das kochlöffelähnliche Teil ab. »Toll, endlich können wir beide durchschlafen, denn eigentlich schnarcht Balu am lautesten von uns.«

»So ist es«, sagte Hanna und zwinkerte.

Unwillkürlich kamen die Erinnerungen an die Situation zurück, in der Robin Scherze über Balus Schnarchen gemacht hatte und sie sich daraufhin geküsst hatten.

Robin legte das Ding unter ihren Stuhl, in der Hoffnung, einer der Hunde würde es kaputtreißen.

Hanna wandte sich den Gästen zu. »Was möchtet ihr trinken? Ich habe Bier, Wein, Wasser, Tee und Kaffee.«

Uwe nahm ein Bier, Caroline ein Wasser. Hanna schaltete den Topf mit dem Reis an und setzte sich neben Robin.

Caroline sah sich um. »Hübsch hast du es hier.«

»Danke. Wo wohnt ihr denn?«

»In einer Eigentumswohnung im Westen, in der Nähe des Stadtwaldes. Allerdings erst, seit Uwe ebenfalls in Frührente ist.« Ihr Vater zuckte mit den Schultern. »Die Gelenke. Schlechte Gene. Da kann man nichts machen.«

Robin sah ihren Vater mitfühlend an. Sie wusste, dass er in der Jugend ein wilder Kerl gewesen war und sich mit seinem Mountainbike von Waldhängen hinunter gestürzt hatte und durch dschungelähnliche Täler gepflügt war. Von seinen zweihundertsechs Knochen war ungefähr die Hälfte schon mal gebrochen gewesen. Es war erstaunlich, wie viel sie über ihren Vater wusste und wie wenig er dafür von ihr. Die Erkenntnis traf sie mit einem Mal hart in den Magen. Während Hanna unbefangen aus ihrem Leben plaudern konnte, würden Robins Eltern von ihrer Tochter an diesem Abend wieder mal nur wenig erfahren.

Ihre Mutter riss Robin aus ihren Gedanken: »Ich war etwas überrascht, als Robin mir von eurer Beziehung erzählte, wie lange kennt ihr euch denn schon?«

Robin bemerkte, dass Hanna zögerte. Schnell kam sie ihr zur Hilfe: »Fang du doch bitte an, wie lange kennt ihr euch schon?« Robin klimperte übertrieben mit ihren Wimpern.

Caroline nahm einen Schluck von ihrem Wasser. »Sei nicht so frech. Du hast ja nichts erzählt, da wird man doch fragen dürfen.«

Uwe beugte sich über den Tisch in ihre Richtung: »Es sind 54 Jahre, sechsundvierzig Tage, drei Stunden und …«, er sah auf seine Armbanduhr, »… acht Minuten. Es wird leider schwer für euch, das zu toppen.«

Robin lächelte.

»Also verliebt haben wir uns vor drei Wochen, das Kennenlernen fängt ja gerade erst richtig an. Ich weiß bisher sehr wenig von Robin«, sagte Hanna.

Ihre Mutter lachte auf. »Da geht es dir wie uns.«

Robin seufzte. »Mein Leben ist ja auch total langweilig. Im Gegensatz zu Hannas.«

»Was machst du denn beruflich?«, fragte Uwe.

Robin stand auf, rührte den Reis um und stellte die Platte mit dem Curry-Topf auf kleinster Stufe an.

»Danke«, sagte Hanna zu ihr, dann wandte sie sich Uwe zu. »Ich arbeite in der Kriminaltechnik, ich bin Spurensucherin, wenn euch das mehr sagt, und arbeite als Wissenschaftlerin in dem Kriminaltechnischen Institut, das neu gebaut wurde. Vielleicht habt ihr davon gehört?«

Uwe nickte. »Ich habe davon gelesen. Bekannter Architekt.«

Robin nutzte die entstandene Chance. »Ich bin mittlerweile auch sehr neugierig auf deinen Arbeitsplatz. Du könntest mich ja mal mitnehmen.«

Hanna drehte den Kopf zu ihr. »Klar, ich könnte dich durch alle Fachabteilungen führen und deinen Namen in die Datenbank eingeben. Ob sie mir wohl etwas über dich verraten würde?«

Robin lachte auf. In ihrem Hals bildete sich ein Kloß.

Ihre Mutter winkte ab. »Meiner Tochter würdet ihr nichts nachweisen können, sie wäre viel zu klug, sich bei irgendetwas erwischen zu lassen.«

»Ach?« Hanna beugte sich etwas vor. »Wie kommst du zu der Annahme?«

»Sie war die Beste in ihrem Jahrgang in Geschichte und Mathe. *Außerordentliche Kombinationsfähigkeit* sagten die Lehrer immer. Sie hätte ein Stipendium bekommen können.« Caroline drehte sich zu ihr. »Leider hast du ja nie mehr daraus gemacht. Hast dich stattdessen bei Knochenjobs mit dubiosen Gestalten umgeben.«

Mittlerweile wünschte sich Robin, ihre Mutter würde wieder Andeutungen zu ihrem Intimleben machen, statt diese alten Geschichten hervorzukramen. Sie setzte sich und konterte: »Ich bin eine erfolgreiche Hotdog-Verkäuferin. Meine Kunden lieben mein Essen. Paps übrigens auch. Ich beschere ihnen ein paar glückliche Momente am Tag. Ich denke, dass ich das Gleiche nicht als Geschichtsprofessorin geschafft hätte.«

Hanna legte ihr die Hand auf den Arm. Die Wärme der Berührung durchdrang Robin. »Letztendlich sollte doch jeder das machen, womit es ihm gutgeht, außer, er handelt gegen das Gesetz.« Hanna zog die Hand wieder weg und sah Robin direkt in die Augen.

Robin griff nach ihrem Glas. Doch ihre Finger gehorchten nicht. Sie waren von der Berührung lahmgelegt worden.

Hanna fuhr fort: »Ich hätte nach meinem Studium in die Forschung gehen können, doch meine Zeit als Polizistin hat mich sehr geprägt, ich wollte wieder helfen, für Gerechtigkeit zu sorgen. Vor allem wollte ich etwas für die Gesellschaft tun.«

»Es ist gut, dass es Menschen wie dich gibt«, sagte Caroline.

Robin warf Hanna einen Blick zu. »Ich sorge für glückliche Mägen, du für ruhige Straßen. In einer ausgewogenen Gesellschaft sollte es viele Formen der Teilhabe geben. Aber es ist nun mal leider nicht jeder Mensch gut.«

»Aber es wäre schön, wenn alle es versuchen würden.«

»Ich denke, viele versuchen es, und zwar auf ihre eigene Weise, nicht jeder muss deswegen so einen Weg wie du einschlagen.«

Robin stand auf, probierte den Reis, hob den Deckel vom Curry hoch und kostete es ebenfalls. »Wir können gleich essen.«

Hanna erhob sich. Sie stellte sich hinter Robin, griff über ihre Schulter, um den Schrank zu öffnen, und berührte mit einer Hand ihre Taille.

Robin sah zur Seite. Hanna lächelte ihr besänftigend zu. Sie nahmen Teller und Topfuntersetzer aus dem Schrank und stellten sie auf den Tisch. Hanna goss die Gläser wieder voll und gab Uwe ein weiteres Bier. Robin beförderte die Töpfe auf die Untersetzer und tat jedem auf, dann setzten sie sich. Robin hob ihr Glas. »Auf uns, so wie wir sind.«

Auch Hanna prostete allen zu, dann beugte sie sich zu Robin und gab ihr einen Kuss auf die Wange.

Caroline kicherte. Uwe nahm einen großen Schluck Bier. Und Robin starrte Hanna an.

Ach ja, sie waren zusammen, da gab man sich Küsse. Sie gab Hanna ebenfalls einen Kuss auf die Wange und sagte: »Guten Appetit.«

Ihre Wange brannte. Ihre Lippen kribbelten. Ihr Magen hatte sich zusammengezogen. Die köstlichen Dämpfe des Essens stiegen ihr in die Nase, doch Robin befürchtete, dass sie keinen Bissen hinunter bekommen würde. Sie sah im Augenwinkel, dass Hanna ebenfalls nur sehr zögerlich aß.

»Ihr scheint nicht sehr überzeugt von euren eigenen Kochkünsten. Mir schmeckt es jedenfalls«, sagte ihre Mutter.

Ihr Vater nickte zustimmend.

Nun schaute Hanna auf Robins Teller und zuckte mit den Schultern. »Wir haben wohl vorhin zu viel genascht.«

Robin dachte daran, wie Hanna mit den Lippen ihre Fingerspitzen gestreift hatte; ihre Wangen wurden warm. Caroline stieß Uwe mit dem Ellbogen an, deutete mit der Gabel auf sie und lachte verschmitzt.

Carolines Fantasie schien es sehr gut zu gehen. Für Robins Appetit bedeutete es eine weitere Bremse.

»Was machen deine Eltern, wenn ich fragen darf?«, sagte Uwe an Hanna gewandt.

Hanna legte die Gabel zur Seite, anscheinend froh, erst mal nicht weiteressen zu müssen. »Sie haben sich getrennt, als ich fünfzehn geworden war. Ihre Vorstellungen vom Leben im Alter passten nicht mehr zusammen. Die Eltern meiner Mutter kamen ursprünglich aus der Schweiz, zogen aus beruflichen Gründen aber mit ihr nach Deutschland, als sie ganz klein war. Sie hat die Region immer geliebt, wir waren jeden Sommer dort und es fiel ihr jedes Mal schwerer, wieder nach Deutschland zurückzukehren. Wibke ist gelernte Maßschneiderin, hat aber viele Jahre in einer Textilfabrik am Fließband gearbeitet. Jetzt lebt sie wieder in der Schweiz und ist selbstständig. Ich blieb damals mit meinem Vater in Deutschland, bis ich dann wegen der Ausbildung mit achtzehn auszog. Roland ist Forscher und arbeitet an einem Institut für Fallstudien in Frankfurt. Ich habe zu beiden viel Kontakt, wir besuchen uns alle paar Wochenenden.«

Robin wurde bewusst, dass sie Hanna die ganze Zeit angesehen hatte. Ihre Blicke trafen sich. Robin lächelte. *Erzähl weiter, hätte sie am liebsten gesagt. Komm mit mir auf die Couch und erzähl mir die ganze Nacht von dir.* Mit glühenden Wangen wandte sie sich von ihr ab und schob sich eine Gabel des kalt gewordenen Essens in den Mund.

»Du warst also erst bei der Polizei und hast dann noch mal studiert?«, fragte ihr Vater.

»Ja, ich wollte unbedingt Kriminaltechnikerin werden. Um sich dafür zu bewerben, muss man viele Jahre als Streifenpolizistin gearbeitet haben. Ich versuchte dann den Weg über das Biologie- und Physikstudium.« Hannas Stimme war etwas leiser geworden.

Robins Arm durchfuhr ein leichtes Zucken. *Mach schon. Gib dir einen Ruck.* Robin schob die Hand über den Tisch, auf Hannas Handrücken und streichelte kurz darüber. Hanna lächelte ihr zu.

Der Rest des Abends verging zum Glück schnell. Während sie Espressi tranken, vermieden es Robin und Hanna, sich anzusehen, geschweige denn, sich erneut zu berühren. Es folgten Gespräche über die indische Küche, Smoothies und die Wahlen in den Vereinigten Staaten. Als Uwe sein viertes Bier orderte, sagte Caroline, es sei nun wirklich Zeit zu gehen, weil die Kinder jetzt sicher Zeit für sich haben wollten.

Im Flur umarmte ihre Mutter sie fest und flüsterte: »Bei so einer Frau hätte ich mich vielleicht nicht für deinen Vater entschieden.« Sie kicherte, dann sagte sie lauter: »Robin, melde dich, wenn du Hilfe beim Renovieren brauchst, wir sind für dich da.« Dann drückte sie Hanna, länger als Robin, und bedankte sich für den schönen Abend.

Als endlich die Tür hinter den beiden ins Schloss fiel, atmete Robin hörbar aus.

»Du renovierst?«, fragte Hanna.

Robin winkte ab. »Sie übertreibt, ich …« Sie würde Hanna gleich anlügen, wenn sie den Satz wirklich vollenden wollte. »Ich hab es erfunden. Meine Wohnung hat doch Migräne. Mir war es zu peinlich, ihr das zu sagen. Man, du musst denken, dass ich ständig flunkere.«

»Und, tust du es?«

Hitze stieg in Robins Gesicht.

Doch Hanna ergänzte: »Tut mir leid. Der Abend war etwas anstrengend.«

Robin rieb sich über den Nacken. »Vielen Dank für deine Hilfe.«

»Magst du dann am Dienstag vorbeikommen?«

Robin schaute zu ihr. »Was meinst du?«

»Na, zum Institut. Du wolltest doch meinen Arbeitsplatz sehen. Den müsste ich allerdings morgen erst ein wenig aufräumen und ein paar Formalitäten klären. Ich könnte dich um sieben Uhr vor dem Eingang abholen und dich durch das Gebäude führen.«

»Okay. Ich bin da. Soll ich dir noch in der Küche helfen?«

Hanna winkte ab. »Das geht schon.«

Bitte, frag, ob ich bleibe.

Hanna schwieg.

Robin öffnete kurz den Mund, doch ihr fiel nichts mehr ein, womit sie ihr Bleiben begründen könnte. Sie pfiff nach den Hunden. »Na dann.« Sie nahm ihren Mantel und die Leinen.

Hanna ging auf sie zu und umarmte sie, löste sich aber abrupt.

»Bis übermorgen«, sagte Robin und eilte mit den Hunden durch das Treppenhaus nach draußen. Unten angekommen, lehnte sie sich gegen die Häuserwand. Ihr Herz raste. Sie konnte nicht wieder hochgehen. Doch nach Hause konnte sie in diesem Zustand auch nicht. In ihrem Inneren tobte ein Sturm aus Gefühlen.

Als ihre Station aufgerufen wurde, blieb Robin in der U-Bahn sitzen und stieg stattdessen am Sternenmarkt aus. Carlas Café war nur zwei Seitenstraßen von dem Platz entfernt, doch sie konnte jetzt dort nicht vorbeigehen und mit ihr reden. Das, was sie ihr zu sagen hatte, musste sie aufschreiben, nur so hatte sie die Chance, ihre Gedanken etwas zu ordnen.

Robin eilte die Treppen hoch. Draußen angekommen, orientierte sie sich und hielt Ausschau nach dem Café mit der Regenbogenflagge, das sie bei einem ihrer Spaziergänge in der Gegend zufällig gesehen hatte. Sie lief in die Richtung, in der sie es vermutete. Nach einigen Minuten entdeckte sie die Fahne in einem der hell erleuchteten Fenster.

Als sie die Tür aufstieß, drang ihr leise Musik und Stimmengewirr entgegen; ein paar Köpfe drehten sich zu ihr. Doch sie suchte keinen

Augenkontakt. Sie schlängelte sich zur Bar durch. Der Kellner mit dem eng sitzenden Hemd sah sie mit sanftem Blick an.

»Hi. Was willst du trinken?«

»Hey. Einen Whisky bitte, einen Glen Grant, wenn ihr habt. Ist es okay, dass ich die Hunde mithabe?«

»Klar.«

»Und ich bräuchte einen großen Zettel und einen Stift.«

»Hab ich da.« Er drehte sich um, öffnete eine Schublade unter der Kasse und zog einen Kugelschreiber und Papier hervor. Er wandte sich ihr wieder zu, legte die Sachen vor ihr auf den Tresen, goss den Whisky ein und stellte ihn vor Robin. Sie gab ihm zehn Euro. »Vielen Dank. Stimmt so.«

»Die Firma dankt ebenfalls.«

Robin steckte die Sachen in die Tasche, nahm das Glas, drehte sich um und ließ den Blick durch den Raum schweifen. In der rechten Ecke gab es einen Billardtisch, auf der linken Seite standen abwechselnd große, eckige und kleine, runde Tische, am Fenster war noch einer frei.

Sie ging eilig darauf zu und vermied es, jemanden anzusehen. Die Hunde ließen sich unter dem Tisch nieder. »Nur eine Weile ihr drei«, flüsterte Robin. Sie stellte das Glas ab, zog ihren Mantel aus, legte Stift und Zettel vor sich, setzte sich, ließ sich nach hinten sinken und nahm einen Schluck Whisky. Die ölige Flüssigkeit rann angenehm weich ihre Kehle hinunter, der Alkohol wärmte ihren Hals.

Sie verhakte ihre Finger, streckte ihre Arme einmal durch, nahm den Stift und begann zu schreiben.

Liebe Carla,

es tut mir sehr leid, dass ich abgehauen bin.
Doch mir wurde plötzlich bewusst, dass wir nicht mehr
zusammenfinden werden. Ich habe unsere Zeit sehr genossen. Du
warst mein einziger Anker in meinem chaotischen Alltag. Die Tage

bei dir gaben mir Ruhe und Kraft. Der Sex mit dir war wunderschön. All das habe ich geliebt und in dich war ich verguckt, wegen deiner unglaublichen Stärke und Schönheit. Irgendwann hätte ich mich vermutlich in dich verliebt. Doch ich kann mein Leben nicht ändern und wir stünden immer wieder vor den gleichen Problemen.

Du hast gesagt, du hättest die Wahrheit verdient, doch ich möchte niemandem, den ich so schätze und mag wie dich, die Wahrheit über mich aufbürden.

Robin

Robin legte den Stift weg und schüttelte ihre Hand aus. Sie betrachtete das Blatt, die Buchstaben hatten Zacken beim Schreiben bekommen, die Worte sahen aus wie Wellen, waren mal groß, dann wieder kleiner. Ihre Finger bebten. Eine bessere Version würde sie nicht hinbekommen.

Sie trank das Glas in einem Zug leer und faltete den Brief zusammen. Dann zog sie ihren Mantel an, nahm ihre Tasche, weckte die Hunde und machte sich auf den Weg zu Carlas Café, um den Brief einzuwerfen. Der merkwürdige Druck auf ihrem Brustkorb war verschwunden. Jetzt, wo sie die Worte an Carla niedergeschrieben hatte, ging es ihr besser.

Sie blieb vor dem Schaufenster stehen, die Laternen warfen einen schwachen Schein in das Innere, die bunten Stühle sahen aus wie Herbstlaub auf einem Waldweg. Robin ging nah an die Scheibe und schaute ein letztes Mal auf ihren Lieblingsplatz neben dem Tresen.

An der Tür bückte sie sich und schob den Brief durch den Spalt. Mit einem *Klack* fiel er auf den Holzboden und die Klappe schlug zu. Sie betrachtete die drei Hunde, Balu fielen fast die Augen zu, sie nahm ihn hoch und machte sich auf den Weg zu ihrer Wohnung.

KAPITEL 11

»Antiquariat Merowingerstraße, Herr Rubenstein, was kann ich für Sie tun?«

»Hanna Winterkorn, Kriminaltechnisches Institut, guten Tag. Ich führe eine Umfrage über Diebstähle im Südviertel durch.«

Hanna hörte ein undeutliches Flüstern und dann: »Entschuldigung, worum geht es genau?«

»Die Befragung soll uns helfen, bestimmte Muster von Kriminellen zu erkennen und unsere zukünftigen Präventionsmaßnahmen zielgerichtet einzusetzen. Viele Einzelhändler bringen Diebstähle nicht zur Anzeige. Ich möchte Sie höflich darauf hinweisen, dass es unter Behinderung der kriminalpolizeilichen Arbeit fällt, wenn Auskünfte diesbezüglich verweigert werden. Hätten Sie jetzt oder später Zeit, ein paar Fragen zu beantworten?«

Der Mann am anderen Ende der Leitung schwieg für einen Moment. »Könnten Sie es um siebzehn Uhr erneut versuchen? Ich habe gerade viel Kundschaft.«

»Natürlich. Vielen Dank und auf Wiederhören.« Hanna legte auf und machte sich eine Notiz.

Schmittke rollte auf seinem Stuhl zur Seite und betrachtete sie. »Sie telefonieren seit heute Morgen ununterbrochen und rufen Läden an, von denen Ihnen keine Anzeigen vorliegen. Ich verstehe das nicht.«

Hanna zog eine Augenbraue hoch. Er fuhr sich über den Bart. »Ihre Ermittlungsmethoden gehen mich natürlich nichts an. Aber Sie sehen verdammt blass aus und ich denke, Sie verschwenden vielleicht Ihre Kräfte für eine Suche an den falschen Stellen.«

»Das ist nett, dass Sie sich Sorgen machen. Aber ich weiß, was ich tue. Ich vermute eine Anzahl von Diebstählen in einem bestimmten Viertel. Es geht genau darum, die Händler ausfindig zu machen, von denen uns noch keine offizielle Anzeige vorliegt. Vielleicht hat sie ein besonderer Grund daran gehindert. Vielleicht haben sie es aber auch einfach unter den Tisch fallen lassen, sie verfälschen damit unsere Statistiken. Ich versuche, diese Lücken zu schließen. Wenn wir aufwendige Präventionsmaßnahmen planen, sollten diese meiner Meinung nach auch dort greifen, wo es am nötigsten ist.«

»Und warum haben Sie ausgerechnet das Südviertel im Visier?«

Hanna starrte auf die historische Karte hinter ihm und ließ ihren Blick über die ehemaligen Grünflächen wandern, von denen sie vermutete, dass Robin sich dort viel mit den Hunden aufgehalten hatte, als es noch erlaubt gewesen war, beziehungsweise bevor sie neu bebaut wurden. »Weil es da eine besondere Dichte von kleinen Läden gibt, die aus Kostengründen nicht viel in Sicherheitstechniken investieren. Sollten sich die Diebstähle dort wirklich häufen, würde ich mich für einen Start der Maßnahmen in diesem Stadtteil einsetzen.«

»Das klingt nach viel Aufwand.«

»Er wird sich lohnen«, sagte Hanna, dann stand sie auf und begann, die Karten von den Wänden abzuhängen. Schmittke sah sie erstaunt an. »Brauchen Sie die nicht mehr?«

»Doch, aber ich bekomme morgen Besuch und so viele Details meiner Arbeit gehen diese Person dann doch nichts an.«

»Sie zeigen jemandem Ihr Büro? Wer mag der Glückliche sein? Ich sollte dann wohl Überstunden machen.«

»Vor allem könnten Sie ein paar der Figuren wegräumen. Ich weiß nicht, ob das Vorkommen von Mittelerde in Form von Spielzeugfiguren auf dem Schreibtisch eines der wichtigsten Angestellten des Landes nicht ein etwas schräges Bild auf unser Institut werfen könnte.«

Hmpf, machte Schmittke und beförderte Supermann und Captain Kirk in eine seiner Schubladen. »Frodo und Merry bleiben.«

Hanna zuckte mit den Schultern. Sie verließ das Büro, ging in die Küche und setzte Wasser auf. Sie brauchte dringend einen Kamillentee. Je näher das Treffen mit Robin rückte, desto nervöser wurde sie. Wegen dem, was sie mit Robin vorhatte oder wegen Robin selbst?

Letzte Nacht hatte sie kaum geschlafen. Der Kuss und die kurzen Berührungen von Robin hatten ein brennendes Gefühl auf ihrer Haut hinterlassen, dass sie selbst abends im Bett noch gespürt hatte. Nach einer unruhigen Stunde, in der sie nur die Wand angestarrt und sich zusammengerissen hatte, ihre Hand nicht zwischen ihre Beine wandern zu lassen, um ihrem Verlangen wenigstens auf diese Art nachzukommen, war sie kalt duschen gegangen und dadurch erst richtig wach geworden.

Hanna ließ erschrocken die Arbeitsplatte los. Sie hatte die Handinnenflächen so fest dagegen gedrückt, dass sie schmerzten. Sie musste sich jetzt auf ihren Plan konzentrieren. Sie war schon weit gekommen und vielleicht wusste sie bald genug über Robin, sodass sie sich endlich nicht mehr so stark zu ihr hingezogen fühlte.

Hätte Robin besser nicht zusagen sollen? Andererseits wäre Hanna das eventuell merkwürdig vorgekommen und sie wäre wieder misstrauisch geworden. Robin ging auf das Institut zu, Hanna wartete bereits auf sie. Sie umarmten sich. Hannas Hände ruhten für einen Augenblick auf ihrem Rücken. Robin nahm den Duft ihrer Haut wahr. Und auch wenn es bereits vor zwei Tagen gewesen war, stieg in ihr sofort das angenehme, erregende Gefühl auf, welches sie nach dem sanften Kuss von Hanna empfunden hatte. Sie hoffte, dass die direkte Konfrontation mit Hannas Arbeitsstelle und der konkreten

Gefahr, die von dieser ausging, ihr turbulentes Innenleben zur Räson rufen würde.

An der Pforte musste Robin ihren Ausweis zeigen und Kontaktdaten hinterlassen, daraufhin bekam sie einen Besucherausweis. In dem Gebäude war es angenehm warm. Während sie zum Treppenhaus gingen, zog Robin den Mantel aus und betrachtete Hannas Gesicht. »Wie geht es dir? Du bist blass.«

Hanna sah sie nicht an, sondern fuhr sich durch das Haar. »Es ist viel zu tun.«

Sie blieben vor einem schmalen, rechteckigen Plan stehen, auf dem die vier Etagen skizziert waren. Ihre Arme berührten sich. Ein Schauer lief über Robins Haut. Sie stand ganz still da und auch Hanna blieb ruhig neben ihr stehen. Während sie mit der anderen Hand auf den Plan deutete, rieb der Stoff ihrer Bluse über den von Robins Shirt.

»Es gibt im Institut vierzehn Fachbereiche. Die Bereiche mit ähnlichen Aufgabenschwerpunkten sind auf den gleichen Etagen zu finden, im hinteren Gebäudeteil die jeweiligen Labore. Hier im Erdgeschoss ist eine Kantine, im Untergeschoss sind einige Lagerräume und Aktenkeller. Mein Fachbereich Biologie, Textil- und Bodenspuren befindet sich mit dem der Schuh-, Reifen- und Handschuhspuren sowie der Dakty auf einer Etage.«

Robin schaute nicht auf den Plan. Sie betrachtete Hannas Lippen, wie sie sich leicht öffneten und wieder schlossen, und beobachtete, wie die Fältchen um ihren Mund sich veränderten.

Eine Seitentür ging auf, erschreckt sah Robin zur Seite. Ein großer Mann ging an ihnen vorbei und wünschte einen guten Abend.

»Schönen Feierabend«, erwiderte Hanna.

Robin schaute ihm hinterher. »Sind diese Arbeitszeiten hier üblich?« Ihr wurde bewusst, dass Hanna vermutlich sehr viel arbeitete und kaum Freizeit zu haben schien. Ein Kloß bildete sich in ihrem Hals, sie wünschte sich für diese interessante, fröhliche Frau eine schönere Art, ihre Zeit zu verbringen.

Hanna unterbrach ihren Gedankengang. »Es gibt Phasen, da ist für jeden mal mehr zu tun, zum Beispiel, wenn Gutachten für Gerichtsverhandlungen vorbereitet werden müssen. Seit den vielen Umstrukturierungen im Institut machen auch einige Kollegen Überstunden, damit sie das Pensum bewältigen können. Wenn sich die Abläufe demnächst gefestigt haben, wird das bestimmt wieder abnehmen.«

Das Wort *Gerichtsverhandlung* hallte unangenehm in Robin nach. Sie stellte keine weiteren Fragen.

Sie gingen durch das Treppenhaus in die erste Etage. Robin folgte Hanna durch eine Tür, die sich nur öffnete, weil Hanna ihren Ausweis durch ein Gerät neben dem Rahmen zog. Vor Robin erstreckte sich ein geschwungener Flur, der auf der einen Seite komplett verglast war und das tiefdunkle Blau des Abendhimmels hineinließ, welches sich in länglichen Schatten auf dem polierten Holzboden spiegelte. Zahlreiche Türen waren in den kleinen Biegungen zu sehen. »Interessante Kurven«, sagte Robin und bemerkte, dass sie nicht mehr den Flur hinab sah, sondern ihr Blick auf Hannas Po in der eleganten Stoffhose ruhte.

Hanna schaute zum Glück nicht zur Seite. »Ja, in diesem Gebäude ist kaum etwas eckig, der Architekt meint, das fördere das Denken.« Sie gingen ein paar Meter und erreichten Hannas Büro. Sie schloss auf, öffnete die Tür und bat Robin einzutreten.

Robin lief durch den Raum, legte ihren Mantel auf den Stuhl und stellte sich ans Fenster. Hanna folgte ihr langsam.

»Vielleicht ist die Aussicht an einem Arbeitsplatz das Wichtigste. Deine ist wirklich schön. Ist das ein Park da drüben?«

Hanna stellte sich nah hinter Robin. Ihr schlanker, langer Nacken kam in ihr Sichtfeld. Hanna betrachtete den Ansatz ihrer Wirbelsäule, bevor dieser unter dem Shirt verschwand. Sie bräuchte nur die Hand heben, um die feinen Erhebungen zu berühren, das Zucken durchfuhr bereits ihre Finger, mit einem Ruck riss sie sich von dem Anblick los und schaute nach draußen. *Trotz der Dinge, die du heute Nachmittag über Robin erfahren hast, zieht es dich immer noch zu ihr hin? Reiß dich gefälligst zusammen.* Doch ihr Körper reagierte nicht auf ihre mahnenden Gedanken. Sie wollte nur eins: Robin so nah wie möglich sein.

»Es ist ein recht großer Park mit einem See in der Mitte, aber ich hatte bisher keine Zeit, ihn mir genauer anzuschauen. Hast du schon mal in einem Büro wie diesem gearbeitet?«

Robin drehte leicht den Kopf. »Nein und ich glaube, ich könnte es auch nicht. Du weißt ja, ich muss immer unterwegs sein. Steck mich eine Zeit lang in einen Raum und ich würde wohl durchdrehen. Bei mir scheint die Evolution nicht ganz angekommen zu sein. Ich könnte wohl besser auf einem Baum leben.«

Hanna lachte. Ihr Blick fiel erneut auf Robins sichtbare nackte Haut, wanderte über ihre Schulter zu dem Ansatz ihres Dekolletés und ihres Schlüsselbeins, hinauf zu ihren Wangenknochen und den Lippen. Schnell machte Hanna ein paar Schritte zur Seite. »Also, hier verbringe ich die meiste Zeit des Tages.«

Robin drehte sich ganz zu ihr um. »Wie geht es dir momentan mit der Arbeit? Kommt ihr mit den Planungen für die Präventionsmaßnahmen voran? Das Projekt klingt wirklich spannend und sinnvoll, aber auch sehr aufwendig.«

Hanna nickte. »Die Chancen für das Südviertel stehen nicht schlecht.« Sie beobachtete Robins Mimik, doch diese blieb unbewegt.

»Wohne ich in einer so gefährlichen Gegend?«

»Keine Sorge, es gibt dort durchschnittlich so viele Diebstähle wie in den meisten anderen Vierteln der Stadt. Ich denke bloß, die zahlreichen kleinen Läden brauchen für den Schutz ihrer Waren vorrangig mehr Beratung und Unterstützung durch die Polizei sowie die zusätzliche Aufmerksamkeit von wachsameren Kunden. Diese können wir hoffentlich mit einer Plakat-Kampagne oder Ähnlichem erreichen. Es sollen wohl auch verschiedene Präsenzkonzepte der Polizei ausprobiert werden.«

»Wozu?«

»Es geht um den direkten Austausch vor Ort. Die Polizei wird die Kunden mit Ständen informieren, wie sie durch ihre Aufmerksamkeit Diebstähle verhindern können. Sie wird zudem Begehungen in den Läden anbieten, um Schwachstellen ausfindig zu machen, es sollen neue Ladenkonzepte entstehen. Sobald ein Diebstahl gemeldet wird, werden die Streifenwagenkontrollen in der Gegend verstärkt. Es sind Fördermaßnahmen des Landes geplant, um gerade kleinere Läden mit neuen Sicherheitstechniken auszurüsten, Starterpakete. Sobald sich die positiven Effekte zeigen, hofft das Land, dass die Einzelhändler einen gewissen Obolus in einen Fundus einzahlen. Das Land streckt jetzt sozusagen Geld vor, um damit zukünftig ein Finanzierungskonzept anzustoßen, was allen zugutekommt.«

Robins Miene blieb weiterhin ruhig, vielleicht doch etwas zu starr? Hanna fuhr fort: »Ich würde dir jetzt gerne die Kantine zeigen, dort hängen tolle Werke von deutschen Künstlern. Und zum Abschluss machen wir ein Experiment.«

Robin nickte.

Sie verließen das Zimmer. Im Gebäude war es sehr still geworden. Nur noch aus wenigen Räumen drang ein Lichtstrahl unter dem Türspalt hervor. Robin folgte ihr in das Treppenhaus.

Als die Tür hinter ihnen ins Schloss fiel, flackerte plötzlich vor Hanna eine Szene wie aus einem Film auf. Hanna sah vor ihrem inneren Auge, wie sie Robin packte, sie küsste und sie sich in einer der Ecken die Pullover und Shirts nach oben schoben. Ihr Herzschlag beschleunigte sich. Ihre Schritte schienen langsamer zu werden. Sie müsste sich nur umdrehen. Robin war direkt hinter ihr. Hanna stoppte.

Robin stieß gegen sie.

»Entschuldigung«, sagten sie gleichzeitig.

Den restlichen Weg durch das Treppenhaus nahm Hanna zwei Stufen auf einmal. Die Szene verblasste, doch sie hinterließ eine intensive Erinnerung in Form eines heißen Pulsierens zwischen ihren Beinen.

Jetzt drehst du wirklich ab. Weil du mit einer attraktiven Frau durch ein verlassenes Gebäude spazierst, kommen dir gleich solche Gedanken. Du solltest zukünftig weniger Filme schauen, die deine Fantasie befeuern und dich jetzt vor allem auf deine Idee konzentrieren.

Sie erreichten den breiten Durchgang und betraten kurz darauf die Kantine. Der Raum wurde von der Notbeleuchtung in ein kühles, gelbes Licht getaucht. Sie liefen die beiden Wände mit den Gemälden entlang, Hanna blieb vor ihrem Lieblingsbild stehen. »In der Nähe dieses Bildes sitze ich am häufigsten. Es heißt *Landscape* und ist von Claire Marin, einer Malerin aus Berlin.«

Hanna folgte Robins Blick, der über die beiden Teile des Bildes wanderte. Zunächst über die schwarzen und dunkelblauen Striche im oberen Bereich, danach hinab zu der feurigen Mischung aus Rot und Orange am unteren Rand. »Ein starker Kontrast«, sagte Robin und sah sie an.

Hanna blickte zu Boden. Sollte das eine Anspielung auf sie beide sein? »Ich besitze auch ein Bild von ihr. Es hat den Titel *Seaside* und hängt in meinem Schlafzimmer. Weniger Kontraste, dafür mehr Tiefe.« *Himmel*, stotterte sie etwa?

»Das solltest du mir mal zeigen.« Jetzt war auch Robins Stimme brüchig geworden. Ihre Blicke trafen sich. Hastig schob Robin einen weiteren Satz hinterher: »Gehst du regelmäßig mit jemandem zusammen Mittagessen?«

Hanna gefiel es, dass Robin sich nach ihrem Alltag erkundigte, es klang nach ehrlichem Interesse. Mit einem Mal schämte sie sich für ihr heutiges Vorhaben, doch sie durfte sich diese Chance nicht entgehen lassen.

»Ach, das wechselt, aber ich habe einige Kolleginnen, mit denen ich mich ganz gut verstehe. Meistens nehme ich mir jedoch etwas von zu Hause mit. Ich würde dir jetzt gerne noch eines der Labore und ein besonderes Büro zeigen.«

Sie verließen die Kantine und nahmen diesmal den Aufzug in die erste Etage. Robin schien sie zu betrachteten, ihr Blick huschte über verschiedene Körperstellen. *Das bildest du dir nur ein. Weil du es dir wünschst?*

Der Aufzug stoppte, die Tür ging auf und sie wandten sich nach rechts in Richtung des hinteren Gebäudeteils. Hanna öffnete ein Labor, machte das Licht an und führte Robin an den langen Arbeitsplatten und Regalbrettern vorbei, die mit Gläsern, Schälchen, Dosen und Wattestäben in länglichen Behältern und mit Geräten vollgestellt waren. »Hier arbeite ich viele Stunden in der Woche, hänge über dem Mikroskop oder starre auf Formeln. Jährlich werden vom Institut über zweihundertfünzigtausend Spuren gesammelt und Vergleichsmaterialien überprüft und ausgewertet.«

»Krass«, kommentierte Robin, sie schien sich jedoch unwohl in dem Raum zu fühlen, eilig steuerte sie bereits wieder auf die Tür zu und schenkte den vielen Gegenständen keine weitere Beachtung.

Sie verließen das Labor, Hanna schloss hinter ihnen ab, woraufhin sie dem Gang bis zu einer großen Biegung folgten und an einer weiteren Tür stehen blieben. Hanna öffnete und machte das Licht an.

Suzan hatte anscheinend vorher auch aufgeräumt. Der Schreibtisch, auf dem sonst etliche Notizzettel und Schokoladentafeln keine Sicht auf die Arbeitsfläche freigaben, war nahezu leer. Hanna ging zu dem Rechner, schaltete ihn an und drückte den Knopf des Scangerätes, dessen flacher Bildschirm sich sofort erhellte.

»Meine Kollegin arbeitet in der Dakty. Sie pflegt die Datenbank mit den gesammelten Fingerabdrücken und wertet das Vergleichsmaterial aus. Ich habe eine Sonderberechtigung von ihr bekommen, das Gerät und ihren Rechner zu nutzen. Ich habe ihr nämlich von deinen ungewöhnlichen Papillarleisten vorgeschwärmt.«

»So klingen also Komplimente von Spurensuchern«, erwiderte Robin.

Hanna grinste, ihre Blicke trafen sich. »Du bringst mich oft zum Lachen. Ich mag das.«

Robin blickte verlegen zu Boden und dann zu dem Gerät. »Ich weiß nicht so genau …«

Hanna stieß sie mit dem Ellbogen in die Seite. »Komm, mach mit. Meine Kollegin wäre enttäuscht, wenn sie die Bilder nicht zu Gesicht bekäme. Sie hat eine große Ausnahme für mich gemacht.«

Robin überlegte. Natürlich wollte sie nicht, dass Hanna vor ihrer Kollegin in Erklärungsnot geriet. Zudem hatte sie sich durch ihr loses Mundwerk beim Abendessen selbst in diese Lage gebracht. Und was sollte schon passieren? Sie war immer sehr vorsichtig bei ihren Einsätzen.

Hanna zog einen zweiten Stuhl vor den Scanner, Robin setzte sich neben sie, während Hanna das Passwort eintippte. Es dauerte nur wenige Sekunden, bis sich das Programm öffnete und ein graues Fenster erschien. Hanna zog einen Bogen aus dem Ablagestapel vor sich. »Du musst diese Einwilligung unterschreiben. Meine Kollegin löscht den Datensatz dann morgen wieder und vernichtet das Dokument. Aber es muss eben alles nach Vorschrift ablaufen.«

Robin zog den Zettel zu sich und unterschrieb. Hanna nahm das Formular zurück und legte es auf den Stapel, dann gab sie über dem grauen Fenster Robins Namen ein. Anschließend klickte Hanna auf ein Symbol und eine Liste erschien, aus der sie den Begriff *linker Daumen* auswählte.

Robin zögerte.

Hanna griff nach ihrer Hand.

Die Berührung durchdrang Robin innerhalb von Sekunden und bahnte sich als warme Woge einen Weg durch ihren Körper.

Hanna nahm ihren Daumen zwischen ihre Finger und drehte ihn leicht hin und her. »Du musst die Fingerkuppe von einer Seite zur anderen rollen. Das Gerät zeigt an, ob das Muster ausreichend erfasst wurde.«

Robin nickte. Sie legte den Daumen auf das kleine Fenster, in dem ein rotes Licht aufblinkte. Robin drehte die Fingerkuppe von einer Seite zur anderen. Nach wenigen Augenblicken erschien der Abdruck auf dem Bildschirm. Es tauchte eine Meldung auf:

Abrollen linker Daumen

Ergebnis der Aufnahme

Sequence Check: OK, Finger an der richtigen Position

Hanna drückte auf *Speichern*. Sie wiederholten den Vorgang mit allen Fingern. Hanna öffnete das Bild des linken Zeigefingers und vergrößerte es, dann nahm sie Robins Hand erneut und drehte die Fingerkuppen vorsichtig nach oben.

Angenehm ruhig und sanft lag Robins Hand in ihrer. Robin unterdrückte den Impuls, ihre Finger zwischen Hannas zu schieben.

Hanna kniff die Augen etwas zusammen. »An dieser Fingerkuppe hast du besonders viele Narben. Die Papillarleisten sind von kleinen

Verbindungen durchzogen, sie sehen aus wie Leitern.« Sie fuhr mit ihrer Fingerspitze über das Muster.

Robin fühlte sich, als sei sie an einem warmen Sommertag von einem Regenguss überrascht worden: Die Härchen auf ihren Armen stellten sich auf, eine Gänsehaut brachte ihren Körper zum Kribbeln und ihr Herzklopfen nahm zu. Sie waren sich so nah.

Viel zu nah, Robin!

Vorsichtig zog sie ihre Hand weg und lächelte.

Hanna zeigte auf den Bildschirm: »Die Endungen und Verzweigungen der Linien werden auch Minutien genannt. Bei einem Vergleich mit den gespeicherten Datensätzen von den Tatorten werden die Minutien durch einen speziellen Algorithmus aus den vorhandenen Bildern extrahiert und das System nach Deckungen von gesammelten Fingerabdrücken durchforstet. An einem Fingerabdruck existieren einige Hundert Minutien, zu einer eindeutigen Übereinstimmung und Identifizierung reichen jedoch zwölf davon aus.« Hanna schaute zu Robin. »Dann mache ich mal eine Abfrage.«

»Was meinst du?« Ihr Blut schien aus sämtlichen Regionen ihres Körpers direkt in ihre Wangen zu schießen.

»Na, ich mache einen Abgleich mit dem System. Oder hast du etwas zu verbergen?« Hanna sah sie unverwandt an, der Zeigefinger schwebte über *Enter.*

»Natürlich nicht«, sagte Robin und Hanna drückte die Taste.

Ihr Fingerabdruck erschien im rechten Fenster. Im linken Fenster baute sich das Bild eines unvollständigen Abdruckes auf. Zahlreiche grüne Punkte waren zu erkennen, sie markierten die Endungen und Windungen der Linien. Robin schaute zwischen den beiden Bildern hin und her. Die Kringel waren an den gleichen Stellen.

»23 übereinstimmende Minutien«, las Hanna die Information aus einem der Kästchen vor. Sie ließ ihren Blick weiter hoch wandern.

»Die Fall- und Objektnummer kenne ich. Ich war vor Ort und habe das Beweisstück sogar selbst im Labor untersucht.« Sie sah zu Robin.

Robin bemühte sich um einen neutralen Gesichtsausdruck, doch sie spürte die Röte vom Hals zu den Wangen wandern. Ihre Stirn musste schwitzig aussehen, ein heißer Film hatte sich dort gebildet. Sie rollte ein Stück vom Bildschirm weg und legte den Kopf schief. 23 Übereinstimmungen. Es bestand also kein Zweifel. Doch woher stammten diese Fingerabdrücke? Robin legte die Stirn in Falten und versuchte Hanna so zu zeigen, dass sie nicht verstand.

»Das Liederbuch – welches vermutlich aus dem Archiv entwendet werden sollte, an dem Tag, als du den Unfall hattest. Deine Fingerabdrücke befinden sich darauf.«

Sie haben das Liederbuch auf Spuren untersucht. Die Momente im Lesesaal rasten vor Robins inneren Augen vorbei. Eine Szene schob sich in dem Durcheinander der Erinnerungen in den Vordergrund.

»Dem ist wohl so, ich habe es schließlich in der Hand gehabt.«

Hanna zog eine Augenbraue hoch. »Du?«

Robin machte eine abwinkende Handbewegung. »Ein Missgeschick. Ich bin vor dem Tisch des Benutzers gestolpert. Meine Archivalien sind auf seine gerutscht. Ich musste anschließend die Sachen ordnen, habe dabei einen ziemlichen Radau gemacht. Ich glaube, die anderen Benutzer waren ziemlich sauer.« Robins Herzschlag beruhigte sich, ihre Haut wurde wieder etwas kühler. Für diesen Vorfall gab es sogar Zeugen.

Hanna klickte einmal und schloss damit das Fenster. »Na dann«, sagte sie.

Robin zuckte mit den Schultern und sagte ebenfalls: »Na dann.« Sie schaute auf die Uhr des Bildschirms. Es war halb neun. Sie täuschte ein Gähnen vor. »Vielen Dank für diesen Einblick. Es war sehr interessant. Ich werde mich dann mal auf den Weg nach Hause machen.«

»Schon?«, entfuhr es Hanna. »Ich meine, ist doch klar. Ich habe morgen auch wieder einen Tag mit vielen Recherchen vor mir.«

Sie standen gleichzeitig auf. Hanna schaltete die Geräte aus, sie verließen den Raum, Hanna löschte das Licht und schloss ab.

Robins Herzklopfen beschleunigte sich. Sie wollte nicht, dass dieser Abend jetzt endete, doch es musste sein. Sie hatte gehofft, ihr Verlangen nach Hanna würde verebben, wenn sie die Gefahr direkt spürte, die von ihrem Arbeitsumfeld ausging, doch das Gegenteil war der Fall. Jede Minute, die Robin in ihrer Nähe verbrachte, ließ die innere Flamme auflodern und einnehmender werden. Während sie hinter ihr herlief, musste sie gegen den Impuls ankämpfen, ihr unter einer fadenscheinigen Begründung erneut ganz nah zu kommen. Sie zu berühren. Sie an sich zu ziehen und sie zu küssen.

In Hannas Büro griff Robin schnell nach ihrem Mantel.

Hanna fuhr sich durch das Haar. »Findest du alleine raus?«

Robin nickte.

»Ich muss hier noch etwas erledigen. Du musst dich dann an der Pforte wieder austragen.«

»In Ordnung.«

Sie ging einen Schritt auf Robin zu, griff zaghaft nach ihren Armen und drückte sie nur kurz an sich. »Schönen Abend.«

»Tschüss«, sagte Robin und verließ das Büro.

Den Rest des Weges nahm sie nur in einzelnen Sequenzen wahr: Wie sie an der Pforte ein Formular unterschrieb, durch einen von Laternenlichtern gesprenkelten Schleier den Weg zur U-Bahn fand, wie sich ihre Hände krampfhaft an der Haltestange festhielten, sie eine ihrer pulsierenden Schläfen gegen das kühlende Metall presste und anschließend mit weichen Knien erst das Treppenhaus und dann ihre Wohnung erreichte.

Fahrig streifte Robin die Schuhe und den Mantel ab, füllte die Näpfe der Hunde, ging ins Wohnzimmer, ohne das Licht anzumachen und ließ sich auf die Couch sinken. Sie presste die Hände zwischen die Oberschenkel, doch jenes sanfte Zittern, das von ihren Fingern ausging, ergriff auch den Rest ihres Körpers.

Sie zog die Beine auf das Sofa, an ihre Brust und schlang die Arme darum, dann ließ sie ihre Stirn gegen die Knie sinken und schloss die Augen.

Binnen weniger Augenblicke sah sie Hannas Gesicht vor sich. Ihr langes Haar, das manchmal ihr Gesicht umrahmte und die feinen Konturen betonte. Ihre wilden Strähnen, die sich so manches Mal neckisch über Schultern und Ohren lockten. Hannas durchdringender Blick, wenn sie die Haare streng zu einem Zopf trug und die großen Augen, die sie oft geradewegs ansahen; mal neugierig und interessiert, mal ganz liebevoll und sanft. Plötzlich fühlte Robin wieder das angenehme Kribbeln, das Hannas Kuss auf ihrer Wange hinterlassen hatte.

Robin riss die Augen auf. Sie starrte aus dem Fenster in den Nachthimmel, dessen schwarzblaue Wolken wie sanfte Riesen wogten. Robin lockerte den Griff um ihre Beine und ließ den Kopf nach hinten gegen die Wand sinken. Sie hatte nun die Informationen über die Präventionsmaßnahmen, die sie brauchte. Die Straßen in ihrem Wohnviertel hatte sie erst in den letzten zwei Jahren durchkämmt; wenn die Polizei hier startete, könnte sie sich die Auswirkungen in Ruhe ansehen und beginnen, Strategien für die nachfolgenden Viertel zu entwickeln. Der Besuch im Institut hatte ihr zudem wieder bestätigt, wie überaus vorsichtig sie bei jedem ihrer Vorhaben sein musste. Die Kriminaltechniker waren bestens ausgestattet.

Robin ließ die letzten Treffen mit Hanna Revue passieren. Hanna schien ihr anfängliches Misstrauen abgelegt zu haben. Wenn Robin den Kontakt nun zu ihr abbrach, wäre Hanna vielleicht sauer, würde es aber nicht mehr mit dem Vorfall im Archiv in Verbindung bringen. Ein Krampf durchzog Robins Körper. Wenn sie Hanna nun nicht mehr wiedersah, würde sie sich ewig die Frage stellen müssen, woher ihr Verlangen nach Hanna rührte. War es die Gefahr, die sie bei ihren Treffen stets als vibrierendes Gefühl begleitete? Genoss sie den Reiz, einer Frau wie Hanna immer wieder nah zu kommen?

Und was war mit Hanna? Hatte sie so intensiv mit ihr geflirtet, um den missglückten Start ihres Kennenlernens wieder wettzumachen? Um schnell Robins Vertrauen zu gewinnen? Hanna schien keine intensiven Freundschaften zu pflegen und sich mit flüchtigen Bekanntschaften wohlzufühlen; was wollte sie also von Robin? Wollte sie mehr als die liebevollen, aber meist nur zufälligen Berührungen? Oder hatte sie die ganze Zeit über geglaubt, doch noch mehr über Robin herauszufinden? *Nein, wenn sie etwas ahnt, dann hätte sie dich vermutlich gar nicht mehr sehen wollen.* Oder irrte sich Robin da? Würde Hanna mit jemandem wie ihr zusammen sein wollen, es können? Vermutlich nicht. Und wenn doch? *Würdest du ihr die ganze Wahrheit sagen? Wie lange würde das gut gehen, bis du den Kontakt abbrichst und fliehst?*

Mit wackligen Bewegungen stand Robin auf und trat zum Fenster. Ihr Blick verfing sich in dem Licht einer flackernden Laterne. Sie wusste nur eins: Wenn sie nicht herausfand, ob diese Sehnsucht in ihr mehr bedeutete, würde sie sich nicht von Hanna lösen können. Robin würde all ihre Kraft für die kommenden Wochen benötigen, doch die würde sie nicht haben, wenn sie ständig an Hanna dachte. Vielleicht brauchte sie jetzt eins von ihr: eine Abfuhr. Die eine Art der Zurückweisung, die auch zugleich die Anfänge ihrer Freundschaft zunichtemachen würden.

KAPITEL 12

Hanna schaute auf ihre Liste, die sie bereits zu Hause am Frühstückstisch erstellt hatte und die nun seit über einer Stunde auf ihrem Schreibtisch lag, ohne dass sie auch nur einen Punkt davon wegstreichen konnte.

- *Frau Kira Grünberg, Lesesaalaufsicht Archiv, anrufen*
- *gestrige Aussage von Frau Helga Wiebknecht, Stammkundin des Antiquariats, abtippen*
- *Supermärkte an der Lambertistraße, in den Rosenquartieren und am Südring nach eventuell vorhanden Videoaufnahmen befragen; Zeitraum: August bis Dezember des vergangen Jahres*

Hanna griff zum Hörer und legte ihn wieder auf. Sie öffnete das Programm für die elektronische Aktenablage, nahm eines der Originalformulare vom Stapel, verglich es Zeile für Zeile mit dem Scan und speicherte.

Ihr Blick fiel erneut auf die Liste. Sie griff zum Hörer, ließ ihre Hand darauf liegen, mit der anderen öffneten sie einen neuen Datensatz. Sie wusste sehr genau, dass sie diese Scankontrollen viel besser abends erledigen sollte, wenn die Leute auf ihrer Anrufliste nicht mehr zu erreichen wären. Doch jeder Arbeitsschritt, der mit Robin zu tun hatte, verursachte innerhalb kürzester Zeit erst ein unangenehmes Magendrücken, dann verlor sie sich in Erinnerungen an die vergangenen Wochen und kurzerhand wurde sie von einem intensiven, erregenden Gefühl gepackt.

Das Telefon klingelte. Hanna zuckte zusammen. Wie konnte es klingeln? Ach ja, sie hatte immer noch nicht abgehoben. Auf dem Display stand die Nummer von Suzan. Hanna nahm ab.

»Hallo Suzan.«

»Hey Hanna. Hat gestern alles gut geklappt mit der Technik?«

»Ja, vielen Dank.«

»Ich habe mir die Bilder angesehen, wirklich interessant. Mit den Fingerabdrücken wäre jemand schnell zu identifizieren. Ich würde den Datensatz dann jetzt wieder löschen, in Ordnung?«

»Ja und die Einverständniserklärung von Frau Lux kannst du auch vernichten.«

»Alles klar. Wie gefiel deiner Bekannten denn das Institut?«

»Ganz gut, glaub ich. Sag mal, hättest du heute Mittag Lust, eine Runde durch den Park zu laufen? Wir könnten etwas von dem Imbiss am Ende der Straße mitnehmen. Ich brauche frische Luft.«

»Gerne. Um eins vor dem Gebäude?«

»Ja, bis später.«

Suzan legte auf, kurz zuckte Hannas Hand Richtung Telefongabel, doch sie befürchtete, wenn sie jetzt den Hörer auflegte, würde sie ihn den ganzen Tag nicht mehr in die Hand nehmen. Fest umklammert hielt sie ihn erneut an ihr Ohr, griff nach dem Notizblock, blätterte kurz darin und wählte die Nummer des Stadtarchivs.

Robin schaute die Häuserfassade empor, hinauf zu Hannas Fenster. War sie schon mal so nervös gewesen? Nein, weder, als sie das erste Mal mit acht Gläsern Würstchen, versteckt in einem präparierten Basketball, aus einem Geschäft marschiert war, noch als sie vor zwei Jahren ihren bisher größten Gegenstand aus einem Kino entwendet hatte. Während der vereinsamten Sonntagnachmittagsvorstellung im Hochsommer hatte sie einen der antiken Kinosessel abgeschraubt, hatte ihn unter dem erweiterten Bezug eines Einkaufstrolleys versteckt, unter dem wiederum eine Sackkarre verborgen gewesen war, um damit nach der Vorstellung geradewegs das Kino zu verlassen.

Gegen den Sessel und fünf Hunderter oben drauf hatte sie ihren Verkaufswagen erstanden.

Robin versuchte sich Mut zu machen, indem sie an diese Erfolge zurückdachte, doch das Kribbeln in ihren Händen und das dumpfe Gefühl in ihrem Magen ließen nicht nach. Zum fünften Mal war sie nun an Hannas Haustür in dem Wissen vorbeigelaufen, dass sie diese wunderbare Frau mit dem neugierigen Blick und den sanften Berührungen nach den folgenden Minuten wohl nie mehr wiedersehen würde.

Tu es jetzt!

Mit einem Ruck wandte sie sich der Tür zu und drückte auf die Klingel.

Sei nicht da.

Sei da.

Sei nicht da.

Ein leises »Hallo?« drang aus der Anlage.

»Hallo Hanna. Hier ist Robin. Stör ich dich gerade?«

»Ähm, nein.«

»Dann lass mich zu dir.«

Der Summer ertönte. Robin drückte die Tür auf. Sie ging die Stufen bedacht nach oben, um nicht aus der Puste zu gelangen.

Hanna stand im Türrahmen. Sie trug eine graue Jogginghose und ein durchscheinendes weißes Shirt, unter dem die Konturen eines ebenfalls weißen Tops zu erkennen waren. »Hey.«

»Hi«, antwortete Robin und ging eilig auf sie zu, sodass Hanna ein paar Schritte rückwärts machte und sie in den Flur ließ. Robin schloss die Tür.

»Was machst du hier?«

»Ich wollte dich sehen.«

»Gibt es etwas Bestimmtes?«

»Ja. Aber es hat nichts mit Reden zu tun.«

Robin machte zwei Schritte auf Hanna zu, sodass sich ihre Oberkörper fast berührten. Mit beiden Händen umfasste sie sanft Hannas Gesicht, beugte sich zu ihr und küsste sie auf den Mund.

Ein Herzschlag.

Zwei Herzschläge.

Robin löste sich, ließ die Arme sinken und versuchte, sich innerlich gegen die Reaktion von Hanna zu wappnen. Gerade wollte sie einen Schritt zurückgehen, da ließ Hanna ihre Hände unter Robins Mantel gleiten und zog sie an sich. Hanna küsste ihre Lippen und öffnete ihre eigenen leicht, sodass sich die weichen Wölbungen aneinander schmiegen konnten.

Die Wirkung des Kusses spürte Robin bis in ihre Zehen. Wärme durchströmte sie. All die Sätze, die sie von Hanna erwartete hätte, die in ihren Gedanken durcheinandergewirbelt waren, lösten sich Wort für Wort auf.

Hanna schob Robin den Mantel von den Armen, danach schlang Robin diese um Hannas Rücken. Sie trug keinen BH. Robin fühlte Hannas einzelne Rückenwirbel, die sich unter dem dünnen Stoff gegen ihre Handinnenfläche pressten und dann, wie Hanna die hart werdenden Brustwarzen gegen ihre drückte. Hanna schloss die Augen und öffnete dafür ihren Mund. Ihre Zungenspitze drängte sich zwischen Robins Lippen und sie genoss einige Momente lang den erregenden Druck, bis sie nachgab und ihre Lippen ebenfalls leicht öffnete. Als ihre Zungen sich berührten, stöhnte Robin. Auch Hanna begann, schneller zu atmen.

Robin schloss die Augen und ließ die Hände unter Hannas Shirt gleiten, zog ihr das Top aus der Hose und fuhr über die weiche Haut. Robin konnte spüren, wie ein Schauer Hanna erfasste, die winzigen Unebenheiten der Gänsehaut kitzelten Robins Fingerkuppen. Robin öffnete die Augen. Hanna sah sie an, in den Augen lag ein Flackern. Mit heiserer Stimme sagte sie: »Du willst heute nicht reden. In Ordnung. Du wirst von mir nichts hören, außer das: Zieh dich aus!«

Robin hob den Saum ihres Pullovers an und zog ihn sich über den Kopf. »Reicht das?«

Hanna schüttelte den Kopf.

Robin zog ihr Shirt aus. »Und jetzt?«

Hanna schüttelte erneut den Kopf, kam ihr ganz nah und sagte: »Das übernehme ich.«

Als sie mit ihren nackten Armen Robins Taille streifte und nach dem Verschluss ihres BHs griff, wurde es zwischen Robins Beinen heiß und feucht.

Während Hanna ihr den BH vom Körper zog, fing Robin an, ihren Hals zu küssen. Er war lang und mit feinen wunderbaren Fältchen überzogen, die sie einzeln mit der Zunge nachfahren konnte. Hanna stand plötzlich stocksteif da. Robin sah im Augenwinkel, wie sie geradeaus starrte. Sie löste sich von ihr. Ihre Blicke trafen sich, dann wanderte Hannas tiefer über Robins Busen. Sie atmete tief ein, griff eilig nach ihrer Hand, stieß die Tür des Schlafzimmers auf, zog Robin aufs Bett und kam neben ihr zum Liegen. Robin hob die Beine hoch und schaute auf ihre Füße. »Ich hab meine Schuhe noch an.«

»Wir haben beide noch zu viel an«, erwiderte Hanna und zog sich hastig Shirt und Top über den Kopf. Die karamellbraunen Brustwarzen zeichneten sich auf ihrem Busen ab. Robin konnte nicht warten. Sie zog Hanna an der Hüfte ein Stück zu sich, schwang ein Bein um sie, tauchte hinab und nahm eine Brustwarze zwischen die Lippen. Sie leckte darüber und saugte daran.

Hanna stöhnte auf. Sie presste sich in die Decke und mit einem Zucken Robins Mund entgegen. Durch den Stoff ihrer Hosen spürte Robin die gleißende Hitze zwischen ihren Beinen. Robin schob ein Knie dazwischen und drückte es sanft gegen Hannas Mitte. Ihre Zungenspitze umkreiste abwechselnd ihre harten Nippel. Hanna stöhnte lauter. Sie bäumte sich auf. Mit einer Kraft, die Robin nicht von ihr erwartet hätte, drückte Hanna sie zur Seite. Sie schob sich über sie und trommelte spielerisch mit den Fäusten auf ihren Brustkorb ein. »Was muss ich tun, damit du dich komplett ausziehst, Robin Lux?« Sie sahen sich an und lachten.

Hanna drehte sich von Robin hinunter. Mit flinken Bewegungen entledigte Robin sich ihrer restlichen Sachen.

Der Lichtschein aus dem Flur fiel auf Hannas nackten Körper. Die Rundungen warfen Schatten auf ihren Bauch und ihre Schenkel. Robin beugte sich über sie und knipste das Licht auf dem Nachttisch an. Hanna umschlang sie mit den Armen, es folgten die Beine, sie drückte Robin sanft an sich. Ihr heißer Atem erhitzte die Kuhle ihres Schlüsselbeins. »Du riechst so gut«, sagte Hanna. Mit der Zungenspitze tauchte sie in ihre Ohrmuschel, glitt über das Ohrläppchen und wanderte tiefer, über den Busen, den Bauchnabel, bis zu dem Ansatz ihrer Härchen.

Robin ließ sich nach hinten sinken und bemerkte nur noch eins, bevor sie die Augen schloss: ein fast einfarbiges Bild mit wenigen Konturen, aber schwarzblauer, unendlicher Tiefe.

Robin schloss die Augen. Hanna glitt mit der Zungenspitze durch die gekräuselten Härchen, glühende Hitze empfing ihre Lippen. Sie ließ ihre Hände zu Robins Busen gleiten und knetete die weichen Hügel. Robin zog eine ihrer Hände zu sich, mit den Lippen umschloss sie den Zeigefinger und begann, daran zu saugen. Sie streifte mit den Zähnen ihre Fingerglieder und ließ die Zunge kreisen.

Hanna sank mit der Stirn gegen Robins Bauch, ein Zucken durchfuhr ihren Körper. Zwischen ihren Beinen pochte es.

Sie zog die Hände nach unten, umfasste Robins Pobacken, drückte ihre Hüfte nach oben und tauchte mit ihren Lippen in Robins feuchte Mitte. Robin begann zu stöhnen. Hanna ließ ihre Hände nach vorne wandern und schob Robins Beine auseinander. Sie krallte die

Finger in ihre Schenkel und leckte über die anschwellende Klitoris. Mit den Daumen zog sie kleine Kreise über die empfindliche Stelle. Robins Stöhnen wurde heftiger, Hannas Druck fester. Sie nahm die anderen Fingerspitzen dazu. Robins Hüfte begann, unkontrolliert zu zucken. Mit zwei Fingern tauchte Hanna durch die Nässe und drang zärtlich in Robin ein. Sie begann, die Finger in ihr zu bewegen, rieb über die rauen Stellen in ihrem Inneren und stieß sanft zu.

Robin bäumte sich auf. Ihr ganzer Körper zitterte. Sie packte Hannas Oberkörper und zog sie auf sich. Robin presste ihre heiße Mitte an Hannas. Sie spürte die erregenden Stöße der Taille fest und rau zwischen ihren Beinen. Robin umfasste ihre Pobacken, glitt mit einem Finger in die empfindliche Ritze und streichelte sie. Hanna rieb ihre Klitoris an den gelockten, getränkten Härchen und dem glimmenden Hügel. Ein Schweißfilm bildete sich auf ihrer Haut. Ihr Atem wurde schneller. Sie biss sich auf die Faust, um ihr Stöhnen zu unterdrücken; sie wollte nicht kommen.

Robin schob ihre Hand tiefer, hin zu der feuchten Öffnung und drang von hinten in sie ein. Hanna presste sich ihr entgegen, spürte die Wellen in ihrem Inneren, die stärker werdenden Stöße von Robins Fingern. Erneut durchfuhr sie ein Zucken, welches in ihrem Innern zerbarst. Sie kam mit einem Aufschrei, warf den Kopf in den Nacken und erbebte, als sie Robins Finger spürte, die auf ihrem Weg zurück ihre Pobacken streiften, ihre Taille und den Rücken. Hanna ließ sich nach unten sinken und ihre Wange auf Robins nach Salz riechender Haut.

Als sich Hannas Atem zu beruhigen schien, versuchte Robin, die Decke über sie zu ziehen, doch sie bekam den Stoff erst nach mehreren Versuchen zu greifen, da ihre Hände zitterten. Hannas Bein lag angenehm schwer auf ihrem, ihr Kopf auf Robins Brust, sodass

Hannas Haare sie am Kinn kitzelten. Robin bedeckte ihr Gesicht mit Küssen. Ihr Herz klopfte schnell. Sanfte Wogen ergriffen immer noch ihren Körper. Hanna hob den Kopf, schob ihn etwas vor und küsste sie sanft, ihre Zungenspitzen berührten sich. Hanna atmete laut ein, umfasste fest ihre Schulter und Taille, drückte sich ganz leicht von ihr weg und lachte. Dann drehte sie sich etwas zur Seite und stützte ihren Kopf auf eine Hand. Robin betrachtete ihr Gesicht. Das Lächeln verschwand, ihre Augen umspielten plötzlich kleine Schatten, auf der Stirn bildeten sich nachdenkliche Falten. Robin drehte sich ganz zu ihr.

»Ich muss morgen leider sehr früh raus«, sagte Hanna.

»Oh, ja, klar.« Robin setzte sich auf.

Hanna zog sie an der Schulter wieder nach unten. »Du kannst natürlich bleiben. Es wird morgen früh nur nicht Zeit für ein langes Frühstück sein und ich muss jetzt leider versuchen zu schlafen.« Sie ließ ihren Blick über Robins Gesicht und ihren Hals wandern. »Obwohl ich kaum glaube, dass mir das gelingen wird.«

Robin lächelte verschmitzt, dann zog sie die Arme unter der Decke hervor und presste sie steif neben sich. »Ich werde mich nicht rühren.«

Hanna grinste, dann beugte sie sich zu ihr und küsste sie auf die Wange. »Schlaf gut.«

»Schlaf gut«, erwiderte Robin. Hanna drehte sich von ihr weg, ihr Po berührte Robins Mitte, sie zuckte unweigerlich zusammen. Hanna knipste das Licht der Nachttischlampe aus.

Robin stand auf und löschte das Licht im Flur. Als sie sich wieder neben Hanna legte, vernahm sie ein leises »Danke«. Sie drehte sich zu Hanna, hob die Decke hoch und schmiegte sich an ihren warmen, weichen Körper. Sie legte einen Arm um ihre Taille, Hanna griff nach ihrer Hand, verwob die Finger zwischen ihren und zog sie noch enger an sich. Ihr entfuhr ein wohliges Seufzen. Die Hitze ihrer Körper vereinte sich.

Robin vergrub ihre Nase in Hannas Haar, sog den Duft ihrer Haut ein. Hannas Rücken streifte bei jedem Atemzug ihren Busen. Er war nun gleichmäßig, auch Robins Atem wurde ruhiger.

Robin sah über Hannas Schulter hinweg, wie das Licht der Nacht schwarzgraue Schatten an die Wände warf. Nach einigen Minuten musste sie sich etwas von Hanna lösen, weil ihr Arm zu kribbeln begann. Sie rutschte mit ihrem Unterkörper dafür näher an ihre Beine und vergrub gleichzeitig eine Hand in ihrem Haar. Robin fühlte die samtenen Haarsträhnen zwischen ihren Fingern, ihre Schultermuskeln spannten sich kurz an, sie wartete auf den Impuls, dass es ihr hier zu eng wurde und ihre Gedankenströme einsetzten, wie jeden Abend, doch in ihr blieb es ruhig. Ihr Körper sank in die weiche Matratze. Die stetige Unruhe, die sie in letzter Zeit in Hannas Nähe gehabt hatte, war verschwunden. Sie warf einen Blick auf das Bild und den geschwungenen, antiken Kleiderschrank mit seinen tiefschwarzen Knöpfen. Robin begann, sich jedes Detail des Zimmers einzuprägen. Sie überlegte, was Hanna an dem Schrank gefallen haben könnte und woher sie ihn hatte. Dann betrachtete sie das Bild.

Sie sah Hanna vor sich, wie sie das zunächst unscheinbare Gemälde gesehen und sie dann etwas daran berührt hatte. Diese feinen Nuancen eines immer tiefer werdenden Blaus, die einen geradewegs in einen Traum hineinzuziehen schienen. Das Gefühl, das Robin bei dieser Vorstellung von Hanna vor dem Gemälde empfand, kam in kleinen Wogen und erfüllte sie schließlich ganz und gar mit einer Wärme, die sie so noch nie empfunden hatte. Sie betrachtete Hannas Silhouette, bis ihre Augen tränten und sie gezwungen war, sie zu schließen.

Robin erwachte von einem Geräusch. Als sie die Augen öffnete und sich aufsetzte, sah sie Hanna, die gerade die Schranktüren geschlossen hatte.

»Guten Morgen.«

Hanna drehte sich zu ihr. Sie hielt die Kleidungsstücke vor ihren nackten Körper. »Guten Morgen. Entschuldige. Ich wollte dich nicht wecken. Es ist sehr früh, ich bin vor dem Klingeln des Weckers aufgewacht.«

»Schon okay. Ich wäre auch bald wach geworden. Die innere Uhr. Ich mache immer gegen sieben die erste Runde mit den Hunden.«

Hanna blickte verlegen an sich hinunter. »Also, ich springe unter die Dusche. Möchtest du weiterschlafen bis ich gehe?«

»Nein. Ich mach uns Frühstück. Was isst du morgens?«

Hanna holte kurz Luft, setzte an etwas zu sagen und entschied sich dann dagegen. »Ich nehme ein Brot mit Marmelade, einen Kaffee und Saft.«

»Okay«, sagte Robin und bemerkte erst jetzt, dass sie die ganze Zeit ihren Blick über Hannas Körper hatte schweifen lassen. Sie rieb sich über den Nacken.

»Bis gleich«, sagte Hanna und eilte aus dem Zimmer.

Robin ließ den Kopf in die Decke vor sich sinken. Ihr Herz wummerte gegen ihren Brustkorb. Die Decke verströmte den Duft der vergangenen Nacht. Robin riss sich davon los, schwang sich aus dem Bett und zog sich an. Weder im Schlafzimmer noch im Flur gab es einen Spiegel. Sie ging in die Küche, trat nah an die Fensterscheibe und fuhr sich mit leicht zittrigen Fingern durch die kreuz und quer stehenden Haare. Der Duft von Hanna umhüllte sie noch. Sanfte Wogen ergriffen ihren Körper. Sie wollte Hanna wieder nah sein und sie heute nicht loslassen, nicht gehen lassen. Robin wurde schummerig. Sie knipste das Licht an, wusch sich mit kaltem Wasser das Gesicht, trocknete es mit einem Papiertuch ab, holte ein

Glas aus dem Schrank, goss sich Sprudel ein und nahm zwei große Schlucke.

Durch den Flur drangen die Geräusche aus dem Bad zu ihr hinüber. Draußen erhellte sich zaghaft der schwarze Himmel. Wie angewurzelt stand sie in der Mitte des Raumes. Ob sie Hanna vom Blaumachen überzeugen konnte? Andererseits, vielleicht brauchte Hanna nun Abstand?

Robin atmete laut aus, dann holte sie das benötigte Geschirr aus den Schränken und deckte den Tisch. Im Kühlschrank fand sie eine große Auswahl an Marmelade, sie wählte Himbeere, Orange und Waldfrüchte. Sie setzte den Kaffee auf, dann stellte sie sich in den Türrahmen und lehnte sich an. Sie lauschte und vernahm, wie das Duschgeräusch verstummte. Einige Augenblicke herrschte Stille, dann ging der Fön an. Wenn sie zusammen wären, ein Paar, dann könnte Robin jetzt einfach zu Hanna ins Bad gehen, ihr durch das nasse Haar fahren, ihre nackten Schultern küssen und ihr eine Tasse Kaffee auf den Rand des Waschbeckens stellen. Sie könnte jetzt in dem Türrahmen zum Bad lehnen und sehen, wie die Wassertropfen auf Hannas Haut trockneten, ihre Haare immer voller und weicher wurden und wie Hanna vor Robins Augen in ihre Unterwäsche schlüpfte.

Robin wurde wieder schwindelig. Ihr wild klopfendes Herz zu dieser frühen Stunde war zu viel für ihren Kreislauf. Sie ging zurück zum Tisch und trank das Wasserglas leer, dann setzte sie sich, schmierte ein Brot mit Himbeermarmelade, goss sich Kaffee ein, rührte Zucker unter und biss ins Brot. Als die Badezimmertür aufging, betrat Hanna kurz darauf die Küche. Sie trug ein weißes Shirt und eine graue Stoffhose, einige der Haarsträhnen waren noch nicht ganz trocken, Hanna war barfuß.

Robin schluckte schnell runter. »Ich brauchte schon einen Bissen«, sagte sie.

»Kein Problem.«

Robin goss ihr Kaffee ein.

»Danke«, sagte Hanna, während sie sich ihr gegenübersetzte und ebenfalls ein Brot schmierte. Plötzlich spürte Robin einen von Hannas nackten Füßen neben ihrem Schenkel. Erschreckt wollte Hanna diesen zurückziehen, doch Robin griff danach und hielt ihn sanft fest.

»Entschuldige, ist Gewohnheit«, sagte Hanna.

Robin ließ die Hand auf ihrem Fuß liegen und fuhr mit dem Daumen langsam darüber, glitt zwischen die Zehen und wieder zurück. Hanna ließ das Brot sinken. Sie sahen sich an. »Robin, ich …«, Hanna legte das Brot auf den Teller vor sich. Sie schloss die Augen, »… ich muss gleich los«, sagte sie leise. Dann zog sie sachte den Fuß vom Stuhl, öffnete die Augen und sah Robin an. Sie wandte den Blick ab. »Du kannst gerne in Ruhe zu Ende essen. Die Haustür kannst du dann einfach hinter dir zuziehen.«

»Danke«, sagte Robin. »Ich glaube, ich brauche tatsächlich noch etwas Zeit, bis ich mich nach draußen wagen kann.«

Hanna nickte und aß weiter. Robin beobachtete sie aus den Augenwinkeln. Sie kaute bedächtig, genussvoll; Robin gefiel das.

Sie aßen schweigend, nur hin und wieder trafen sich ihre Blicke.

Hanna stand auf, stellte ihr Geschirr in die Spülmaschine und verließ das Zimmer.

Robins Hand, mit der sie Hannas Fuß berührt hatte, brannte. Was wäre passiert, wenn Hanna jetzt nicht zur Arbeit gemusst hätte? Ein Schauer huschte über ihre Haut, zwischen ihren Beinen begann es heiß zu werden. Szenen der letzten Nacht zogen an ihrem inneren Auge vorbei. Robin nahm einen großen Schluck Kaffee.

Als Hanna den Raum betrat, drehte sich Robin zu ihr um. Über das Shirt hatte sie eine weiße Bluse und ein Jackett gezogen. Die wunderschönen, schmalen Füße steckten in schwarzen Schuhen.

»Hast du heute besondere Termine?«

Hanna zuckte mit den Schultern. »Seit ich meine Chefin von meiner Kompetenz überzeugen muss, habe ich das Gefühl, jeden Tag einen besonderen Termin zu haben.«

Robin stand auf.

Sie gingen in den Flur. Hanna griff nach ihrer Jacke und ihrer Tasche. Sie drehte sich zu Robin. Ihre Wangen waren leicht gerötet. »Bis bald«, sagte sie, ging auf Robin zu und zog sie an sich.

Robin ließ die Hände über ihren Rücken gleiten. »Bis bald«, antwortete sie.

Hanna löste sich von ihr. Dann sah sie ihr in die Augen, einige Wimpernschläge lang. Gerade, als Robin fragen wollte, ob noch etwas wäre, drehte Hanna sich um, öffnete die Tür, ging hinaus und ließ diese leise ins Schloss fallen.

Robin lauschte den sich entfernenden Schritten im Treppenhaus. Sie ging zurück in die Küche, nahm die Kaffeetasse, ging durch den Flur und schob langsam die Tür zum Wohnzimmer auf. Sie knipste das Licht an und ging einige Schritte in den Raum hinein.

Robin schien Hanna gestern bei ihrem Feierabend-Prozedere überrascht zu haben. Auf einer der Truhen stand eine halb leere Teekanne auf einem Stövchen, daneben war ein Teller mit einer Nussmischung und Schokoladenstücken. Einige Zeitungsseiten lagen neben der Couch, über der Lehne hing eine Decke. Die Holzkisten waren noch übersäter als bei ihrem ersten Besuch, alles war jedoch wieder ordentlich nebeneinander aufgereiht worden.

Robin ging zu der Couch und ließ sich darauf sinken. Sie stellte die Tasse ab und betrachtete das Zimmer. Hier schien jedes Teil bedacht angebracht und aufgestellt worden zu sein. Die Holzfarbtöne der Möbel passten zu denen der Bilderrahmen, die Fotos und Kunstdrucke waren abwechselnd in satten Farben und schwarz-weiß gehalten. Robin ließ sich nach hinten sinken und fuhr mit den Fingern über die leichte Ausbuchtung in dem weichen Stoff. Hier saß Hanna vermutlich jeden Abend und erholte sich von ihrem anstrengenden Tag. Mit einem Mal spürte Robin wieder Hannas nackten Fuß an ihrem Schenkel und stellte sich vor, wie Hanna ihr jeden Abend auf dieser Couch gegenübersitzen würde und Robin sie streichelte.

Schlagartig brach ihr kalter Schweiß aus. Sie setzte sich mit einem Ruck auf, griff nach der Tasse, die ihr fast aus der Hand glitt. Sie eilte aus dem Zimmer, schüttete den restlichen Kaffee ins Spülbecken, hastete ins Bad und stützte sich auf das Waschbecken. Ihr Herz hämmerte wild.

So ein Leben wird mit Hanna nie möglich sein. So ein Leben wirst du mit keinem Menschen führen können.

Robin umklammerte die kühle Keramik, bis ihre Knöchel weiß unter der Haut hervortraten. Der feine Duft von Hannas Duschgel und heißen Wasserschwaden hing noch in der Luft. Robin begann zu zittern.

Sie floh aus dem Raum, räumte in der Küche hektisch die Sachen in den Kühlschrank und ihr Geschirr in die Maschine. Im Flur zog sie ihre Schuhe an, riss den Mantel vom Haken, verließ die Wohnung und schwang die Tür zu. Als diese hinter ihr ins Schloss fiel, zuckte sie zusammen. Sie drehte sich um und betrachtete die geschlossene Tür. *Du wirst nie wieder zurückkehren können.*

Ihre Knie gaben nach. Sie griff nach dem Treppengeländer. Sie musste jetzt bei Sinnen bleiben, musste weg von dieser Wohnung. Weg von Hanna.

Als Hanna die Bürotür aufschließen wollte, merkte sie, dass dies gar nicht mehr nötig war. Der Schlüssel war bereits im Anschlag. Sie entfernte ihn und öffnete die Tür. Im Büro brannte Licht.

Schmittke drehte sich auf seinem Stuhl in ihre Richtung. »Guten Morgen.«

»Guten Morgen. Schon hier?«

»Na, Sie doch auch. Es ist viel zu tun.«

»Ja«, seufzte Hanna. Sie hatte gehofft, allein sein zu können, um sich etwas zu beruhigen. Die Autofahrt war die Hölle gewesen. Sie hatte alle fünf Minuten am Straßenrand angehalten und musste gegen den Drang ankämpfen, zurück zu Robin zu fahren. Zweimal war sie deswegen falsch abgebogen und musste durch 30er Zonen wieder zur Hauptstraße schleichen.

Sie hängte ihre Jacke auf, ging zu ihrem Schreibtisch, schaltete den PC ein und stutzte. Der Stapel mit den Berichten, deren Scans sie noch kontrollieren musste, fehlte. Sie sah zu Schmittke hinüber. »Wissen Sie, wo der Stapel hingekommen ist, der hier rechts lag?«

Schmittke hörte auf zu tippen. »Ich habe ihn.«

Hanna reckte den Hals, der Stapel lag tatsächlich neben Schmittkes Tastatur, er war um die Hälfte kleiner geworden, der Rest war im Ablagekorb.

»Bevor Sie sauer werden, ich wollte Ihnen helfen, habe Sie aber vorher nicht gefragt, weil Sie anscheinend jemand sind, der immer alles allein schaffen möchte. Wenn Sie allerdings so weitermachen, klappen Sie zusammen. Glauben Sie mir, ich kenne die Anzeichen.«

Hannas Herz zog sich zusammen. Seine Augen hatten sich plötzlich verdunkelt. »Wie kommen Sie darauf, dass es mir angeblich so schlecht geht?«

Schmittke drehte sich ihr nun ganz zu. »Sie sind in letzter Zeit so weiß wie die Wand hinter Ihnen. Und das ist durchaus kein schönes Weiß, eher ein Grau. Außerdem scheinen Sie zwischendurch Blackouts zu haben. Sie stehen dann am Fenster oder starren auf Ihren Tisch und es vergehen über zehn Minuten, bis Sie wieder zu sich kommen. Ich habe Sie sogar mal angesprochen, aber Sie haben nicht reagiert.«

Hanna ließ sich auf den Stuhl sinken. »Ich wusste nicht, dass man es mir so ansieht.«

Schmittke holte aus der Schublade seines Schreibtisches ein Glas und eine braune Flasche hervor, öffnete diese, goss ein, stand auf und stellte es vor ihr ab. »Trinken Sie! Das ist Malzbier. Sie brauchen Traubenzucker. Sie sind schon wieder ganz blass.«

Mit einer fahrigen Bewegung zog Hanna das Glas zu sich und nippte daran. Die süße Flüssigkeit schien sich direkt auf ihrer Zunge aufzulösen. Sie nahm einen größeren Schluck und versuchte, für Schmittke ein Lächeln zustande zu bringen.

Er ging zurück und setzte sich auf seinen Stuhl, dann rieb er sich über den Bart und anschließend über die Augen, die er kurz zusammenkniff, als müsse er sich innerlich sammeln. »Ich kenne diesen Druck, den man spürt, wenn man eine neue Chance bekommen hat.« Er faltete die riesigen Hände vor sich auf dem Tisch und blickte darauf. »Vermutlich wissen Sie nicht, weshalb ich jetzt am Institut arbeite.«

Hanna schüttelte den Kopf. »Ich weiß, dass Sie mal bei der Kriminalpolizei waren.«

Jetzt waren es Schmittkes Finger, die von einem leichten Zittern ergriffen wurden. Er zog einen Lutscher aus dem Behälter vor sich und begann, an dem Papier zu knibbeln. »Über zwanzig Jahre.«

»Welcher Bereich?«

»Bandendelikte.« Schmittke sah sie an, sein Blick schoss ihr direkt in den Magen. »Man hat mir zwischendurch angeboten zu wechseln, weil man glaubte, ich sei zu verbissen, stünde kurz vor einem Burnout und bräuchte mal Abstand. Ich habe immer abgelehnt.«

Hanna beugte sich nach vorne, um ihrem Kollegen zu signalisieren, dass sie zuhörte. Die Unruhe, die sie seit dem Aufwachen verspürte, vermengte sich mit dem Gefühl der Traurigkeit und Verzweiflung, den Schmittkes Blick bei ihr auslöste.

»Hatten die anderen mit dieser Einschätzung recht?«

»Ansatzweise.« Sein Blick fiel auf die Figuren, dann lachte er kurz auf. »Ich bin ein Filmfreak. Ich schaue jeden Actionfilm, jeden Krimi, der neu rauskommt. Das war schon als junger Bursche so und hörte nie auf. Ich glaube, ich wollte schon mit fünf Jahren Verbrechensbekämpfer sein.«

Hanna musste lächeln. »Das sind doch gute Voraussetzungen.«

»Leider mag ich nicht nur die guten Jungs. Ich war immer fasziniert von den Charakteren der Bösen. Was sie antrieb und warum sie zu dem geworden waren, was sie sind. Als ich dann im Berufsleben stand und so vieles hautnah mitbekam, wurde diese Faszination immer stärker.«

Hanna nahm einen weiteren Schluck des Malzbieres. »Sind Sie etwa übergewechselt?«

Schmittke ließ den Lutscher los, dessen Umhüllung bereits völlig zerfleddert war.

»Ich bewegte mich eher in der Welt dazwischen. Ich wollte weiterhin für die Gerechtigkeit einstehen, doch der ständige Reiz, etwas Verbotenes tun zu können, wog schwer. Ich hatte immer das Gefühl, etwas von mir zurückhalten und unterdrücken zu müssen.«

»Was ist passiert?«, fragte Hanna.

»Ich besorgte mir aufputschendes Zeug, pflanzliche Drogen. Ich wusste natürlich, dass dies genauso illegal, gefährlich und strafbar war wie der chemische Mist, aber es war der Einstieg für mich in eine andere Welt. Es vernebelte mir die Sinne und machte mich zu einem aggressiven, rücksichtslosen Typen, der sich an den Wochenenden zwei Nächte lang dem Kontrollverlust hingab. Ich hatte Kontakt zu Dealern, zu Dieben, zu Schlägern. Am Wochenende mischte ich mich in die Szene der harten Jungs und tat so, als sei ich einer von ihnen. Montags war ich dann wieder der pflichtbewusste Kriminalpolizist. Ich redete mir ein, beides voneinander trennen zu können. Irgendwann geriet dann jedoch *meine* Clique ins Visier und ich ließ Beweise verschwinden.«

Hanna schluckte.

»Ich bekam Albträume, konnte nicht mehr schlafen. Um fit zu bleiben, putschte ich mich vor der Arbeit auf. Eines Tages wurden wir zu einem Einsatzort gerufen. Jugendliche waren in eine alte Fabrik eingedrungen. Sie versteckten sich, doch einer bekam Panik und rannte weg. Ich verfolgte ihn und brach nach wenigen Metern zusammen. Dann flog alles auf.«

Schmittkes Hände zitterten nun nicht mehr. »Ich wurde suspendiert. Weil ich schon so viele Dienstjahre hinter mir hatte, war das Arbeitsgericht milde, doch sie stellten natürlich Bedingungen. Ich musste einen erfolgreichen Entzug und eine achtmonatige Therapie nachweisen. Nach einem Jahr war ich soweit und sie boten mir eine Weiterbildung in der Kriminaltechnik an. Ich muss jeden Monat zum Drogentest. Zur Kriminalpolizei kann ich nicht zurück, aber bei den Kollegen bin ich eh unten durch.« Er griff wieder nach dem Lutscher, dann grinste er verlegen. »Das ist die einzige Substanz, die legal ist und durch die ich meine zitternden Hände in den Griff bekomme: Koffein.«

Hanna war schwindelig. Die kurze Nacht, die intensiven Erlebnisse der letzten Stunden und jetzt diese Story. In ihr tobte ein bitterlicher Kampf aus Mitgefühl und ihrer eigenen Angst wegen der bevorstehenden Ereignisse.

Schmittke sah sie an, »was immer Sie bedrückt, kommen Sie da wieder raus.« Er erhob sich. »Ich gehe in die Kantine. Sie möchten sicher kurz allein sein.« Er ging Richtung Tür.

Hanna stand hastig auf, eilte zu ihm und griff nach seinem Arm. Er wandte ihr das Gesicht zu.

»Danke. Für Ihre Hilfe. Und Ihr Vertrauen. Sie haben recht, ich bin gerade sehr durcheinander, aber ich werde einen Weg finden.«

Schmittke lächelte ihr zu, dann verließ er das Büro.

Hanna lehnte sich gegen die Wand, atmete etliche Male tief ein und aus und fuhr sich mit den Händen über das Gesicht. Sie starrte auf ihre Handinnenflächen, ihre Fingerspitzen – auf die Stellen, mit denen sie Robins Körper berührt hatte. Sie musste jetzt handeln.

Um ihretwillen.

Nein, für euch beide.

Sie ging zurück zum Schreibtisch und wählte die Nummer von Merit. Es klingelte nur einmal, schon drang die schneidende Stimme zu ihr: »Bansouri hier. Guten Morgen.«

»Guten Morgen. Frau Bansouri, ich würde mich heute am späten Nachmittag gerne mit Herrn Jacobi von der Kripo treffen. Ich habe einige Ergebnisse, die ich ihm mitteilen möchte und für die ich seine Einschätzung brauche. Wenn Sie und Herrn Hahnen morgen Vormittag Zeit haben, würde ich Sie ebenfalls über die Ergebnisse informieren. Ich würde mich heute Mittag für zwei Stunden im Kalender blocken und den Konferenzraum nutzen, um mich auf das Gespräch vorzubereiten.«

»Das geht in Ordnung. Mailen Sie mir bitte, wenn das Treffen mit Herrn Jacobi zustande kommt. Ich schicke Ihnen und Herrn Hahnen anschließend für morgen einen Terminvorschlag.«

»Vielen Dank.« Hanna legte auf.

Schmittke kam zurück in das Büro, er hielt zwei große Tassen in der Hand. »Kaffee oder Tee?«

»Beides«, sagte Hanna und er stellte ihr die dampfenden Becher auf den Tisch.

Hanna klopfte an der Tür des Kriminalbeamten, sofort vernahm sie ein kräftiges »Herein«. Sie öffnete und machte einen Schritt in sein Büro, in dem das Neonlicht auf dem Linoleumboden und den weiß getünchten Möbeln schimmerte. Herr Jacobi kam auf sie zu und streckte ihr dabei bereits die Hand entgegen: »Frau Winterkorn, guten Abend.«

»Guten Abend«, sagte Hanna.

»Bitte, treten Sie ein. Ich nehme Ihre Jacke. Setzen Sie sich. Was möchten Sie trinken?«

Hanna passte es gut, dass Herr Jacobi zügig agierte, das würde ihr helfen, sich diesem Tempo anzupassen. Sie musste jetzt überzeugend sein. »Vielen Dank. Ein Wasser reicht.« Sie setzte sich an den runden Besprechungstisch, an dem fünf Leute bequem Platz nehmen konnten, und legte den Ordner darauf.

Während Herr Jacobi ihre Jacke in den Schrank auf einen Bügel hängte, zwei Gläser holte, ihnen Sprudel eingoss und eine dicke Mappe von seinem Schreibtisch an sich nahm, ging Hanna in Gedanken die einzelnen Punkte durch, die sie vorbereitet hatte.

Er setzte sich ihr gegenüber und schob ihr das Glas hin. Hanna nickte. Er schlug die schlanken, muskulösen Beine übereinander, die vermutlich durch Hunderte von Kilometern in Laufschuhen geformt worden waren, und lächelte.

»Vielen Dank, dass Sie diesen Termin heute noch einrichten konnten«, sagte Hanna.

Er schlang seine Hände ums Knie und verwob die Finger ineinander. »Gerne. Ich finde diesen direkten Austausch zwischen den einzelnen Einheiten wichtig. Zumal Sie sagten, Sie hätten Erkenntnisse, die sich auch auf den Vorfall im Stadtarchiv beziehen. Die Zeugenbefragungen und die Vernehmung des Verdächtigen haben uns ja leider nicht weitergebracht, ich bin gespannt auf Ihre Auswertungen.«

Hanna zog ihre Lesebrille aus der Brusttasche des Jacketts, klappte den Ordner auf, überflog die Stichwortliste, dann sah sie kurz hoch, über den Rand der Brille hinweg und dem Mann mit dem von Wetter und vielen intensiven Berufsjahren gezeichneten Gesicht in die lebendigen Augen.

»Seit dem Vorfall im Stadtarchiv habe ich Indizien gesammelt, die darauf hinweisen, dass Frau Robin Lux den Diebstahl des Liederbuchs geplant hat. Die Tat aber letztendlich nicht ausführen konnte.«

Als sie Robins Namen aussprach, wurde ihre Stimme brüchig. Hanna nahm einen weiteren Schluck Wasser und blätterte dabei einen schmalen Stoß der Papiere um, öffnete den Verschluss des Ordners, zog die verschiedenen Klarsichthüllen hervor und legte sie ausgebreitet auf den Tisch. Dann nahm sie die Brille wieder ab, klappte sie zusammen und legte sie an die Kante des Tisches. Die nächsten Sätze formten sich in ihren Gedanken. Sie wurde ruhiger, weil sie zum ersten Mal all das aussprechen konnte, was ihr seit Wochen immer wieder durch den Kopf gespukt war.

Sie zeigte auf ein Bild. »Hier sehen Sie ein Foto des Liederbuches, welches am folgenden Tag des Brandes im Spind vor dem Lesesaal gefunden wurde. Es wurde von mir und einer Kollegin auf Fingerabdrücke und weitere Spuren untersucht.« Hanna schob dem Kriminalbeamten einen Farbausdruck entgegen, auf dem zwei vergrößerte Fingerabdrücke zu sehen waren. »Da es sich um eine wertvolle Zimelie handelt, wurde es vor der Einlagerung ins Magazin gereinigt. Wie mir der Facharchivar mitteilte, hat aus dem Haus seitdem keiner mehr mit dem Bestand gearbeitet. Der Magazindienst benutzt Handschuhe bei der Aushebung solcher Stücke und auch die Lesesaalaufsicht trägt Handschuhe bei dem Kontakt mit den Archivalien. Bei den Benutzern wiederum halten sich die meisten nicht an diese Anweisung des Archivs, wie ich aus einem Gespräch mit Frau Grünberg, der Lesesaalaufsicht, erfuhr. Es wird bei solchen besonderen Stücken zwar immer wieder darum gebeten, die bereitgelegten Handschuhe zu nehmen, doch die wenigstens halten sich daran. Der Benutzer Herr Rötken tat dies ebenfalls nicht. Da der Anfangsverdacht wegen versuchten Diebstahls gegen den Benutzer vorlag, war er zur Abgabe seiner Fingerabdrücke verpflichtet. Wir konnten fünf seiner Fingerabdrücke auf dem Einband ermitteln. Wir erhofften uns weitere Fingerabdrücke von ihm, zum Beispiel an den Klinken der Zugangstüren zum Gang zu den Büros und des Toilettenraumes, in dem der Feueralarm ausgelöst wurde. Diese stimmten aber nicht mit denen von Herrn Rötken überein.« Hanna nahm erneut einen Schluck Wasser.

Herr Jacobi schaute auf die Abdrücke, dann zu ihr. »Soweit ich mich erinnere, bestand der Einband aus Leder, wird es da nicht schwierig, Fingerabdrücke sichtbar zu machen?«

Hanna lehnte sich zurück. »Der Umgang des Benutzers führte dazu, dass wir das Buch keiner chemischen Behandlung aussetzen mussten. Neben dem Liederbuch hatte er sich gleichzeitig weitere Archivalien ausgeliehen und diese auf dem Tisch übereinandergelegt, der feine Staub setzte sich auf dem Einband ab. Es gibt zwei weitere gut sichtbare Fingerabdrücke, die wir bisher mit einem Datenbankabgleich nicht identifizieren konnten.« *Zumindest nicht offiziell,* dachte Hanna.

Hanna schob ihm nun zwei Fotos des Sitzkissens zu, die sie nebeneinander geklebt hatte. »Dieses Sitzkissen habe ich im Waschraum neben Frau Lux gefunden. Herr Möbius von der Feuerwehr kann dies bestätigen. Ich nahm es an mich und entdeckte eine ungewöhnliche Ausbuchtung an der Unterseite. Frau Lux fragte mich im Krankenhaus nicht mehr nach dem Kissen, somit entschloss ich mich, es kurz zu behalten. Ich machte Fotos davon und nahm einige Stoffproben, bevor ich es ihr wiedergab. Da Frau Lux sich zur Tatzeit vor Ort befand, galt sie zunächst ebenfalls als mögliche Täterin.« Hanna legte ihm eine der Spezialhüllen vor, die in viereckige Kammern unterteilt und beschriftet waren. Dann zeigte sie wieder auf das Foto des Liederbuches. »Leder ist sehr rau. Die Kanten des Bucheinbandes waren aufgrund des Alters abgewetzt. Ich untersuchte die feinen Risse auf Fremdstoffe und fand darin Fasern, die mit dem Stoff des Kissens identisch waren.«

Herr Jacobi machte seinen Rücken gerade und fragte: »Das Sitzkissen von Frau Lux ist mit dem Liederbuch, welches Herr Rötken ausgeliehen hatte, in Kontakt gekommen?«

Hanna nickte. »Ich vermute, sie hat es aus dem Saal entwendet und versucht, es in der Ausbuchtung des Kissens zu verstecken. Dieses Indiz würde reichen, um von Frau Lux ebenfalls Fingerabdrücke zu nehmen und sie mit denen auf dem Einband zu vergleichen.«

»Sie sagten doch, dass einige Benutzer Handschuhe tragen, wenn sie mit Archivalien arbeiten.«

»Ja und vermutlich hat dies auch Frau Lux gemacht, zumindest in der Zeit, während sie sich im Lesesaal befand. Um abzusichern, dass die Spur nicht ins Leere läuft, habe ich dazu ebenfalls Frau Grünberg befragt. Ich habe erfahren, dass Frau Lux immer Handschuhe trug, Frau Grünberg konnte es sich so gut merken, weil sie beeindruckt von diesem vorbildlichen Verhalten war. Jedoch erwähnte sie, dass Frau Lux immer eigene Handschuhe mitbrachte und nicht die des Archivs benutzte.«

Kurz spürte Hanna einen Stich im Magen. Robin hatte ihr diesbezüglich direkt ins Gesicht gelogen und gehofft, dass damit die Sache geklärt wäre. Hanna atmete hörbar aus, öffnete den Ordner erneut, setzte die Brille auf, blätterte kurz und legte Herrn Jacobi ein Blatt mit Formeln auf den Tisch.

»Hier sehen Sie die Ergebnisse der Analyse der Brandreste aus dem Papierkorb des Waschraumes. Die Kollegen haben diese untersucht, um eventuell Rückstände von Brandbeschleunigern oder anderen ungewöhnlichen Substanzen nachweisen zu können. Was sie fanden, waren Aschereste sowohl mit dunklen Partikeln sowie leichten, feinen Partikeln. Die chemische Zusammensetzung brachte hervor, dass in dem Behälter womöglich Handpapier, etwas aus Tabak, eine Zigarette oder Zigarre, und Material aus Baumwolle verbrannt wurde. Die Handschuhe im Archiv sind aus Kostengründen aus Nylon, diese werden nach jeder Benutzung gewaschen und können wiederverwendet werden. Wären sie verbrannt worden, hätte man diese an den Rückständen in der Asche identifizieren können. Die handelsüblichen Schutzhandschuhe sind meist aus hundert Prozent Baumwolle.« Hanna schaute zu Herrn Jacobi. »Es liegt der Verdacht nah, dass Frau Lux sich Zugang zu den Toilettenräumen verschafft hat, den Behälter in Brand gesetzt und die Handschuhe als Brandbeschleuniger genutzt hat und danach mit dem Liederbuch, versteckt in dem Kissen, das Gebäude verlassen wollte. Zu diesem Zeitpunkt hat sie keine Handschuhe mehr getragen.«

Herr Jacobi begann, sich Notizen zu machen.

»Ich habe Sie damals darüber informiert, dass ich den Kontakt zu Frau Lux hielt, um mehr über sie zu erfahren. Als ich eine Andeutung wegen des Liederbuches machte, erzählte sie mir zum Beispiel, dass sie es durchaus in der Hand gehabt haben könnte, weil sie vor dem Tisch von Herrn Rötken gestolpert sei. Dies steht jedoch in Konflikt mit der Aussage von Frau Grünberg, dass Frau Lux die ganze Zeit Handschuhe getragen habe. Ich habe mich über die Lebensumstände von Frau Lux informiert. Sie arbeitet an zwei Tagen in der Woche auf den beiden bekanntesten Märkten in der Stadt als Hotdog-Verkäuferin. Eine Nachfrage bei dem zuständigen Amt ergab, dass man von diesen Einnahmen durchaus leben kann. Gleichzeitig unterstützt Frau Lux jedoch mit ihrem Verkaufswagen eine Organisation, die jeden Sonntag Hilfsbedürftigen und Obdachlosen zur Verfügung steht. Das Essen dafür spendet sie. Für mich stimmen Einnahmen und Ausgaben nicht recht überein.«

Herr Jacobi runzelte die Stirn.

Hanna merkte, dass ihre Argumentationskette ihn wohl verwundern musste, er hörte jedoch weiterhin mit wachen Augen zu.

»Frau Lux lebt in schlichten Verhältnissen. Allerdings hat sie drei Hunde.« Hanna zog eine der Klarsichthüllen aus dem Stapel hervor. »Das sind Balu, Jack und Paula«, sie tippte auf die Bilder. »Drei Hunde brauchen viel Auslauf. Frau Lux berichtete mir, dass es immer schwieriger wäre, Grünflächen zu finden, wo Hundebesitzer noch geduldet würden. Bis vor zwei Jahren, gab es einige Flächen in ihrem Wohnviertel. Ich habe mir historische Stadtkarten besorgt. Um diese Grünflächen herum gibt es mehrere Seitenstraßen mit kleinen Geschäften, Supermärkten und Antiquariaten. Ich hatte den Verdacht, wenn sie versucht, Bücher aus Archiven zu stehlen, dann vermutlich auch aus Bibliotheken, Antiquariaten und Ähnlichem.«

Hanna sah nur noch flüchtig zu ihrem Gegenüber, vor ihrem inneren Auge flackerten nun immer wieder die verschiedensten Szenarien auf, die sie sich in den vergangenen Wochen ausgemalt und zum Teil bestätigt bekommen hatte. »Ich habe bereits bei einigen Geschäften im Umkreis der ehemaligen Grünflächen angefragt, ob sie etwas mit Diebstählen zu tun gehabt haben. Zunächst gab es keine Treffer. Es war eine Formulierung, die mich zu jemandem führte, der mich in die entscheidende Richtung lenkte. Ich telefonierte mit dem Besitzer eines Antiquariats, Herrn Rubenstein, und fragte ihn, ob er etwas Ungewöhnliches in seinem Laden oder dessen Umkreis bemerkt hätte. Er lachte nur und sagte, für so etwas sei er nicht zuständig, da müsse ich mich an Frau Mimm wenden. Frau Mimm ist eine Dame, die, nach ihrer eigenen Aussage, schon hundert Jahre in dem Viertel lebt und jeden dort kennt. Ich nahm Kontakt zu ihr auf und fragte sie, ob ihr Frau Lux mit ihrer Hundeschar bekannt sei. Dem war so. Sie trafen sich regelmäßig bei Spaziergängen. Balu ist ihr besonders im Gedächtnis geblieben.« Hanna tippte auf das entsprechende Foto. »Balu ist ein Zwergspitz, bei dieser Rasse stehen die Ohren prägnant nach oben. Bei Balu ist eins, aufgrund einer alten Verletzung, eingeklappt. Frau Mimm sagte mir, sie sei etwas verwundert, früher habe sie Frau Lux oft durch die Straßen laufen sehen, jetzt träfen sie sich höchstens vor ihrer Haustür. Und dann waren ihr zwei merkwürdige Begegnungen im Gedächtnis geblieben. Sie wäre im Supermarkt auf einen Mann getroffen, der ausgesehen habe, wie dieser exzentrische Modeschöpfer mit dem langen Zopf. Er habe einen Tragegurt umgeschnallt gehabt, wie sie ihn nur für Babys kenne und darin habe Balu gesessen. Des Weiteren habe sie Jack und Balu schon mal angebunden vor einem kleinen Buchladen gesehen, als sie diesen betreten hatte, war von Frau Lux aber nichts zu sehen gewesen, nur ein pickliger Kerl war ihr aufgefallen.«

Hanna schloss den Ordner, um zu unterstreichen, dass sich ihre Präsentation dem Ende näherte. »Ich würde mit dieser Zusammenstellung der Indizien versuchen, einen Durchsuchungsbefehl bei Frau Lux zu erwirken, ich könnte mir vorstellen, dass sich in ihrer Wohnung einige Hinweise auf Diebstähle finden lassen, mit denen sie sich ihren Lebensunterhalt finanziert, vielleicht auch Verkleidungen oder ähnliche Utensilien.«

Herr Jacobi betrachtete erneut eingehend das Material auf dem Tisch. »Ich stimme Ihrer Einschätzung zu. Es ist möglich, dass ein Richter bei dieser Zusammenstellung einen Durchsuchungsbefehl anordnet.«

»Wenn es dazu kommen sollte, wäre ich gern bei der Durchsuchung dabei, ich denke, mit meinen Vorabrecherchen ist mein Blick geschulter. Zudem kenne ich die Arbeitszeiten von Frau Lux, ich könnte die Kollegen bei einer Terminabsprache unterstützen.« Als sie es endlich ausgesprochen hatte, fuhr ihr ein kalter Schauer über den Rücken. Robin in dieser Situation gegenübertreten zu müssen, machte ihr Angst. *Wie wird sie reagieren?* Doch es war womöglich die letzte Chance, noch mal mit Robin zu reden, vielleicht würde sie Hanna danach nicht mehr wiedersehen wollen.

»Frau Winterkorn?«

Hanna schreckte auf. Herr Jacobi sah sie durchdringend an.

»Entschuldigen Sie, was haben Sie gesagt?«

»Ich werde Sie für den Einsatz eintragen. Ich würde mir gern Ihre Unterlagen kopieren und Ihnen den Ordner über die Poststelle wieder zukommen lassen.«

»In Ordnung. Wann wird Ihnen der Durchsuchungsbefehl ungefähr vorliegen, falls er ausgestellt wird?«

Herr Jacobi überlegte kurz. »Nach Ihrer Schilderung liegt keine Gefahr im Verzug vor. Ich würde also morgen Ihre Ergebnisse noch mal zusammenfassen und dann am Nachmittag mit dem Richter telefonieren. Ich denke, in zwei bis drei Tagen wird mir das Dokument vorliegen. Ich würde Sie auf dem Laufenden halten.«

Hanna nickte. Sie nahm die Unterlagen vom Tisch, heftete sie zurück in den Ordner, schob ihn Herrn Jacobi zu, steckte ihre Brille ein und stand auf. Herr Jacobi holte ihre Jacke aus dem Schrank und half ihr hinein.

Sie gaben sich die Hand und verabschiedeten sich.

Hanna verließ das Büro, eilte durch die Gänge, hinaus aus dem Gebäude, die Straße entlang und zu ihrem Auto. Sie nahm den Schlüssel aus der Tasche, verharrte und steckte ihn wieder ein. Ein sachtes Zittern ergriff ihren Körper. Die Konturen des Wagens verschwammen vor ihren Augen. Sie lief los.

Hanna bog in eine Seitenstraße ein und wich gerade noch einer Frau aus, die um die Ecke kam.

»Passen Sie doch auf!« Die Stimme klang dumpf und weit entfernt. Hanna eilte weiter. Vor ihr tanzten die Lichter der Nacht auf dem Bürgersteig. Sie flackerten in Orange, Weiß und Rot und dazwischen war immer wieder Grau und Schwärze. Aus ihren Augenwinkeln heraus nahm sie nach einiger Zeit verstärkt die Silhouetten von Bäumen wahr. Das dicht bebaute Gebiet lag anscheinend nun weit hinter ihr. Ihre Schulter schmerzte bereits von dem Gurt der Tasche.

Wo läufst du hin? Es gibt jetzt kein Zurück mehr.

Doch Hanna lief weiter, bog ab und eilte an den Baumreihen entlang, bis eine Bank in der Ferne auftauchte. Sie steuerte darauf zu, legte die Tasche ab und ließ sich dann auf das morsche Holz sinken.

Ihr Herz klopfte bis zum Hals. Ihre Waden schmerzten.

Kein Zurück mehr.

»Bitte, Robin, wende dich nicht ab von mir«, sagte Hanna leise, in der Hoffnung, der Wind würde Robin die Worte zutragen.

Sie wird dir das nie verzeihen! Du verlierst sie.

Hanna vergrub das Gesicht in den Händen, die heißen Tränen trafen auf ihre kühle Haut. Sie schluchzte. Ihre Wangen begannen zu brennen und die Welt um sie herum sich zu drehen. Immer dann, wenn ihr Blick sich kurz schärfte, wenn die Tränen für einen Moment versiegten, fiel ihr das wandernde Mondlicht auf dem Gehweg auf. Selbst wenn sie hier sitzen bliebe, der nächste Tag würde kommen. Und der darauf.

Als Johannes Backs an der Tür von Robin klingelte, erwachte gerade die Straße zum Leben, Rollläden wurden hochgezogen, Autos gestartet, Kinder stritten sich auf dem Weg zur Schule und der nahende Winter schickte seine ersten Boten in Form von kühler Luft und grauen Wolken vor blauem Himmel.

Robins Stimme hallte durch die Gegensprechanlage: »Ja, hallo?«

»Robin Lux?«

»Ja.«

»Backs, Kriminalpolizei. Wir haben einen Durchsuchungsbefehl. Würden Sie bitte aufmachen.«

Hannas Herz klopfte wild. Ihre Hände waren kalt. Sie hatte Angst vor Robins Reaktion. Sie versuchte das zu tun, was sie schon etliche Male zuvor getan hatte. Sie überließ dem Einsatzleiter das Vorgehen, wartete auf seine Ansagen und redete sich ein, dass dies ein normaler Arbeitstag sei.

Ihr wurde übel. Sie sog die klare Luft ein.

Es kam keine Reaktion von Robin. Hanna warf einen Blick hoch zum Fenster. Ob Robin zu ihnen hinunterschaute und sie bereits gesehen hatte?

Bitte, mach auf. Erspar dir den Ärger.

Der Summer ertönte. Hanna und ihre beiden Kollegen folgten Backs in die dritte Etage.

Als sie um die Kurve bogen, sah Hanna, dass Robin die Hunde an die Leine genommen hatte. Jack fing an zu bellen.

»Bleib ruhig mein Junge«, sagte Robin. Sie ging einige Schritte rückwärts und ließ sie in die Wohnung. Jetzt trafen sich ihre Blicke. Robins Augen waren geweitet, doch die Lippen umspielte ein kaum merkliches Lächeln.

Hanna vermutete, dass nur sie es sehen konnte, weil sie die Unebenheiten von Robins Lippen schon so oft betrachtet und erkundet hatte.

»Guten Morgen«, sagte Robin, »die Hunde tun nichts, sie sind nur etwas aufgeregt.« Balu riss sich los, lief auf Hanna zu und stupste seine Nase gegen ihr Bein.

Backs streckte Robin seine Hand entgegen, Robin griff danach. »Einsatzleiter Johannes Backs von der Kriminalpolizei.« Er ließ ihre Hand los und zeigte hinter sich. »Zwei Kollegen von der Spurensuche; Frau Winterkorn kennen Sie ja bereits.«

Sie nickten sich zu.

Backs gab ihr ein Formular. »Uns liegt ein Durchsuchungsbeschluss des Ermittlungsrichters am Amtsgericht vor, der uns berechtigt, eine Durchsuchung Ihrer Privaträume durchzuführen. Es wird wegen Verdacht des wiederholten Diebstahls und dem Verdacht eines versuchten Diebstahls in besonders schwerem Fall gegen Sie ermittelt. Da der Richter nicht selbst vor Ort sein kann, haben Sie das Recht, zwei Gemeindemitglieder oder einen Gemeindebeamten als Zeugen hinzuzuziehen. Auch ein Rechtsanwalt darf zugegen sein.«

Robin schüttelte den Kopf.

»Wir sind befugt, jeden Ihrer Privaträume zu durchsuchen und Gegenstände zu beschlagnahmen. Alles Weitere finden Sie in dem Beschluss. Wenn Sie Fragen dazu haben, können Sie sich an mich wenden.«

Robin nickte Backs zu. »Bitte. Fangen Sie an. Ich setze mich in die Küche.«

Robin ging mit den Hunden in die Küche. Sie schloss die Tür und löste die Verschlüsse der Leinen. Die drei rannten zur Tür und wieder zu ihr zurück. Jack winselte laut. »Alles gut«, sagte sie und streichelte seinen Kopf, doch er tapste erneut zur Tür und kratzte daran. Robin legte das Schreiben auf den Tisch, stand auf, holte ein paar Kauknochen aus dem Schrank und raschelte mit der Tüte, woraufhin die drei Hunde auf sie zukamen und sich vor ihre Füße setzten. Sie gab jedem einen Knochen. Dann ließ sie sich auf den Stuhl sinken und fixierte das Blatt zwischen ihren Fingern.

Ihre Hände blieben ruhig, ihr Atem ging gleichmäßig – Robin wappnete sich davor, dass Panik sie ergriff. Doch nichts geschah. Die Worte vor ihr erschienen klar und deutlich und sie las:

Ermittlungsverfahren gegen: Robin Lux
wegen: Wiederholter Diebstahl und Verdacht auf besonders schweren Fall des Diebstahls

Beschluss Gemäß § 102, § 105, Abs. 1 und 2, § 162 StPO wird – gemäß § 33 Abs. StPO ohne vorherige Anhörung – die Durchsuchung der

Privaträume nach folgenden Gegenständen Unterlagen, Gegenstände und Speichermedien (CDs, DVDs, USB-Sticks, externe Festplatten usw.) sowie Computer nebst der dazugehörigen Hard- und Software, aus denen sich Hinweise auf verübte und/oder geplante Diebstähle ergeben sowie deren Beschlagnahmung gemäß §§ 94, 98, 111b, 111c und 111e StPO angeordnet

Robin legte das Blatt auf den Tisch. In den Zimmern nebenan wurden Schranktüren geöffnet; Tüten raschelten und die Ermittler sprachen leise miteinander.

Sie würden vieles mitnehmen. Ihren Laptop. Die Ordner mit den Stadtplänen. Ihr dickes, ledernes Tagebuch, in dem sie jede Tat aufgeführt hatte. Wenig würde zurückbleiben.

Robin stellte sich ans Fenster und blickte in den Hinterhof. Wind fuhr durch die Blätter der alten, riesigen Linde, einige fielen zu Boden, die Hände des Herbstes begannen, ihre Spuren zu hinterlassen. Zwei Elstern saßen in den Zweigen, hüpften ein paar Zentimeter, betrachteten einander und schließlich flog eine auf die andere zu. Robin fragte sich, was sie zueinander hinzog.

Die Tür ging auf. Robin drehte sich um.

Hanna betrat den Raum. Ihre Blicke trafen sich. In Hannas Augen lag ein unruhiges Flackern.

Robin ging auf sie zu und schaute in den Flur. Niemand folgte ihr. Robin hob eine Hand, streifte mit ihrem Arm Hannas Schulter und drückte die Tür sanft zu.

»Robin«, flüsterte Hanna leise. Mehr sagte sie nicht. Robin blieb nah vor ihr stehen, hob die Hände und zog an der Kette, sodass ihr Amulett zum Vorschein kam. Sie öffnete den Verschluss der Kette und ließ es daran hinabgleiten. Sie griff nach Hannas Hand, drückte sachte ihre Finger zwischen Hannas und legte das Amulett in ihre

Handinnenfläche, dann schob sie Hannas Finger sanft darüber, sodass es verdeckte wurde. Sie gab ihr einen Kuss auf den Handrücken.

Sie sahen sich an.

Ein Herzschlag.

Zwei Herzschläge.

Robin ließ Hannas Hand los.

»Ich kann dir Geld für einen guten Anwalt geben«, sagte Hanna leise.

Robin lächelte. »Ich habe einen guten Anwalt.« Sie schaute auf Hannas Hand, in der das Amulett ruhte, »schau Angelo Duca in die Augen und du erkennst mich.«

Hanna ließ ihren Blick über Robins Gesicht wandern. »Ich kenne dich.« Sie ließ das Amulett in ihre Hosentasche gleiten.

Robin drehte sich um und ging zurück zum Fenster. Hanna verließ den Raum. Sie schaute in den Baumwipfel, die beiden Elstern waren verschwunden.

KAPITEL 13

Ihr zehnseitiger Bericht lag vor Merit auf dem Tisch. Als Hanna sich setzte, ließ sie den Blick über die oberste Seite huschen, es waren keine Anmerkungen darauf zu erkennen. Robins Amulett lag in ihrer Hand. Hanna vermisste sie, es war gut, etwas von ihr bei sich haben zu können.

Merit hielt ihre Arme verschränkt. Hanna sah ihr in die Augen. Der kalte Blick traf sie in den Magen, ein dumpfes Gefühl breitete sich in ihr aus. Merit war keine fröhliche Frau. Als sie sich kennenlernten, hatte sie ihre Maskerade als Stärke interpretiert, jetzt löste es nur Abneigung in ihr aus. Merit beugte sich etwas vor und schob ihre Hände unter die Seitenränder des Stapels.

»Also, Frau Winterkorn, da scheinen meine Ideen ja gefruchtet zu haben. Ich gratuliere, Sie haben es geschafft, die gewonnenen Fähigkeiten durch die Zusammenarbeit mit Herrn Hahnen und den anderen Kollegen gezielt anzuwenden.«

Hanna lächelte. Es schmerzte an den Lippen und Wangen.

»Sie sagen es. Ich hatte wirklich Glück, dass das Landesprojekt mit dem Ende meiner Ausbildung zusammenfiel und ich dadurch noch so viel lernen konnte.«

Merit verzog keine Miene.

Hanna schob ihr den Email-Ausdruck über den Tisch. »Ich habe hier eine Mail von Herrn Jacobi, ich dachte, Sie wollen gleich mit mir drüber sprechen, deshalb habe ich sie zu unserem Termin mitgebracht.«

Merit ließ den Stapel los. Ihre Finger wirkten steif. Sie begann zu lesen. Nun veränderten sich ihre Gesichtszüge doch und sahen etwas merkwürdig aus, denn ein sanftes Lächeln umspielte ihre Lippen, während sich tiefe Falten auf der Stirn zeigten.

Schön, vermutlich war sie an der Stelle angekommen, in der Herr Jacobi darauf drängte, den Fall in Bezug auf Robin dem Innenminister als ersten Teilerfolg des Projektes zu präsentieren. Gemeinsam mit Merit wollte er deshalb einen schnellen Termin bei Gericht erzielen. Das konnte Merit nicht schmecken. Eine frühzeitige Gerichtsverhandlung würde auch Hannas Erfolg noch mal Nachdruck verleihen und für eine verlängerte Probezeit würde es kaum noch Argumente geben. Hannas Hände wurden kalt. Sie wusste, dass sie bis zur Verhandlung keinen Kontakt mehr zu Robin aufnehmen durfte. Zu viel stand auf dem Spiel. Wenn das jemand herausbekäme, könnte man ihr Beeinflussung einer Tatverdächtigen vorwerfen.

Merit ließ das Blatt sinken. »Sitzt diese Robin Lux in U-Haft?«

Hanna zuckte zusammen. Aus Merits Mund klang Robins Name ganz fremd. *Verrate dich jetzt nicht!* »Nein. Es besteht keine Fluchtgefahr, alle wichtigen Beweismittel wurden beschlagnahmt. Ihr wurde ein Großteil der Mittel entzogen, mit denen sie ihre Diebstähle ausführte.«

Merit hob einige Blätter ihres Berichtes an. »Der Richter wird auf Grundlage Ihrer zusammengestellten Beweise ein entsprechendes Urteil fällen, es wäre für mich noch mal eine gute Möglichkeit, um Kriterien für Ihre nahende Ausbildungsbeurteilung zu haben.«

Natürlich, jetzt liegt dir plötzlich etwas daran.

Merit machte ihren Rücken gerade. »Ich werde Herrn Jacobi gleich anrufen und dann Kontakt zum Gericht aufnehmen. Wir wären dann fertig.«

Ja, das wären wir wohl! Hanna stand auf, drehte sich um, verließ ohne ein weiteres Wort den Raum und zog die Tür zu. Ihr Herz klopfte schnell. Sie öffnete ihre Hand und betrachtete das Amulett.

Robins Gesicht tauchte vor ihrem inneren Auge auf. Wie es ihr jetzt wohl ging? Der Drang sie sehen zu wollen schwoll an, sie atmete tief durch. Sie würde ihr einen Zettel in den Briefkasten werfen und ihr mitteilen, dass sie vor dem Gerichtstermin nicht miteinander reden durften. Hoffentlich würde sie das nicht falsch verstehen. *Sie vertraut dir. Hätte sie dir sonst das Amulett gegeben? Mach dich lieber an die Arbeit.* Auch sie musste noch ein paar Telefonate führen, von denen würde sie Merit allerdings nichts erzählen.

KAPITEL 14

Ein paar Sonnenstrahlen fielen durch die hohen Fenster des Gerichtssaales. Der Raum wirkte trotz des goldenen Nachmittagslichtes und seiner hellen Holzvertäfelung eng und unscheinbar. Dass hier gleich über ihre Zukunft entschieden wurde, kam Robin unpassend vor. Ihr schräg gegenüber saßen Hanna und Johannes Backs. Robin meinte, Hannas Blick auf ihrem Gesicht spüren zu können. Sie konnte nicht hinsehen. Drei Wochen waren seit ihrer letzten Begegnung vergangen, Robin wusste nicht, was passieren würde, wenn sie ihr nun in die Augen blickte. Außerdem befürchtete sie, jeder würde sofort erkennen, was sie für Hanna empfand. Und doch war Robin froh, dass Hanna hier war, in ihrer Nähe. Ein Mensch, der sie mochte, denn auf Robins Seite waren die Bänke alle leer. Vielleicht war es doch ein Fehler gewesen, nie jemandem von ihrem Doppelleben erzählt zu haben, vielleicht hätte es sogar jemand verstanden.

Der Richter Rüdiger Meinke betrat den Raum. Die Anwesenden erhoben sich von ihren Plätzen.

Robin betrachtete kurz sein Gesicht. Sie mochte seine Augen. Sie waren rein und klar, wie die Farben eines Gebirgsbaches. Nun war es also soweit. Diese Szene hatte sie sich in den letzten Nächten immer wieder ausgemalt. Dass der Richter nicht groß und bedrohlich war, sondern wie ein normaler Typ von nebenan wirkte, holte die Sache auf ein so schlichtes Niveau herunter, dass Robin nun Angst bekam, ihre ungewöhnliche Geschichte würde ihm absurd vorkommen.

»Bitte, setzen Sie sich. Die Sitzung ist hiermit eröffnet.«

Der Mann mit der randlosen Brille und dem schwarzen, dicken Haar sah sie nun direkt an. »Frau Lux, ich weise Sie darauf hin: Alles, was Sie hier sagen, kann und wird gegen Sie verwendet werden. Sie sind verpflichtet die Wahrheit zu sagen, jedoch haben Sie das Recht zu schweigen. Sie haben sich gegen einen Verteidiger entschieden, ist das richtig?«

»Ja, Euer Ehren.« Ihr Stimme klang zum Glück fest, nur etwas zu leise.

»Ich sehe, die Vertreter der Staatsanwaltschaft, die Zeugen sowie der Protokollführer und die Schöffen sind anwesend. Kommen wir zur Feststellung Ihrer Personalien. Nennen Sie uns bitte Ihren Vor- und Nachnamen, Ort und Tag der Geburt, den Familienstand, Ihren Wohnort, Ihre Staatsangehörigkeit und Ihren Beruf.«

Robin holte Luft: »Ich heiße Robin Lux, wurde am 6.9.1982 geboren und bin ledig. Ich wohne in der Weberstraße 25, ich bin Deutsche, eine Hotdog-Verkäuferin und Diebin.«

Der Richter drehte seinen Oberkörper komplett zu ihr. »Diebin würden Sie also als Beruf bezeichnen?«

»Als Berufung, Euer Ehren.«

Sie sahen sich an. In seinem Gesicht war keine besondere Regung zu erkennen, die sie deuten konnte. Er drehte sich weg.

»Wir kommen zur Verlesung der Anklageschrift durch die Staatsanwaltschaft.«

Ein Mann erhob sich: »Die Staatsanwaltschaft erhebt Anklage gegen Robin Lux. Ihr werden über einhundert Diebstähle von Kleinwaren, Elektrogeräten, Büchern und Lebensmitteln zur Last gelegt, zudem besteht der Verdacht zur Durchführung eines schweren Diebstahls, die Entwendung eines Kulturguts aus einem Archiv.«

Der Richter blickte kurz auf ein Blatt vor ihm, dann wandte er sich Robin wieder zu.

»Frau Lux, dem Gericht liegen Beweise vor, die in Ihrer Wohnung beschlagnahmt worden sind, aus denen sich ergibt, dass Sie in einem zusammenhängenden Zeitraum von über sechzehn Jahren Diebstähle begangen haben und das systematisch, nacheinander in fünf Vierteln der Stadt. Sie waren meist in Verkleidung unterwegs, die Sie in hoher

Anzahl in Ihrer Wohnung lagerten. Sie haben Aufzeichnungen über Ihre Taten geführt.«

Robin nickte. »Ja, weil ich mir mein Handeln immer vor Augen führen wollte. Ich habe nie etwas unüberlegt getan, Euer Ehren.« *Schau nicht zu Hanna. Vielleicht würde dir nicht gefallen, wie sie dich ansieht.* »Dürfte ich das Buch kurz haben, von dem Sie sprechen?«

Der Richter machte dem Gerichtsdiener ein Zeichen, dieser zog das Buch aus einem Beutel, ging auf Robin zu, reichte es ihr und setzte sich wieder. Robin klappte das Tagebuch zunächst in der Mitte auf und blätterte dann zum Ende um. Sie nahm einen Schluck Wasser und tat so, als wenn sie etwas ablesen würde, dabei kannte sie die Zahlen auswendig. »Ich habe in den letzten sechzehn Jahren dreiundziebzig Personen zur Gerechtigkeit verholfen sowie fünf Hunden ein neues Zuhause gegeben, in dem sie nicht bösartig oder gemein behandelt wurden.« Robin sah wieder auf. »Ich stehe zu meinen Taten. Dass ich gegen das Gesetz gehandelt habe, bereue ich zutiefst. Ich sah jedoch keine andere Möglichkeit, um denen zu helfen, die es benötigten und um etwas zur Gerechtigkeit beizutragen.«

»Wie wollen Sie bitte die Diebstähle im Einzelhandel rechtfertigen, die Sie über etliche Jahre begangen haben?« Seine Stimme war nun tiefer geworden, das konnte er gut. Robin bemühte sich, ihre ebenfalls kräftiger klingen zu lassen. »Dafür gibt es keine Rechtfertigung. Ich wollte Personen, die gemein oder ungerecht waren, auf etwas aufmerksam machen. Ich stahl kleine Mengen, als Zeichen, dass ich vor Ort war, als Hinweis, dass ich aufpasste und ich über Dinge Bescheid wusste, die in ihrem Umfeld vorgingen.«

»Erklären Sie das bitte genauer.«

»Man muss sich eigentlich nur länger an einem Ort aufhalten, dann hört man so einiges. Sei es in der Bahn, im Café oder eben im Supermarkt. Ich bekam zum Beispiel mit, wie eine Azubi weinend vor dem Laden stand, weil ihr Chef sie angeschrien hatte. Sie erzählte mir, dass er regelmäßig seine schlechte Laune an seinen Mitarbeitern ausließ. Ich stahl eine größere Anzahl von Hundefutterdosen. Leere Dosenregale fallen am ehesten auf und ich hinterließ dort einen Zettel. Ich schrieb, dass die kleineren Diebstähle erst der Anfang seien. Ich würde den Laden regelmäßig beklauen, wenn er nicht freundlicher würde.«

»Sie haben ihm also gedroht.«

»Nein, ich wollte ihn wachrütteln. Viele Menschen denken, dass ihr gemeines Verhalten ungestraft bleibt, dass die anderen immer nur wegsehen und keiner etwas unternimmt. Ich wollte ihm beweisen, dass dies nicht so ist.«

»Waren Sie wieder in dem Laden?«

»Ich wartete einige Wochen und sprach dann die Azubi erneut an. Sie sagte, der Chef würde sich nun zurückhalten.«

»Und auf diese Art sind Sie immer vorgegangen?«

»Ja.«

»Frau Lux, warum haben Sie anderweitig keine Hilfe geholt? Ihnen muss bewusst gewesen sein, dass Sie Straftaten begangen haben.«

Robin spürte, wie ihre Hände zittrig wurden. Mit einer glitt sie in ihre Hosentasche und holte den Zettel von Hanna hervor; die letzte Nachricht, die sie von ihr erhalten hatte. Sie presste ihn fest zusammen, ihr Herzschlag beruhigte sich etwas. »Wie hätte ich das denn machen sollen? Diesem Mädchen ging es schlecht. Wen auch immer ich geholt hätte, sie wäre da mit reingezogen worden. Ich habe mich entschieden für sie stark zu sein, es war meine Entscheidung, nicht ihre, also musste ich auch einen Weg finden.«

Der Richter schwieg eine Weile.

War das ein gutes oder schlechtes Zeichen? Robin fuhr fort: »Euer Ehren, ich habe immer nur diejenigen bestohlen, die selbst auf eine gewisse Weise anderen Unrecht getan haben. Ich wollte ihnen zeigen, wie schnell so ein Verhalten auf einen selbst zurückfallen kann und wie schlecht man sich dabei fühlt. Außerdem gibt es so vieles, was die meisten nicht benötigen und andere dafür umso eher gebrauchen können. Ich hielt es für nötig, gewisse Besitztümer umzuverteilen.«

»Das liegt nicht in Ihrer Entscheidungsfreiheit, Frau Lux. Sie leben in einem Land mit Regeln und Pflichten.«

Robins Magen zog sich zusammen. »Sie sagen, es liegt nicht in meiner Freiheit, so zu handeln, wie ich es für richtig empfand. Doch wo liegen da die Grenzen? Ich habe nach meinem Ermessen niemandem geschadet.«

»Sie haben gegen das Gesetz gehandelt.«

»Und doch für das Gute. Ich habe das, was ich selbst verdiente, stets geteilt und gespendet.«

»Das ist keine Entschuldigung.«

Verstand er sie denn überhaupt nicht? Und was war mit Hanna? Was dachte sie nun von ihr? Robin drückte den Zettel in ihrer Hand noch fester zusammen. »Das weiß ich, Euer Ehren. Für mich war es der richtige Weg. Ich hätte nicht gewusst, wie ich es anders hätte machen sollen, es war ein innerer Impuls, mein Leben so zu führen und anderen zu helfen. Ob dieser nun schlecht oder gut war, das müssen nun andere entscheiden.«

»Warum wollten Sie das Liederbuch aus dem Archiv entwenden?«

Auf diese Frage hatte sie sich zum Glück vorbereitet. »Der Hauch der Geschichte haftet an solchen Stücken. Ich forsche viel in Archiven, die zunehmend digitalisiert werden. Immer seltener bekommt man solche Originale überhaupt noch vorgelegt. Mein Herz wurde schwach. Doch ich bekam vor Ort Skrupel und ließ es dort.«

»Sie hätten auch die Aussage dazu verweigern können. Sie gestehen mehr, als man Ihnen durch Ihre fragmentarischen Aufzeichnungen nachweisen kann, warum?«

»Ich stehe zu meinen Taten, weil ich zu mir stehe. All das ist meine Vergangenheit, mein Leben. Es gehört unwiderruflich zu mir und ich möchte nichts davon abstreiten.«

»Sind Sie jetzt nur so ehrlich, weil sich die Lage für Sie zuspitzt?«

Robin sah ihm in die Augen. Ihre Hände hörten auf zu zittern. »Ich bin es, der Liebe wegen. Ich möchte nicht mehr lügen. All die Jahre konnte ich den Menschen, die ich gerne habe, nicht die Wahrheit über mich sagen, um sie nicht zu verletzen oder ihnen Angst zu machen. Euer Ehren, Sie haben doch schon viele Menschen kennengelernt. Was meinen Sie, hätte jemand wie ich die Chance ein Herz zu erobern, das ganz und gar für die Gerechtigkeit schlägt?«

Im Augenwinkel vernahm Robin, dass Hanna auf den Tisch vor sich starrte.

Der Richter hob eine Augenbraue. »Nun, ich denke, Sie sollten es nicht unversucht lassen. Ist es eine ernste Angelegenheit?«

»Ja. Es geht um die Liebe zu einer Frau, ein Gefühl, wie ich es noch nie empfunden habe.« Sie hielt seinem Blick stand. Der Richter klappte die Akte vor sich zu. »Ich bitte die Staatsanwaltschaft um ihr Plädoyer.«

Der Mann mit dem glänzenden Gewand erhob sich erneut. »Nach Auffassung der Staatsanwaltschaft versucht Frau Lux zu beweisen, dass sie aus gutmütiger Motivation handelte. Fakt ist, Frau Lux, dass Sie bewusst zahlreiche geplante Diebstähle begangen haben. Die Staatsanwaltschaft fordert eine Freiheitsstrafe von achtzehn Monaten wegen wiederholtem Diebstahl sowie versuchtem Diebstahl eines Kulturgutes.«

Robin schluckte. Achtzehn Monate?

Der Richter wandte sich Robin zu.

»Ihnen gebührt das letzte Wort.«

Robin wandte sich der Staatsanwaltschaft zu: »Meine Damen und Herren, ich verstehe Ihre Beweggründe, dieses Strafmaß einzufordern. Aber ich bin keine Gefahr. Im Gegenteil.« Nun sah sie die Bank mit den Schöffinnen und Schöffen an. »Wenn ich eingesperrt bin, kann ich nichts mehr für andere tun, es ist eine Person weniger unter denjenigen, die hinschauen und etwas ändern wollen. Und ich denke, das brauchen wir in unserer Gesellschaft. Menschen, die anderen helfen. Die genau hinsehen. Ich versuche schon länger, mich zu ändern. Aber ich wusste nicht wie.« Jetzt blickte sie zu dem Richter. »Ich will lernen, für Gerechtigkeit zu sorgen, ohne gegen das Gesetz verstoßen zu müssen, wenn ich noch mal eine Chance dazu bekomme.«

Der Richter betrachtete sie noch einige Augenblicke, dann erhob er sich. »Das Gericht zieht sich zur Beratung und Abstimmung zurück.«

Robin meinte, keine Luft zu bekommen. Ihr ganzer Brustkorb hatte sich zusammengezogen. Sie blickte dem Richter entgegen und hoffte, ihre Knie würden sie tragen.

»Ich verkünde das Urteil in der Strafsache gegen Robin Lux. Frau Lux, ich verurteile Sie zu einer Freiheitsstrafe von achtzehn Monaten, diese wird für zwei Jahre auf Bewährung ausgesetzt. Werden Sie in dieser Zeit nur mit dem kleinsten Delikt auffällig, werde ich dem Antrag der Staatsanwaltschaft sofort zustimmen, und die Freiheitsstrafe wird wirksam. Sie werden jedes Wochenende Dienst in verschiedenen sozialen Einrichtungen leisten, um zu lernen, wie man Gutes tun kann, ohne anderen zu schaden. Sie müssen in den nächsten Monaten Therapiestunden nachweisen, damit Sie dort lernen, Ihr Verhalten zu reflektieren und nicht in alte Muster zurückfallen. Zudem werden Sie der Kriminalpolizei in regelmäßigen Abständen über Ihre Erfahrungen der vergangen Jahre berichten, damit diese Ihre Kenntnisse für die Verbrechensbekämpfung nutzen kann. Sie können gegen dieses Urteil Einspruch einlegen. Die Sitzung ist geschlossen.«

Sauerstoff flutete ihre Lungenflügel. Ihre Muskeln wurden leicht.

Der Richter klopfte mit dem Hammer auf den Tisch und sah sie an.

»Euer Ehren?«, sagte Robin hastig.

»Ja.«

»Die Beweismittel können komplett vernichtet werden, ich möchte davon nichts zurückhaben.«

»In Ordnung.« Er nickte ihr zu. Robin vernahm ein Lächeln in seinen Mundwinkeln. Sie sah dem Richter für ein paar Sekunden hinterher, während er den Saal verließ, dann stand auch sie auf und verließ den Raum. Eilig bog sie nach links ab und machte den Leuten Platz, die ihr aus dem Gerichtssaal folgten. Ihr Herz klopfte schnell. Johannes Backs nickte ihr zu und hinter ihm folgte endlich Hanna. Sie blieb stehen und setzte an, etwas zu sagen, da spürte Robin eine Hand auf ihrer Schulter. Erschreckt drehte sie sich um und blickte in das runzelige Gesicht und die freundlichen Augen von Herrn Schorsch.

»Frau Lux, wie ist es ausgegangen?«

»Herr Schorsch. Ich …«

Hanna lief an ihnen vorbei und ging mit gesenktem Blick die Treppe runter.

Verdammt.

Herr Schorsch hatte immer noch die Hand auf ihrer Schulter und drückte nun fester zu. Sie griff danach und zog sie sanft hinunter. »Es ist alles okay. Zwei Jahre auf Bewährung.«

Er presste die Hand auf seinen Brustkorb. »Gott sei Dank.«

Robin war sauer, dass Hanna weg war, doch dass Herr Schorsch mit so einem besorgten Gesicht hier vor ihr stand, berührte sie sehr. »Was machen Sie hier?«

Er sah sie an. »Ich habe mich im Archiv immer wieder nach dem Liederbuch und Ihnen erkundigt, bis mir die Lesesaalaufsicht vor einer Woche von der Verhandlung erzählte und dass danach wohl das Liederbuch ins Archiv zurückgehen sollte. Wieso sind Sie denn plötzlich unter Verdacht geraten?«

Robin lächelte. »Sie meinten doch mal, man würde immer Spuren hinterlassen. So war es dann wohl. Den Rest erzähle ich Ihnen bald bei einem Stück Kuchen, mögen Sie?«

Er klopfte ihr auf den Arm. »Gewiss. Ich bin mit dem Auto da. Haben Sie heute noch ein bestimmtes Ziel?«

Robin nickte. »Wenn Sie mich nach Hause bringen und wir vorher noch bei einem Blumenladen halten könnten, wäre das toll.«

Robin hielt sich den Strauß Gladiolen vor das Gesicht, während sie die Treppe hochging. Erst als sie bei Hanna angekommen war, schaute sie zwischen den zwanzig blauen, weißen, gelben und roten Köpfen hindurch.

Jack bellte, Paula und Balu zerrten an ihren Leinen.

Hanna bückte sich, löste die Verschlüsse und die Hunde flitzten in die Wohnung.

»Die Blumen nehme ich auch«, sagte sie und nahm Robin den Strauß ab. »Wow.«

»Ich dachte, ich bringe dir genügend mit, dann hast du welche für das Labor und für zu Hause.«

Hanna grinste. »Man, die sind wunderschön und bleiben alle hier.« Sie drehte sich um und ging in die Küche.

Robin betrat den Flur, zog die Tür zu, setzte den Rucksack ab und blieb stehen.

Hanna kam zurück. Eine Zeit lang standen sie sich gegenüber und sagten kein Wort.

Robin brach das Schweigen. »Was hat mich verraten?«

Hanna verschränkte die Arme. »Eine Fluse deines Sitzkissens. Sie hatte sich im Einband des Liederbuchs verfangen. Ganz sicher war ich aber erst, als ich etwas fand, was eindeutig war, ein Haar von Jack.«

»Du wusstest es also die ganze Zeit?«

»Nein, trotz allem war es lange Zeit nur ein Verdacht.« Hanna ging auf sie zu und stellte sich nah vor sie.

»Ich hätte im Gefängnis landen können«, sagte Robin leise.

Ihre Blicke trafen sich.

»Hättest du. Aber ich war schon bei einigen Gerichtsverhandlungen dabei, ich hoffte, dass der Richter deinen Fall richtig einschätzt. Und außerdem war der Polizeichef recht angetan von der Idee, dass du deine gesammelten Erfahrungen für die Ausarbeitungen der Präventionsmaßnahmen zur Verfügung stellst.«

Robin hob eine Augenbraue. »Der Polizeichef?«

Hanna nickte. »Herr Kobald. Es ist doch erstaunlich, wie viel allen an den Fördermitteln des Landes liegt, jeder möchte zum Gelingen des Projektes gute Ideen beisteuern. Herr Kobald geht übrigens gerne Squash spielen, zweimal die Woche tritt er gegen Richter Meinke und seinen Squashpartner an. Einen gewissen William Connor. Er ist Jockey. Ihr kennt euch.« Hanna zuckte die Schultern. »Die erfolgreichen Männer halten sich meist in den gleichen Kreisen auf.«

Robin sah sie unverwandt an. »Hast du nur den Kontakt zu mir gehalten, um genügend Beweise zu sammeln?«

»Auch …«, Hanna hob ihre Hand und strich mit einem Finger zaghaft über ihren Unterarm. »Und was ist mit dir, wieso wolltest du mich wiedersehen?«

»Ich musste herausfinden, was ihr vorhabt. Erst war ich nur an deiner Arbeit interessiert … und dann an deinem Lächeln«, Robin gab ihr einen sanften Kuss auf den linken Mundwinkel, »… deinen Augen …«, sie küsste ihre Stirn, »… an dir …«, sie zog Hanna an sich und atmete ihren Duft ein. Leise sagte sie: »Ich habe etwas Angst, dass ich die Therapie nicht schaffe.«

Hanna gab ihr einen Kuss auf die Wange. »Ich helfe dir dabei.«

Robin löste sich ein wenig von ihr und lächelte. »Würdest du wohl einer ehemaligen Diebin und ihrer Bande Unterschlupf gewähren? Meine Räumlichkeiten sind gerade etwas trostlos. Ich hörte etwas von einem bequemen Sofa in dieser Gegend.«

Hanna legte den Kopf etwas schief. »Dieses Sofa gibt es. Allerdings würde ich dir das Bett im Raum daneben empfehlen.«

»Warum?«

»Ich liege darin.« Hanna beugte sich zu ihr und gab ihr einen Kuss.

Robin versank für einige Augenblicke in dieser zärtlichen Berührung, plötzlich begann ihr Herzschlag jedoch, sich unangenehm zu beschleunigen. *Das wird nicht gut gehen. Du hast ihr überhaupt nichts zu bieten.* Abrupt löste sich Robin von Hanna.

Sie runzelte die Stirn. »Alles in Ordnung? Du siehst nachdenklich aus.«

»Ich bin total pleite. Und so gut wie arbeitslos. Und vorbestraft. Und …«

Hanna ging etwas zurück und legte ihr einen Finger auf die Lippen. »Vielleicht erkennst du nur nicht deine anderen Talente.« Sie ließ die Hand sinken.

»Welche sollten das sein?«

»Ich habe selten Hunde gesehen, denen so viel Verschiedenes beigebracht wurde. Du könntest dich als Hundetrainerin ausbilden lassen.«

»So etwas wird es nicht umsonst geben.«

»Sagen wir mal so …«, Hanna kam wieder näher, »… du hast jetzt eine Partnerin, die sich mit der Vermehrung von kleinen Beträgen ganz gut auskennt.«

Robin zog die Augenbrauen hoch. »Ich habe eine Partnerin?«

Hanna lächelte. »Ja.«

Über Ina Steg

Ina Steg wächst seit Beginn der Achtziger in Nordrhein-Westfalen auf. Geschrieben hat sie als junger Mensch vor allem Weihnachts- und Glückwunschgedichte, die sie sich dann nie vorzutragen traute.

Geschichten schreibt sie, um von besonderen und inspirierenden Menschen zu erzählen. Ihre Texte verfasst sie am liebsten per Hand – dabei sitzt sie im Park unter alten Bäumen und isst Streuselkuchen.

In ihrer Freizeit besucht Ina Steg oft das Theater oder erkundet mit ihrer Partnerin verfallene Ruinen. Das Geld dafür verdient sie bei einem Job unter Tage: In alten Dokumenten gräbt sie nach Wissen.

KONTAKT:

Webseite: www.ina-steg.de

Blog: www.ina-steg.de/blog

Twitter: www.twitter.com/tschabuhjahhh

Ebenfalls im Ylva Verlag erschienen

Alles nur Kulisse

Ina Steg

ISBN: 978-3-95533-455-0
Umfang: 213 Seiten (46.500 Wörter)

Liesa ist stets auf der Suche. Wonach, weiß sie oft selbst nicht. Durch einen Job als Assistentin befreundet sie sich mit der selbstbewussten Schauspielerin Ashley.

Doch Liesa entdeckt, dass Ashley sich einer Sekte angeschlossen hat, um erfolgreich zu bleiben.

Während die Zuneigung zwischen ihnen wächst, wachsen in Liesa gleichzeitig Zweifel, ob sie die Frau hinter Ashleys Masken wirklich kennt.

Neustart Berlin
Einfach kompliziert

Franziska Kirchhoff

ISBN: 978-3-95533-615-8
Umfang: 358 Seiten (85.500 Wörter)

Neue Stadt, neuer Job, neuer Beziehungsstatus – nicht ganz freiwillig wagt Toni in Berlin einen Neuanfang. Ihr ruhiges Leben und ihre Exfreundin hat sie hinter sich gelassen, da bringen gleich zwei Frauen sie ins Schleudern: ihre faszinierende Kollegin Doro und die bezaubernde DJane Paula. Auf dem Weg zu sich selbst durchlebt Toni ein Chaos aus Eifersucht und Liebe. Findet sie das große Glück?

Wie ein neues Leben
Ein lesbischer Liebesroman

Louis Cloarec Hart

ISBN: 978-3-95533-220-4
Umfang: 378 Seiten (104.000 Wörter)

Jan hat es sich zur Aufgabe gemacht, ihren an MS erkrankten Ehemann Rob zu pflegen, der sich als ehemaliger Kampfflieger nur schwer mit seinem Schicksal abfinden kann. Durch Zufall tritt eines Tages Terry in ihr Leben. In kürzester Zeit stellt die junge Postbotin, die von einer Karriere als Schriftstellerin träumt, das Leben von Rob und Jan auf den Kopf.

Auf schmalem Grat

(Portland-Serie - Buch #1)

Jae

ISBN: 978-3-95533-302-7
Umfang: 349 Seiten (136.000 Wörter)

Detective Aiden Carlisle hat keine Zeit für Beziehungen. Psychologin Dawn Kinsley wollte sich nie wieder mit einer Polizistin einlassen, aber als die beiden sich auf einer Fortbildung kennenlernen, fühlen sie sich sofort zueinander hingezogen.

Als Dawn einem Verbrechen zum Opfer fällt, wird Aiden mit der Ermittlung betraut – und balanciert auf dem schmalen Grat zwischen Verpflichtung und Liebe.

Demnächst im Ylva Verlag

All the Little Moments
Weil jeder Augenblick zählt

G Benson

Als ihr Bruder verunglückt, ändert sich das Leben der karrierebedachten Ärztin Anna schlagartig: Sie bekommt das Sorgerecht für dessen Kinder.

Von Selbstzweifeln geplagt und verlassen von ihrer Freundin versucht Anna, die Leben der trauernden Kinder sowie ihr eigenes in den Griff zu bekommen. Doch dann macht die Pflegerin Lane ihr Avancen, und Anna kämpft erneut um die Kontrolle über die Situation.

Die Tote im Marschland
Ein Fall für Kate Brannon

Andrea Bramhall

Eine Frauenleiche wird an einem Küstenweg in Norfolk gefunden – erschossen durch die Linse ihrer Kamera.

Kate Brannons Ermittlungen führen in die Abgründe eines Fischerdorfs, das eingesponnen ist in ein Netz von Lügen. Kate weiß nur eins: Hier ist niemand das, was er zu sein behauptet. Auch Georgina nicht, zu der Kat sich hingezogen fühlt.

Bibliografische Information der Deutschen Bibliothek
Die Deutsche Bibliothek verzeichnet diese Publikation in der Deutschen Nationalbibliografie; detaillierte bibliografische Daten sind im Internet über www.dnb.de abrufbar.

1. Auflage
Taschenbuchausgabe Februar 2017 bei Ylva Verlag, e.Kfr.

ISBN: 978-3-95533-809-1

Dieser Titel ist auch als E-Book erschienen.

Lektorat: Astrid Ohletz, Andrea Fries
Coverdesign: S. Achilles (HerrSpecht/photocase.com)

Kontakt:
Ylva Verlag, e.Kfr.
Inhaberin: Astrid Ohletz
Am Kirschgarten 2
65830 Kriftel
Tel: 06192/9615540
Fax: 06192/8076010
www.ylva-verlag.de
info@ylva-verlag.de
Amtsgericht Frankfurt am Main HRA 46713

17948218R00159

Printed in Poland
by Amazon Fulfillment
Poland Sp. z o.o., Wrocław